무화과 모정

무화과 모정

그린 이
· 1952년 제주시 건입동 출생
· 개인전 18회(서울, 제주, 광주, 부산, 일본, 미국)
· 초대전 및 단체전 170회
· 국제화랑협회 아트페어(서울코엑스 '05)
· 뉴욕 아트페어(뉴욕 '06)
· 대한민국 미술대전 심사위원 및 운영위원
· 현. 한국미협이사, 남부현대미술협회 부이사장,
      아시아 미술전 운영위원장, 제주아트페어 운영위원장

백 광 익

무화과 모정

지은이 · 문영택
펴낸이 · 임종대
펴낸 곳 · 미래문화사

초판 인쇄 · 2008년 1월 10일
초판 발행 · 2008년 1월 15일

등록 번호 · 제3−44호
등록 일자 · 1976년 10월 19일
주소 · 서울시 용산구 효창동 5−421 1F
전화 · 715−4507 / 713−6647
팩시밀리 · 713−4805

E-mail · mirae715@hanmail.net

ⓒ2008, 미래문화사
ISBN 978−89−7299−352−0 03810

문영택 첫 수필집

무화과 모정

미래문화사

10년 만에 수필, 정장하고 나들이하다

올해 9월, 제주 섬엔 태풍 〈나리〉가 그 유례가 없을 정도로 엄청난 물과 바람을 몰고 왔었다.

그러나 자연은 제주 사람들을 시험에 들게는 했지만 저버리지는 않았다. 일례로 일요일을 맞아 합숙소에서 달콤한 잠에 빠져 있던 어느 고교 축구부원들은 날벼락과 같은 물소리에 잠을 깨보니 그들 앞에는 파도가 넘실거리고 있었다고 했다. 낮이 아닌 밤에 태풍이 찾아 왔다면 거센 물결과 강풍에 혼비백산한 젊은이들은 어쩜 목숨을 잃었을지도 모를 일이었다.

재앙은 하늘이 내리는 것이 아니라 인간이 키우는 것이기에, 태풍 〈나리〉가 남기고 간 재난을 나는 천재가 아닌 인재로 여기고 있다. 여느 해보다 엄청난 불볕더위와 열대야, 그리고 집중 호우와 태풍에 의한 피해에서 우리는 많은 것을 반성하고 새로운 미래를 만들어 가야 할 텐데. 그러함이 제주 섬 도처에서 태풍 나리가 남기고 간 생채기로 신음하는 이웃들을 진심으로 위로하고 다독거리는 몸짓일 텐데.

10년 만에 정장 차림으로 한껏 멋을 부려 나서는 문학 나들이이다. 난생 처음 입는 정장이 화려한 외출복이 되어야 할 텐데.

하지만 〈나리〉로 인해 고통 받는 이웃들 앞에서 나의 문학 나들이 옷매무새도 달라져야 하겠지.

그 동안 화려한 외출은 못되더라도 간편복 차림의 나들이는 어지간히 즐긴 편이다. 문학이란 옷을 캐주얼하게 걸쳐 입고 외출을 즐기다보니 옷 입는 마인드도 업그레이드 됐고, 패션에도 관심을 갖게 되었다.

지난 여름, 글감도 찾고, 이열치열의 의미도 깨칠 겸해서 근린공원으로 운동을 갔었다. 이내 한 무리의 사람들이 왁자지껄하면서 모여들었다. 노인학교 출신들끼리 봉사활동을 펼친다고 했다. 이번에는 진짜 더위를 식혀줄 이들이 나타났다. 인근 어린이집 원아들이 손에 손을 잡고 공원을 찾은 것이다. 팔각정을 차지하던 노인들도 자리를 양보하였다

원아들의 재롱을 보다 문득 생각나는 게 있었다. 어른들의 마음이 원아들 마음처럼 고울 수만 있다면……. 어쩌면 문학이 어른들의 마음을 어루만져 줄지도 모른다는 생각으로 문예지, 동인지, 교지, 신문 등에 실렸던 글들을 한데 모으는 나의 손길이 더욱 가벼웠다. 그 결실을 이제 보려함이다.

2007년 12월

문 영 택

차례

다섯. 글로컬 리더를 기다리며

가족, 그리고 고향

여기 실린 그림들은 백광익 화백과 홍성운 시인이 공동으로 개최한 시화전詩畵展,
《마라도 쇠북소리》에 전시되었던 작품들입니다.

무화과 모정

마침 새집을 장만한 나에게 어머니가 건네준 무화과나무는 행인들의 통행에 지장을 줄 정도로 가지와 잎을 키워댔다. 잔가지를 치느라 톱질을 하는 것이 살을 베어내는 아픔처럼 느껴지기도 했다.

 올해에도 무화과가 주렁주렁 달렸다. 잘 익은 무화과 몇 개를 따들고는 아들과 함께 부모님을 찾았다. 어머니는 늘 저녁상을 차릴 테니 먹고 가라 한다. 마침 배가 고프다는 손자의 말을 듣기가 바쁘게 부엌으로 향하며, 오늘은 소원을 풀었다며 얼굴에 미소가 가득하다. 평소 저녁 식사를 하지 않고 가버리는 아들이 무정했던 모양이다.

무화과를 무척 좋아하는 어머니를 위해 부산 사는 여동생이 품종 좋은 무화과나무 몇 그루를 보내왔다. 그 중 한 그루만이 분에 심겨져 질긴 삶을 이어가고 있었다. 어머니는 그 것을 마침 새집을 장만한 나에게 주었다. 어머니가 건네준 무화과나무는 우리 집 정원에서 행인들의 통행에 지장을 줄 정도로 가지와 잎을 키워댔다. 잔가지를 치느라 톱질을 하는 것이 살을 베어내는 아픔처럼 느껴지기도 했다. 아니나 다를까, 이듬해에는 열매를 맺지 않는

멀구슬 나무에 대한 명상

불임의 나무로 커가는 것이 아닌가.

대학시절 나는 프랑스의 작가 라퐁뗀느La Fontaine의 우화집les fables을 통해 이솝을 만났다. 우화는 모름지기 재미와 교훈을 지니고 있어, 읽는 재미가 잘 익은 무화과 맛과 같다고나 할까.

어느 날 소작인이 이솝의 주인에게 탐스럽게 익은 무화과 한 광주리를 가져왔다. 무화과에 탐이 난 한 노예가 제 딴에 무지 좋은 꾀를 내었다. 무화과도 먹고 짐승 같고 반벙어리인 이솝도 내쫓자고. 무화과가 없어졌음을 알고 대노하는 주인에게, 식탁 근처를 서성이는 이솝을 보았다고, 이솝이 숨어서 뭘 먹고 있더라고 노예는 거짓으로 아뢰었다.

이솝은 주인 앞에 영문도 모른 채 결박되어 나갔다. 겨우 목숨을 부지한 이솝은 그제야 상황을 알아차리곤 짐승 같은 눈물을 흘리며 물을 마시고 내뱉는 시늉을 되풀이했다.

평소 일만 하던 이솝의 별다른 행동에 마음이 미동한 주인이 잠시 결박을 풀어주었다. 그러자 부엌으로 달려간 이솝은 온수 한 사발을 가져와서는 들이마시곤 내뱉는 게 아닌가. 그리곤 다른 노예들에게도 먹어보라는 시늉을 한다. 그제야 이솝의 생각을 알아차린 주인이 노예들에게 온수를 마시고 내뱉도록 명령한다.

혀 돌기에 묻어 있던 무화과즙은 따스한 물에 더 잘 풀리기 마련인지라, 노예들이 내뱉은 물 색깔은 누가 범인인지를 쉽게 가려주었다. 그렇게 하여 이솝은 절대 절명의 위기에서 탈출할 수 있었다.

이러한 교훈을 내게 들려준 소중한 나무가 열매를 맺지 못하는 불임나무가 되다니. 그렇게 자책하고 지내던 다음 해 봄, 잎 진 가지에 새순이 돋기도 전에 열매가 맺는 게 아닌가. 집 떠난 가족이 돌아오듯 반갑기 그지없었다.

나의 어머니는 전생에 무화과와 깊은 연이 있었던 것 같다.

어느 해 겨울 어머니는 지독한 병에서 겨우 회복되었다. 아버지는 어머니에게 뭘 먹고 싶으냐고 성화같이 다그쳤다. 무화과를 먹고 싶다는 얘기를 듣자마자 아버지는 자전거를 타고 단숨에 시장으로 내달렸다. 몇 시간이나 돌아다닌 후에 아버지는 볼품없는 무화과를 겨우 몇 개 구할 수 있었다. 아버지가 내민 철 지난 무화과를 어머니는 껍질까지 먹었다고 했다.

다시 무화과나무에 톱질한 것이 걱정이다. 건물 쪽으로 뻗어 시멘트 바닥을 들어올린 뿌리에 톱질을 했기 때문이다. 풍성한 열매를 맺어주려 뻗는 뿌리에 톱질을 하였으니 오는 복을 물리친 격이나 아니었는지 우려된다.

나에게 어머니는 다산과 다정의 상징이시다. 우리 10남매를 낳으시고 우애가 깊은 가족으로 인도하려 사랑과 정성을 다 쏟으시니 정녕 모정의 세월에 감사할 뿐이다.

나의 부모님은 어려서부터 몸이 허약한 나에게 교사의 길을 가라 하셨다. 그리고 신용과 겸손은 무일푼의 투자라고도 하셨다. 지혜는 자그마한 교훈에서도 싹트니 무화과나무는 내겐 모정의 나무이자 지혜의 나무인 셈이다. (2005)

— 후기

올해에는 전 해보다 더 많은 열매가 달렸다. 행인과 이웃집에도 나눠줄 정도였다. 탐스런 무화과 열매들을 몇 번 건네받은 옆집에서는 호박과 바닷게를 보내왔다. 이웃의 정이 무화과로 인하여 더욱 따스하게 전해진다. 오늘도 잘 익은 무화과 한 광주리를 들고 어머니를 찾았다. 그 중 몇 개를 골라 아버지의 영정 앞에 올렸다. 올해 3월 돌아가신 아버지의 회상에 잠겨 어머니가 이 밤에도 잠 못 이룰까 걱정이다.

할머니의 일생

풍랑이 드센 겨울 바다가 뭍으로 올린 고기들을 할머니는 잘도 주워왔다. 그런 날이면 우리 가족은 오랜만에 고기로 배를 채울 수 있었다.

 할머니는 100여 년 가까운 세월을 이승과 저승 드나들 듯 살다 가셨다. 일제의 침략이 노골화되고 제주의 크고 작은 민란들이 준비되던 1898년에 태어난 할머니는, 제주도 수난사의 축소판처럼 그렇게 사셨다. 두 살 아래인 할아버지와 열네 살에 결혼한 할머니는 국권 뺏긴 조국의 이지러진 역사처럼 모진 삶을 이어가야 했다.

슬하에 3남 3녀를 두었으나 큰고모와 큰아버지를 대동아전쟁에 잃었고, 할아버지와 둘째아버지도 '4·3' 사태에 뺏겨야만 했다. 당시의 삶이 그러했을 텐데 누가 가족 잃은 할머니의 상실감과 허망함을 위로라도 했겠는가. 그럼에도 살아남은 자식들을 위해 아픔을 삭이며 살아온 지난 세월, 할머니는 험난한 세월의 산등성이를 넘고 또 넘어야 했다.

길손이 먹장구름 속을 뚫고 나온 햇살을 반기듯, 할머니는 장손

가을 삽화

섬억새 겨울나기

인 나의 탄생에 환호했고, 늦게나마 찾아준 삶의 위안에 기쁜 눈물 흘렸으리라. 갓 젖이 떼인 나를 품안에 재웠고, 휘어진 등에 업고선 자랑스럽게 동네를 돌아다녔다. 고등학생이 되어서도 나는 할머니 젖가슴을 만지며 잠을 청하곤 했으니.

할머니는 밤에도 잠을 물리치려고 이일저일을 마다하지 않았다. 잠에 대한 짙은 두려움이 배어 있기 때문이었으리라. 병치레 한 번 하지 않았던 할머니는 밤만 되면 뜻 모를 비명을 지르며 입에 거품을 물곤 하였다. 그럴 때면 깊은 잠에 빠졌던 우리 가족들은 모두 잠을 설쳐야 했다. 병원에 가자는 아버지의 강권에도 할머니는 당신 병은 당신이 안다는 묘한 말씀만 되풀이할 뿐이었다. 잠자리에까지 따라 다니던 그 한을 가슴에 묻고 살아가는 것이 할머니의 일상이고 숙명이었다.

할머니는 밤이면 손자들을 옆에 재우고는 제주 전설인 마탱이 애기를 들려주었다. 철모르는 손자들은 무심히 듣다가 잠에 떨어지기가 일쑤였고. 그런 날이면 할머니는 더욱 외로운 상념의 밤을 혼자 지새웠을 것이다.

누구 덕에 사느냐는 부모 질문에 부모 덕도 크지만 배꼽 밑의 선 그긋(금) 덕에 산다고 얘기한 셋째 딸을 부모는 내쫓는다. 훗날 부모 덕에 산다는 딸들이 모두 비렁뱅이 거지가 된 반면 셋째는 부자가 된다. 그리고 삼신할망(출생을 관장하는 여신)의 노여움으로 봉사가 된 부모를 찾기 위해 셋째 딸은 큰 잔치를 벌인다.

그 많은 옛날 애기들 중 하필 마탱이 전설(삼공본풀이)을 할머니가 수없이 들려준 이유는 무엇일까. 태어났으니 모진 목숨 다하는 날까지 살아야 함을, 살다보면 기쁜 날도 만날 수 있음을, 가족 잃은 아픔을 이겨내려는 의지를 감추고 있었음을 이제야 나는 알 것 같다.

보릿고개 시절 할머니는 먼동이 트기도 전에 바닷가로 줄달음쳤다. 가족이 잠에서 깰 즈음 돌아온 할머니의 손에는 어김없이 바닷고기가 들려 있었다. 풍랑이 드센 겨울 바다가 뭍으로 올린 고기들을 할머니는 잘도 주워왔다. 그런 날이면 우리 가족은 오랜만에 고기로 배를 채울 수 있었다. 새벽녘에 차례를 지낸 동네 제삿집에서 보낸 음식을 우선 나에게 듬뿍, 동생들에게 조금씩 나눠주곤, 당신은 아주 조금 입에 넣고 오래오래 씹으시던 모습도 어제 일인 양 눈에 선하다

초등학교 가기 전 해에 나는 몹쓸 열병에 걸렸었다. 사색이 다 된 장손을 살려야 한다며 주저 없이 우영 밭을 팔아치운 할머니는 제주시에서도 유명하다는 의사를 찾았다. 사지가 마비된 손자를 등에 업고 '남수각'의 가파른 언덕을 넘나들길 여러 달. 할머니의 지극한 간호와 정성으로 나는 마침내 두 발로 걸을 수가 있었다.

살아 생전 할머니가 가장 기뻤던 순간이 언제였던가. 할아버지와 사각모 쓴 백부가 함께 걸어가는 모습을 물끄러미 바라볼 때라고 들려주시던 나의 할머니. 그 때마다 나는 얼굴을 한 번도 본 적이 없는 할아버지와 백부가 얼마나 자랑스러웠던지…….

나도 어서 커서 큰아버지 같은 사람이 되겠노라고 할머니 앞에

서 다짐하기 여러 번이었다.

　고희가 훨씬 넘었어도 할머니는 시도 때도 없이 해초 따러 바다로, 밭일하러 들로, 마냥 다니셨다. 그러면서도 평상심으로 살 수 있음이 내게는 외경 그 자체였다. 그때마다 나도 한 많은 삶을 이어가는 할머니에게 효도하려는 착한 아이로 크고 있었다. 이를 어여삐 여긴 할머니는 내게 이것저것 사람의 도리를 들려주곤 하였다. 그리고 어린 내가 들어주어야 할 소원 하나가 있다고 하였다. 당신 죽기 전에 떡두꺼비 같은 증손자 하나 보게 해 달라고. 그럴 때면 수줍어 얼굴 붉히면서도 어른이 되는 미지의 세계를 나도 준비하고 있었던 게다.
　젊은이 못지않게 건강을 유지하던 할머니가 팔십 두어 살 쯤에 자리에 들었다. 멀리 사는 친척들도 임종을 보려 왔고 수의도 장만되었다. 그러나 할머니는 기적처럼 일어나 이내 걸어 다니셨다. 어디에서 다시 일어설 수 있는 힘이 생겼는지 지금도 내겐 수수께끼이다. 그 사건 이후 종종 나를 바라보다 먼 곳으로 향하는 할머니의 눈길에서 나는 알 듯 말 듯한 가슴앓이를 하나 갖기 시작하였다. 아흔 살이 됐을 때 비로소 나는 할머니 품에 우리 집 장손인 아들 녀석을 안겨 드릴 수 있었다.
　증손자를 어르고 달래는 한편, 이젠 여한이 없다는 듯 허공을 향해 깊은 숨을 몰아쉬며 할머니는 지그시 눈을 감곤 하였다. 아마 할아버지를 비롯한 저 세상에 먼저 간 자식들을 떠올렸을 게다. 특히 백부의 얼굴을 나의 아들에게서 찾고 있었던 것이다. 할머니는 가야 할 곳을 찾고, 떠나야 할 때를 기다리고 있었을까. 그렇게 원하던 증손자를 보더니 이내 할머니의 건강은 무너지기 시작하였다.

1991년 추석을 며칠 앞둔 깊은 밤에 나의 할머니는 한 많은 삶을 편안히 마감하셨다. 난생 처음 자동차를 구입하여 할머니를 태우려던 바람도, 어렵사리 장만한 아파트에 모시려던 소원도 이젠 결코 이루어질 수 없는 슬픈 기도가 되어버렸다.

할머니를 할아버지 곁에 모시고 돌아오던 날, 할머니 영정을 나의 차에 모시고 상복을 입은 채 나는 차를 몰았다. 생전에 고생을 낙으로 삼으시며 험한 세상을 살아오신 할머니께 효도 한번 해드리려던 것이 할머니의 초상을 차에 태우는 것으로 대신한 것이다.

돌아보면 손에 잡힐 듯 아득히 먼 세월, 고향 떠나 객지로 향하던 그 때마다 나는 할머니의 사랑 넘치는 배웅을 받곤 하였다.

할머니의 육신은 가셨지만 나의 마음 깊은 자리에 할머니는 항상 계시다. (1997)

내 고향 행원리 풍차마을

우리들 삶의 흔적이 후세들의 이야깃거리가 될 때, 그 때 우리의
살아 있는 전설도 만들어질 것이다.

 **어느새** 고향 마을이 다가온다. 요사이는 더 멀리에
서도 잘 보인다. 높다랗고 커다란 풍차들이 돌아가는 곳이 내 고
향 마을 행원리이다.

이웃 마을인 월정리 어귀에 있는 초등학교가 먼저 날 반긴다. 그
시절 '월정 까마귀, 행원 까마귀' 라고 부르며 우리는 서로를 놀리
곤 했었다. 하필 까마귀라 하며 서로를 놀렸을까. 제대로 먹지도
입지도 못하던 시절, 얼굴색이 고울 리 없다. 아이들은 세수할 사
이도 없이 농사일을 돕거나 밖으로 마냥 싸돌아다니곤 했으니까.
여름 햇볕에 그을린, 그야말로 바람 까마귀 같은 촌뜨기 얼굴들이
었다.

불볕더위 아래 밭일을 하는 것이 고역이기는 했지만 그래도 시
골 아이들에겐 여름은 신나는 계절이었다. 방학이 오면 남녀 어린
이들은 마당 넓은 집에 모여, 모깃불을 피워놓고 발을 간질이며 억

지 잠을 청하곤 했다. 새벽녘에 일어난 아이들은 졸린 눈으로 새마을 노래와 행진가를 부르며 줄지어 학교로 향했다. 국민체조를 마친 아이들은 경쟁하듯 마을로 뛰어가 동네 청소를 하며 밭일 간 부모 대신에 마을을 지키곤 했다.

가장 싫은 계절은 겨울이었다. 진눈깨비가 내리는 날엔 불에 구운 조약돌을 호주머니에 넣고 책보자기를 등에 동여매고 집을 나섰다. 학교 가는 길에는 모래둔덕과 모래밭들이 즐비하였고, 등하굣길 주변에서 불어오는 겨울 모래 바람은 가히 칼 맛이었다.

우리 마을은 여러 바람이 지나가는 길목에 위치하고 있어, 예로부터 바람 많기로 소문난 곳이다. 나무도 바람 때문에 자라지 못하는 황량한 시골이다. 고작해야 폭낭이라 불리는 팽나무 몇 그루만이 바람막이 역할을 하고 있을 뿐이다.

마을에 대학생이 고작 10명 안팎이던 시절, 선후배 몇 명이 모여 학우회를 조직하여 마을길에 나무를 심었었다. 바다에서 불어오는 소금기 머금은 바람 때문인지 나무는 여간해선 뿌리를 제대로 내리지 못했다. 나이 익가가 있는 '가시리' 엔 온 천지가 숲으로 둘러싸여 있는데, 왜 우리 마을엔 나무가 자라지 못할까 하고 푸념도 하였었다. 나무가 없는 마을 풍경이 사람 인심까지 삭막하게 하지 않을까 염려되었기 때문이다.

사방팔방에서 달려드는 바람코지에 풍차단지가 들어선 것은 어쩜 당연한 일이다. 풍차에서 얻는 전력 덕으로 우리 마을 사람들은 여러 혜택을 입고 있다 한다. 한여름 밤 방문을 열고 잘 때면 윙윙 풍차 날개 도는 소리에 잠을 설치기도 한다지만.

… 바람 잘 날이 없는 / 행원리 마을은 / 제주의 한을 통째로 마시고
산다. / (중략) / 행원리 앞 바다 / 만상이 고요한 잠에 빠진 /깊은 밤
에도 홀로 깨어 / 바람결 따라 / 물결 따라 / 풍차도 돌아가는 / 슬픈
전설의 풍차마을

김정자 시인의 〈풍차마을〉에서 몇 구절 인용하였다. 우리 마을
의 아픈 속살까지 들여다본 시인을 만나니 더욱 반갑다. 슬픈 전
설의 바다마을에서 건져 올린 애정 어린 시어가 번득인다. 바다
냄새 자욱한 어촌 풍경이 나를 아련한 그리움으로 빠져들게 한다.
줌녀(잠녀, 해녀)들의 숨비소리가 흐르는 바당(바다)은 지금도 여전
히 고향 사람들에겐 생존의 밭이다. TV가 그야말로 안방극장 노
릇을 톡톡히 했던 60·70년대 시절, 이웃마을보다 우리 마을이 수

몰래물 앞에서

도와 전기 혜택을 일찍 누릴 수 있었던 것은 순전히 바당 덕이다. 남녀노소가 수눌음(품앗이)으로 채취한 미역과 톳을 판매하여 마을 공동자금을 마련할 수 있었기 때문이다.

지대가 낮아 '장통밭' 이라고 불렀던 우리 밭이 바닷가 근처 어디엔가 있었다. 그 밭에는 그늘을 드리운 자그마한 동굴도 있었다. 그곳은 농사일로 지친 우리 가족들에겐 잠깐잠깐 쉬기도 했던 천혜의 피서지였다.

이제 흔적도 없이 사라진 그곳에 풍차단지가, 양식단지가, 농공단지가 들어선 것이다. 상전벽해는 이를 두고 생긴 말이리라. 옛 정취가 고스란히 드러나는 고향 마을의 모습을 다시 만날 수 있으랴만. 부질없는 소망임을 알기에 차라리 나는 달라진 고향의 모습에서도 애정 어린 감회에 빠진다.

새마을 운동이 한창이던 시절, 연자방앗간이 허물어지고, 물통이라 불린 우물이 메워지고, 초가 대신에 함석으로 지붕이 단장되면 우리도 잘 살게 되는 거라고 철석같이 아이들은 믿고 있었다. 그렇게 우리의 전설들은 만들어지고 있었다.

풍차가 돌아가고 대단위 양식단지가 조성되고 해안도로가 새로 생긴 고향 풍경이 지금의 고향 아이들에겐 일상의 세계이고 삶의 무대이다. 그래도 고향 아이들이 내가 놀던 고향을 만날 수만 있다면, 지금의 고향 모습과 사뭇 다른 옛날의 고향 풍경을 그들이 보거나 들을 수만 있다면, 그것은 전설의 부활이리라.

우리는 너무나 많은 것을 잊고 살고 있다. 어려운 삶을 헤쳐 온 우리 선인들이 오늘 다시 그 후손들에 의해 회자될 때 비로소 우리는 선인들의 전설과 만날 수 있을 텐데. 우리들 삶의 흔적이 후세들의 이야깃거리가 될 때, 그 때 우리의 살아 있는 전설도 만들어질 것이다.

황금 알을 낳을 것 같은 기대 속에 조성된 고향마을 농공단지에선 더 이상 신나게 돌아가는 기계 소리가 들리지 않는다. 폐허처럼 방치된 농공단지를 보는 것은 내겐 아픔이다. 양식단지가 사양사업이 되지 않기를, 풍차가 멎는 일이 없길 간절히 바라며, 다시 고향을 찾았다. 보릿고개의 어려움과 슬픔을 이겨낸 선인들이 쌓아올린 희망의 높이만큼이나 우뚝우뚝 솟구친 풍차들이 마을의 전설을 새로이 만들어 가고 있다.

양식장에서 떠내려 온 고기들을 잡으러 사방팔방에서 몰려드는 낚시꾼들을 보는 것도 내겐 즐거움이다. 아이들과 함께 들린 마을에서 옛 정취에 취하는 것도 행복을 꿰는 나의 낚시질이다. 오늘도 나는 훗날 그들이 기억할 추억 하나 만들어 주기 위해 아이들과 함께 고향으로 차를 몰았던 것이다.

인생은 행복 쌓기인 것을. 어떤 이는 돈 쌓기가 행복일 게고, 어떤 이는 자식 잘 되게 하는 것이 행복일 게다.

고향에 오면 나는 과거 회상에서 행복의 조각들을 주워간다. 추억을 떠올릴 수 있다는 것 역시 행복의 탑을 쌓는 일이기에. (2004)

멜 풍년, 돈 풍년, 마음 풍년

멸치 어장이 형성되면, 누군가 온 동네를 돌며 '멜 들었져, 멜 들었져!' 하고 외친다. 동트기 전에 밭일을 나간 아낙들이 언제 소식을 들었는지 바당으로 줄달음칠 채비를 하느라 부산하다.

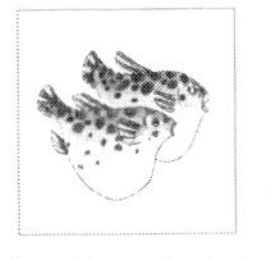

점심시간이면 나는 직장 동료들과 사무실 근처의 한 식당을 즐겨 찾는다. 감칠 맛 나는 음식 덕도 있지만, 여느 식당과는 다른 분위기를 느낄 수 있어 더욱 좋다. 누룽지가 들어 있는 숭늉과 콩잎 등 토속적인 채소를 내놓기도 한다. 망건과 갈중이를 전시한 것도 이채롭다. 제주의 과거를 회상케 하는 먹을거리와 옷가지를 쥬비하는 배려가 고객들의 소화샘을 자극하는 셈이다.

야채와 함께 놓인 멸치젓갈 냄새가 방안 가득하다. 쌈을 만들어 먹는 손놀림이 바빠지는 만큼 미소가 일행들의 얼굴에 번진다. 음식 맛에 취해 보릿고개 넘던 아련한 기억들을 되살리며 얘기꽃을 피운다. 때로는 소쿠리에 담아 내놓는 말린 제주산 멸치를 만나기도 한다. 그런 날이면 더욱 어릴 적 추억이 새록새록 피어난다.

마을 앞 바다에 밤새 멸치 어장이 형성되면, 누군가 온 동네를 돌며 '멜 들었져, 멜 들었져!' 하고 외친다. 동트기 전에 밭일을 나간 아낙들이 언제 소식을 들었는지 바당으로 줄달음칠 채비를 하느라 부산하다. 아이들도 멸치 담을 도구들을 챙긴다.

해안에서 1km 쯤 떨어진 바당에서 태우와 거룻배 몇 척이 원을 그리며 멸치를 모은다. 이 때 동원되는 배들을 당선, 망선, 닻배라 한다. 당선은 멸치 떼를 찾아 마을에 연락을 취하고, 망선은 그물을 실어 가고, 닻배는 닻을 놓아 그물 작업에 관여한다. 동원된 배들이 맡은 역할을 다하고 나서는 맞접을 하며 그물에 걸

숨은 꽃을 찾아서

린 멸치들을 모으는 작업에 들어간다. 이를 '멜 후린다' 고 한다.

멸치 후리는 작업은 공동으로 그물을 당기고 놓고 하는 과정을 반복하는 고된 일이다. 고도무원孤島無援 바다에서의 시름을 잊기 위해서도 누군가 작업에 흥을 불어 넣어야 한다. 가창력이 뛰어난 사람이 선소리를 하면, 그물을 당기는 사람들은 같은 동작에 맞추어 후렴을 힘차게 부른다. 고된 노동을 흥으로 승화시키는 과정이 곧 제주 선인들의 삶의 현장이며 지혜의 바당인 것이다.

내 고향 행원리 앞바당에 멜 풍년 들면 마을은 모처럼 활기를 띠

었다. 어른 아이 할 것 없이 바쁜 아침나절을 보내고 나면, 마을의 시멘트 길은 물론 모래밭과 테역밭(잔디밭)에는 온통 멸치로 뒤덮였다. 어부도, 해녀도 없던 우리 집에도 바닷가에서 주워온 멸치들과 이웃이 보내준 멸치들을 솥에서 익혀 마당에서 말리느라 온종일 분주하였다.

고향 사람들은 척박한 농토를 일구는 밭일 못지않게 바다 일에도 매달려야 했다. 그런 이유로 고향 마을에는, 토질이 좋아 노동요가 발달된 서부 지역과는 달리, 어업요가 발달한 모양이다.

'어엿 싸나 헤, 어엿 싸나 헤' 하고 테왁을 밀며 내뱉는 해녀들의 자맥질 소리가 통곡의 소리처럼, 희열의 소리처럼 들렸던 고향 바당이 눈앞에 넘실거린다. 붉은 기와 푸른 기를 펄럭이며 돌아오는 고깃배가 멀리서 보이면 동네 개구쟁이들은 앞서거니 뒤서거니 하면서 포구로 달려가곤 했다. 그런 날이면 과자부스러기라도 얻어먹을 수 있기 때문이다. 아니나 다를까, 만선에 들뜬 마을 사람들은 막걸리와 음식들을 장만하고 고기잡이 작업에 지친 사람들을 위로하기 위해 소박한 잔치 마당을 준비하고 있었다.

순박한 바다 사람들은 삶의 고달픔을 잊으려고, 보다 나은 내일에의 희망을 낚으려고, 멜 풍년을 돈 풍년이라 노래했던가. 따라 부를 수 있을 정도로 친숙한 '어 허야 디이~야' 로 후렴 되는 사설을 흥얼거려 본다.

당선에서 멜발을 보고 / 망선에서 후림을 노라 / 갓배에서 진을 재왕 / 테우 배에 이 놈덜아… 풍년 왔네 풍년이 왔져 / 논畓이 바당에 돈 풍년 왔져…

멸치 후리는 작업은 바닷가의 모래밭에서도 행해졌는데, 그 소리와 놀이가 제주도 무형문화재로 지정된, 우리 마을 옆 '김녕리' 마을의 해수욕장 일대를, 위 사설에 등장하는 논궹이 바당이라 한다.

농사를 하늘의 뜻에 의존하던 시절, 멜 풍년 들면 아이들에겐 즐거움이 하나 더 는다. 말린 멸치를 간식인 양 씹으며 마을에서 멀리 떨어진 초등학교로 향하는 것이다. 지금 생각하면 가난함이 무언지도 모르며 살았던 철부지 시절이었다.

중·고등학교 시절 나는 자취 생활을 더러 하기도 했었다. 그 시절 내가 장만한 도시락 반찬에는 대개 고추장과 함께 멸치가 들어 있었다. 급우들 앞에서 보리밥과 멸치가 들어 있는 도시락을 펼치며 얼굴 붉혔던 사춘기 소년! 쌀밥, 반지기밥(쌀과 조, 보리 등 잡곡과 함께 찐 밥)에 계란 후라이가 놓여 있는 동급생들의 도시락과 내심 견주곤 했던 시골 소년은 상대적 열등감에 시달리기도 했었다.

건빵 한 봉지에 단돈 10원 하던 시절, 점심시간이면 특이한 모험을 즐기는 한 친구가 있었다. 도시락을 미리 먹어치운 그는 점심시간이 다가오면 여러 친구에게서 건빵 구입 주문을 받곤, 학교 울타리를 넘어 가 인근 구멍가게에서 건빵을 사오곤 했다. 그러면 친구들은 건빵 속에 들어 있는 별사탕 몇 알을 친구의 모험 대가로 지불하였다.

도시락을 준비하지 못하는 날이면 나도 그 친구에게 신세지곤 했다. 친구가 규율부원에게라도 들키는 날에는 나는 점심을 건너

뛰어야 했고. 점심시간이 되어 급우들이 도시락을 먹는 사이 교실을 빠져 나온 나는, 컵에 물을 가득 붓고는 건빵을 사러 간 친구를 기다렸다. 물기 오른 건빵을 먹으면 그 날은 오랜 시간 허기를 면할 수 있었다.

멜 풍년이 돈 풍년과 마음 풍년으로 이어지길 간절히 소망했던 우리의 선인들. 아름다운 추억은 가슴으로 오는 걸까. 멜 풍년은 내게도 마음 풍년으로 이어지고 있으니 말이다. 우리 아이들이 음식 타박을 할 때면 나는 마누라에게 아이들을 굶기자고 제의한다. 그러나 나는 때를 놓치면 아이들의 성장에 문제가 있다는 마누라의 충고를 오히려 들어야 한다. 키가 작은 우리 부부의 애환이 그녀의 얘기 속에 녹아 있기 때문이다. 하긴 눈에 넣어도 아프지 않을 자식들이 아닌가.

마누라는 항상 멸치와 고추장을 식탁에 올린다. 지금은 초등학교 4학년인 아들놈을 가졌을 때 그녀가 왜 멸치를 그렇게 먹고 싶어 했는지 알 만하다. 칼슘이 함유된 멸치를 많이 섭취한 덕분인지 아들놈은 벌써 나와 씨름을 하자며 힘자랑한다.

아무리 보잘것없는 과거의 일이라도 교훈은 있게 마련인걸. 내 과거의 기쁨과 슬픔까지도 나는 내 자식들과 공유하고 싶다. 생존을 위해 멸치를 먹었던 시절을 자식들에게 물려줄 수는 없지만 들려줄 수는 있지 않을까. 글을 통해서라도 그들을 선인들의 삶의 현장으로 안내하는 아비가 되고 싶은가 보다. (2000)

고향집 풍경
— 올레에서 통시까지 —

젖은 지들커로 불을 피워 보지 못한 이하고는 과거를 논하지 말라
고 했던가. 젖은 지들커의 꺼져 가는 불씨를 살리려 호호 하고 불 때
면 매운 연기가 눈에 들어가 눈물샘을 아프게 자극했다.

늘 그러하듯이 고향은 저만치에서도 나를 반긴다.

고향집을 찾아간 날 올레에서는 동네 꼬마들이 구슬치기에 여념이 없었다. 그들에게 이 집 주인을 아느냐고 물었다. 내 알 바 아니라는 듯 놀이에 한창인 그들에게 내가 이 집 임자라고 하자 그제야 아이들은 나에게도 눈길을 주었다.

아이들 얼굴에서 그들 아빠의 이름을 읽어내어 '너 누구

바람까마귀

아들이지?' 하고 말하자 아이들은 놀란 표정들을 지었다. 반가워하는 그들에게 푼돈을 주어 구슬 몇 개를 사서 나도 그들 놀이에 끼어들었다. 이내 나는 그들에게 이 곳에 자주 와서 놀라는 부탁과 함께 남은 구슬을 주고는 집안으로 향하였다.

고향집 올레 어귀의 양쪽에는 큼지막한 돌이 주춧돌처럼 놓여 있다. 올레가 꺾이는 입구에도 어귓돌이 놓여 우영팟(밭)과 경계 짓고 있다. 우영팟으로 넘어가려면 돌담 몇 개를 허물면 된다.

다마내기(양파), 콥대사니(마늘) 등의 농작물 수확이 끝난 우영팟의 구석에는 다음 해에 심을 씨감저(고구마)와 겨울 양식으로 먹을 파치 감저를 따로 묻었던 눌(낟가리)이 있었다. 수확한 감저들은 절간기로 갈아 말려서 '빼때기' 라 불리는 절간을 만들었다. 주정 원료가 되는 절간은 꽤나 값이 나가기 때문이다. 절간을 공판하는 날에는 온 동네가 한바탕 잔치라도 벌여야 했다. 집집마다 2~30가마니 정도씩을 내놓기 때문이다.

돌렝이라고도 하는 우영팟은 어린이들의 놀이터이기도 했다. 감저를 저장한 눌 주변에서 달 밝은 밤이면 우리는 '카멘' 이라는 부하 만들기나 '고불락' 이라는 숨바꼭질 놀이를 즐기기도 했다.

'올레가 길어야 명도 길고 곡식도 빠져나가지 않는다.' 라는 말을 굳게 믿으며 삶의 터전을 일구었던 나의 선조들이 자랑스럽다. 바깥 올레와 기역자 형태로 이어진 곳에는 안 올레가 있다.

높은 돌담으로 둘러싸인 아늑한 그 곳에서 우리는 겨울에도 제기차기와 구슬치기를 할 수 있었다.

고향집에는 정낭 대신에 이문간이 있고 큰 대문이 있다. 밖거리의 가운데에 위치한 대문은 비와 바람을 덜 받아서인지 상태가 좋은 편이다. 백 년은 거뜬히 우리 집을 지켜줄 집(청)지기가 될 성싶다.

대문을 들어서면 쇠막(외양간)이 있다. 많을 때는 10마리 이상의 소가 매어져 있었다. 이문간을 나서면 꽤 넓은 마당이 나온다. 사라호 태풍으로 무너졌던 서쪽 담장 곁에는 나의 교직생활 출발을 기념하며 심은 은사철나무 두 그루가 후손의 번창을 바라는 듯이 무성한 가지와 잎을 피워내고 있다.

마당 동편에는 눌굽이 두 군데 있었다. 하나는 소꼴인 쇠촐눌이 고, 다른 하나는 정지(부엌)에서 연료로 쓰일 검질(지들커)눌이다. 눌을 잘 쌓기 위해서는 우선 공터에 돌로 빗물이 잘 빠지도록 기초를 다진다. 그 위에 비바람에도 무너지지 않게 단을 쌓듯 눌을 올린다. 촘촘히 쌓은 눌을 느람지(이엉)로 감싼다. 맨 상단에는 주젱이가 얹혀진다. 강풍에도 날리지 않도록 상단에는 새끼나 칡넝쿨로 돌멩이를 균형추처럼 묶어 단다.

소나 말의 양식인 촐을 저장한 눌은 가축에게는 고팡과 같은 존재이다. 비에 노출된 촐은 쉽게 썩거나 영양분이 물에 씻겨나가기 때문에 촐은 정성껏 눌어야 했다. 눌 솜씨가 바로 그 집안의 손 솜씨였다. 비 오는 날에도 마른 지들커로 정지에서 불을 지필 수 있었던 것은 순전히 눌 솜씨 덕이다. 땀에 젖은 빵을 먹지 않은 자와는 상종하지 말라고 했듯, 젖은 지들커로 불을 피워 보지 못한 이하고는 과거를 논하지 말라고 했던가. 젖은 지들커의 꺼져 가는 불씨를 살리려 호호 하고 불 때면 매운 연기가 눈에 들어가 눈물샘

을 아프게 자극하기도 했다. 정지 바로 동편에는 불치(재)를 보관
하는 부뚜막이 있었다. 바람난 고양이 부뚜막에 먼저 올라간다는
바로 그 곳이다.

보릿고개 시절 곡식 타작을 하기 위해서는 먼저 보리나 조의 이
삭을 쇠틀에서 훑는다. 조코고리(이삭)는 조코고리대로, 조짚은 조
짚대로 나눈다. 조짚과 조깎지는 쇠촐로도 사용되니 뭐 하나 버릴
것이 없다. "조코고리 흐랑허게 잘도 누었저."라고 말하며 넉살좋
게 아주머니들을 웃겼던 동네 삼춘(아저씨)도 이젠 저 세상 사람이
되었다.

곡식 알갱이를 타작하기 위해 도리깨 대신에 가축을 이용하기도
했었다. 동네의 이집 저집에서 빌려온 멍석과 덕석 위에 조코고리
들을 풀어놓고는 입과 뒤를 그물망으로 막은 소들을 이리저리 몰
았다. 소들이 조이삭을 밟아 탈곡을 하기 위함이다.

안거리에는 낭간, 춤방, 구들, 정지가 있었다. 춤방 또는 상방이
라 부르던 마루의 목재는 매우 질기다는 굴무기나무이다. 상방 앞
난간에도 굴무기나무가 놓여 있었다. 어릴 적, 낭간 구멍으로 들
어간 구슬을 꺼내려고 무거운 굴무기나무를 놓다가 그만 손이 찍
혀 손톱이 빠지는 아픔을 겪기도 했었다.

할머니가 거처했던 큰 구들(방) 뒤에는 굴묵이 있었다. 굴을 연상
할 수 있을 만큼 어둠침침하여 술래잡기하며 숨던 곳이다. 보리타
작 후에 남는 ㄱ시락(짚)을 구들묵 한 편에 쌓아두었다가 난방용
땔감으로 요긴하게 태우기도 했다. 굴묵과 벽으로 막아 마주한 큰
구들 벽채에는 굴무기나무로 짠 큰 궤가 놓여져 있었다. 그 안에

할머니는 중요한 문서나 옷가지들, 그리고 수의까지 보관하였다.

큰 구들 옆에는 집안의 주요 물건 및 수확한 곡식들을 보관하는 고팡이 있었다. 푸는채와 떡구덕, 승키구덕, 맹탱이, 제사 때 요긴하게 쓸 곤쌀을 보관하는 독, 놋쇠로 만든 떡항아리도 있었다.

상방 끝에는 제사 용품들을 보관하는 장방이, 안거리 뒤꼍에는 장독대와 장항굽이, 그 주변에는 양애가 심어져 있었다. 감나무가 있던 옆에는 아직도 칠성눌이 남아 있어 갈 적마다 가족의 만수무강을 발원하며 동전 몇 닢을 묻고 온다.

눌굽 양옆에는 부엌인 정지와 뒷간인 통시가 있었다. '처갓집과 통시는 멀어야 한다.' 는 말처럼 통시는 안거리에서 가장 먼 구석진 곳에 있었다. 돗(돼지)이 기거하는 울타리 입구에는 화장실 격인 통시막(집)이, 양쪽에는 널찍하고 긴 돌을 넣어 뒤를 보는 쉼팡돌(휴식 공간)이 놓여 있었다. 휴지가 귀했던 시절, 통시막에는 뒤를 닦기 위한 짚이 세워져 있었다. 돗도고리에 음식물 찌꺼기를 부으면 것(음식) 먹으러 돗이 뛰쳐 나오곤 했다. 내가 싼 똥을 뒤집어 쓴 돗이 검은 몸통을 한번 휘두르면 변이 튀어 올라 내 엉덩이에 도로 묻기도 했다. 한두 평 좁은 통시에서 먹고 싸고 하는 일을 반복하는 돗은 주인을 위해 살쪄주는 것으로 보은하는 셈이다.

고향집도 근대화의 바람으로 초가에서 함석으로 지붕이 덮인 지 오래이다. 할머니가 지키던 고향집은 더 이상 주인이 살고 있지 않다. 그래도 고향집에 가면 마음이 편안해진다. 추억의 꽃들이 활짝 피어나기 때문이다. (1999)

고향집을 찾는 날은 그리움과 허무감이 동시에 밀려온다. 가족 모두가 도시로 떠난 고향집엔 정적만이 감돌고 있었다. 그러던 중 한 후배가 고향집을 현대식으로 개조하여 사용했다. 하지만 그는 마루에 놓인 소중한 목재의 숨통을 끊어버리는 우를 범했다. 목재 마루 위에 비닐 장판을 덧씌운 결과 몇 년이 지난 후 마루 목재들은 다 부식되고, 대문간 문도 그만 명을 다한 듯 부식되고 말았다. 애석하고 허무하기 그지없다. '선조의 유산을 돌보지 못한 후손의 아픔이 이런 것이구나.' 하는 자괴감에 빠지기도 한다. 추억이 하나씩 줄어들 듯 허전함은 더욱 밀려온다.

오일동산 우리 집

   동쪽 베란다에 서면 서귀포 시가지가 한눈에 들어와, 아침 해가 떠오르다 건물 위에 걸려 있는 모습을 볼 수 있다. 또 서쪽 베란다에서는 한라산 정상을 올려볼 수도, 과수원 지대를 날아온 상큼한 바람을 만날 수도, 주변에 펼쳐진 감귤밭의 정취와 변화 많은 구름의 유희를 감상할 수도 있다.

난蘭, 그댄

슬픔을 머금은 영혼

눈물의 인두印痘로 다려진 그대는

순결의 거울

부딪히는 술잔에 미소 띠우고

눈부신 황금에 함박웃음 짓는

그대의 거울에 비친 나의 집은

오일시장 동산에 세워진

우상의 궁궐

아 아 어쩌랴

허기진 세월이 흐르는 깊은 협곡이
저 아래 신음하는데
가난한 형제들과
때 묻지 않은 아이들의 함성을
그저 들을 수밖에 없는
슬픔의 자식임을

　내 나이 서른다섯 살에 우리 부부는 시내 변두리에 새로 세워진 아파트 한 채를 장만하였다. 이사 온 다음 해에는 집안의 장손인 떡두꺼비 같은 아들도 보았으니 기쁨을 어찌 말하랴.

　아파트 동쪽 베란다에 서면 서귀포 시가지가 한눈에 들어 와, 아침 해가 떠오르다 건물 위에 걸려 있는 모습도 볼 수 있다. 서쪽 베란다에서는 한라산 정상을 올려볼 수도, 과수원 지대를 날아온 상큼한 바람을 만날 수도, 주변에 펼쳐진 감귤밭의 정취와 변화 많은 구름의 유희를 감상할 수도 있다.

　이 곳에 나는 난들을 진열하고 있다. 난은 아침볕을 좋아하고 석양볕을 싫어하지만, 동쪽은 건물에 막혀 바람이 별로 없다. 반면 지대가 높은 서쪽에는 거침없이 바람이 불어온다. 다만 한낮의 햇볕과 모진 바람을 차단하기 위해 베란다에 대발을 쳤다.

　거실에 앉아서도 난 가족들을 대할 수 있으니, 이쯤에서 나는 청빈낙도에 빠진 대장부가 되기도 한다. 난 30여 분이 진열된 이곳에는 제주한란을 비롯한 중국한란, 소심 등 주로 동양란으로 채워져 있다. 난꽃이 피면 나는 향을 음미하는 신선이 되기도 한다.

우리 집 근처에는 장터가 있어 5일에 한 번씩 장이 선다. 창문을 활짝 열고 장터에서 벌어지는 정경에 눈을 팔다보면 시간 가는 줄도 모를 정도이다. 행인들을 끌어 모으는 상인들 소리와 거나하게 취한 술꾼들의 기분 좋은 고성방가가 모여 묘한 합창을 들려주기도 한다. 마누라와 함께 장보러 아파트 계단을 내려가 보면, 오가는 사람들과 부딪치며 물건 값 흥정하는 이웃들의 소리도 듣고, 여기저기 기웃거리며 제때 따라가지 않는다며 타박하는 마누라의 소리도 사랑가인 양 들린다.

우리 아파트 앞 200여 미터 지점에는 '선반내'라고 부르는 계곡이 있다. Y자 형태인 이곳 여러 지점에서 발원한 물은 계곡 따라 흘러 '천지연' 폭포수가 되어 떨어진다. 계곡의 물소리와 아이들 소리가 덩달아 들려오면 나도 우리 아이들과 함께 속세(?)에 내려가 시원한 물에 발을 담근다.

오일시장 동네에서 꽤나 높은 4층에 자리 잡은 우리 집은 선풍기가 필요 없을 정도이다. 한여름 밤에도 창문을 닫고 지내곤 한다. 과수원 지대와 계곡에서 불어오는 바람이 막힘 없이 들어와 더위를 몰아내기 때문이다. 집에 머무름이 곧 피서인 셈이다.

우리 집 주변에는 공사 자재가 어지러이 널린 공터와 허름한 무허가 건물들이 여러 채 붙어 있다. 방에 서면 절로 그곳 이웃들의 은밀한 삶의 모습을 엿볼 수도 있다. 입구에 형형색색의 천을 매단 집에서는 무희의 도구나 탱화가 걸려 있고, 솟대 같은 대나무가 높이 매단 집에는 제단이 모셔져 있다. 가끔은 징소리도 들리고 무당(?)의 사설소리도 들린다.

가건물들은 오일장날에는 질펀한 장터로 변하곤 한다. 술집으로 변한 그곳에서는 한밤중에도 취객들이 부르는 노래 소리와 고함 소리로 왁자지껄 하기도 한다.

새 아파트로 이사 온 다음 날의 일이었다. 출근용으로 산 새 자전거가 사라진 것이 아닌가. 새로 이사 온 동네에 손이 검은 이웃이 있다는 생각에 마음이 허전했다. 분실사고가 또 잇따랐다. 가스불이 붙지 않아 확인하였더니 누군가 가스통을 가져가 버린 것이다. 또 어떤 사고가 일어날까 하고 우리 가족은 아연 긴장하지 않을 수가 없었다.

혹시나 일어날지도 모를 불상사는 더 이상 발생하지 않았다. 긴장되던 마음이 눈 녹듯 사라지니 그제야 이웃에 정이 가기 시작하였다. 만나는 사람마다 내가 먼저 인사를 건넸다. 시간이 갈수록 주변 무허가 건물들도 하나 둘 새 건물들로 바뀌어 갔다.

내 집 한 채 장만하기 위해 악착같이 돈 모으는 데 전념하였던 지난날이다. 아이들에게도 수돗물과 전기를 아끼도록 절약생활을 반복적으로 가르쳤다. '백화점제' 보다는 '오일시장제' 를 자주 찾는 마누라는 이곳에 사는 동안 절로 알뜰하게 생활하니 절약하는 마음과 행복감에 젖는다고 했다.

아파트 구매계약 후 골격만 세워진 건물을 우리 부부는 자주 찾았었다. 이제 곧 자기 집을 갖는다는 기분에 우리 부부는 기다림이 마냥 즐겁기만 했다. 삶의 과정 그 자체가 값진 희열을 한없이 맛볼 수 있는 시간의 연속이었다.

그토록 절약하던 마누라도 집을 갖고 나서는 자물쇠처럼 쥐었던 손을 조금씩 펴고 있다. 인생은 '추억 쌓기'라고도 하듯, 아이들도 훗날 과거를 회상하면서 부모의 절약생활을 기억해낼 수 있으면 좋겠다. 또한 우리보다 더 어려운 이웃에게도 온정의 마음을 가질 수 있으면 좋겠다. 그러한 마음이 바로 오일시장 동산에 세워진 이 집에서 영글었다고 회상할 수 있으면 더욱 좋겠다. (1998)

— 후기

삶의 계단을 오르듯 그렇게 살아가고 있다. 결혼 후 사글세, 전셋집, 아파트, 그리고 지금의 개인주택 순으로 살아온 지난날이다.

인생은 과정이다. 과정을 얼마나 즐기느냐에 인생의 묘미가 있음을 깨친다. 그 사이 서귀포에서 십 년 이상 정들었던 아파트를 처분하고 부모형제가 있는 제주시로 이사하였다. 아이들이 모두 집을 떠나면 다시 우리 부부는 아파트를 준비하여 노년 초년을 보낼 것이다. 그리고 노년 후년을 어떻게 보낼지는 남은 삶의 과정에 달려 있을 것이다.

자식들에게 쓰다 만 편지

잡초가 꽃을 피워내는 의지를 우리 아이들이 배운다면 그들 또한
살맛나는 세상을 만들어갈 것이다. 자연의 섭리라고만 여긴다면 들
꽃은 풀과 잡초일 뿐이지만.

'희망가' 라는 노래를 좋아서 즐겨 부르다 보니,
나의 애창곡이 된 지도 꽤 오래되었다.

'이 풍진 세상을 만났으니 너의 희망이 무엇이냐 / 부귀와 영화
를 누렸으면 이 몸이 족할까 / 푸른 하늘 맑은 달 아래 곰곰이 생각
하니 / 세상만사가 춘몽 중에 또다시 꿈같도다.'

우리 아이들의 희망은 무얼까. 그들이 즐겨 부르는 랩 음악은 나
를 얼얼하게 만든다. 그래도 좋다. 아이들은 또 다른 나의 희망이
니까. 희망이 있는 한 이 세상은 살맛나는 낙원이자 행복의 땅이
다. 서양 사람들이 부여잡으려는 희망에 관한 신화 한 토막을 들
여다보자.

결코 열지 말라는 형兄 프로메테우스Prometheus의 간곡한 부탁에
도 불구하고, 에피메테우스Epimetheus와 그의 아내 판도라Pandora

는 제우스신이 결혼 선물로 준 상자를 호기심을 이기지 못해 열었
다. 그러자 그 속에 있던 질병·근심·불안·불화·시기·나태 등
의 악마가 뛰쳐나왔고, 깜짝 놀란 그들 부부는 상자를 급히 닫았다.
다행히 악마 하나가 맨 밑에 깔려있었는데, 다름 아닌 '앞일을 모
두 알아 버리는 악마' 란다. 영어로는 'Foreboding' 즉 불행을 예감
하는 악마의 의미로 해석되지만, 우리는 이를 희망이라 부른다.

아이들 앞에 놓인 수많은 유혹물들이 부모들을 긴장하게 만드는
세상이다.
　내게도 어서 어른이 되었으면 하고 안달이 나던 어린 시절이 있
었다. 어른이 된다는 것은 험난한 항해 끝의 항구나 지루한 기다
림 끝의 만남일지도 모른다.
　자식과 나는 숙명으로 맺어진 사이다. 그러나 운명이 우리를 더
욱 굳게 맺어줄 것이다. 운명은 개척하고, 씨 뿌리고, 열매 거두고,
또 씨 뿌려야 하는 삶의 터전이기에.
　나는 삶을 수예手藝 즉 수놓음의 예술에 즐겨 비유한다. 나의 자
식들은 인생이란 수틀에 어떠한 모양의 수를 놓을까. 그들만의 빛
깔로 화려하면서도 은은한 수놓음을 애정의 눈으로 지켜보련다.
온실이나 정원에서 타인의 손길에 의해 꽃피워진 화초가 아닌, 비
탈길에 핀 야성野性 들꽃의 자생력을 그린 그런 수놓음을 보고 싶
다. 또한 스스로 설 수 있는 힘, 스스로 생각하고 행동함으로서 얻
어지는 힘, 그런 힘을 지닌 자율인, 그런 모양의 수놓음을 보고 싶
은 것이다.

잡초가 꽃을 피워내는 의지를 우리 아이들이 배운다면 그들 또한 살맛나는 세상을 만들어갈 것이다. 자연의 섭리라고만 여긴다면 들꽃은 풀과 잡초일 뿐이지만. 그러나 이 질긴 잡초는 돌봐주는 이 없어도 홀로 자연이 주는 양식을 받아먹을 줄 안다. 사나운 비바람이 몰아치면 움츠려 고개 숙이고, 지나가면 고개를 쳐들 줄도 안다. 새벽이슬을 받아 자신의 풀잎을 청초하게 단정할 줄도 안다. 벌레가 찾아와 벗이 되어준다면 안식처를 제공해 주고, 괴롭히려 하면 가시라도 품고 있어 적을 방어할 줄도 안다. 그러한 의지를 지닌 들꽃의 자생력에 나는 늘 경이로움을 보낸다.

음식물이 소화되어 육체의 에너지로 변화하듯, 다양한 경험이 소화되어 정신에너지로 바뀐다지 않는가. 아이들의 인성과 지성은, 경험과 사색을 통하여 진주가 만들어지듯 그렇게 만들어진다지 않는가. 영롱한 진주가 잔잔한 물결이 이는 따뜻한 바다에서 이물질의 자양분을 받아들여 자신의 몸에서 진주질質을 분비함으로써 얻어지듯, 가족과 이웃에 대한 사랑과 봉사는 자신을 감싸주는 소중한 마음씨에서 얻어지는 '진주'와 같은 것이 아닌가 하다.

중요한 것은 보이지 않은 곳에 있다 한다. 보이지 않은 것 중 가장 소중한 것은 바로 공기와 사랑일 것이다. 공기가 자연에게서 받는 것이라면, 사랑은 삼라만상에게로 돌려주는 것이다. 우리 아이들도 그들만의 방식으로 자연과 이웃과 친해지는 방법을 배워가고 있을 거다.

세공장이가 보석을 만들 듯, 자신의 허물이란 이물질을 한 겹 두 겹 벗겨낸 그 자리에 아름답고 영롱한 마음씨로 채색하기를 즐겨

하는 위대한 영혼의 소유자 역시 인간이 아닌가. 우리 아이들도 그렇게 크고 있을 거다.

사람이 육체라면 사랑은 혼이다. 나의 혼이 잠들면 나의 사랑도 시들겠지. 사랑은 사람들 사이에서 부딪치며 일어나는 불씨와 같은 마음씨이고 베풂일 거다. 사랑의 대상이 사람만이 아닌 삼라만상으로 확대될 때 사랑의 크기도 늘어나리라. 푸른 숲이 공기를 맑게 해주듯 우리 아이들의 사랑이 세상을 건강하게 지켜 주리라.

산이 높을수록 계곡이 깊듯이, 그들 앞에 놓인 어려움을 이겨낼 때 기쁨도 더욱 크겠지. 기쁨은 항상 슬픔 뒤에 오곤 하니까.

'군자는 남보다 더 선행을 쌓고 마음을 푸르게 하여 모든 사람들이 알 수 있도록 하지만, 자신의 재주와 지혜는 옥돌이 바위 속에 박혀 있고 구슬이 바다 깊이 잠겨 있는 것처럼 남들이 쉽게 알지 못하게 하라(君子之心事는 天靑日白하여 不可使人不知요, 君子之才華는 玉韞珠藏하여 不可使人易知니라.)' 라는 채근담의 한 대목을 들려주고 싶다.

우리 아이들의 꿈과 희망을 이루기 위해, 높이 나는 갈매기가 먼 곳을 볼 수 있다는 갈매기 조나단의 용기와 지혜를 배우길 나는 이 밤 기도한다. 젊은 날의 몸과 마음의 어려움을 이겨낼 수 있는 힘은 용기와 지혜뿐이기에. 나도 할 수 있다는 자신감과 신념이 용기를 탄생시켜 주기에.

이제 밤이 깊다. 자연의 신비한 속삭임을 들으며 잠자리에 든 자식들을 바라본다. 아이들 얼굴에 고운 미소가 어른거린다. 그들도 이 밤 예쁜 꿈을 꾸고 있겠지. 희망의 별들이 그들에게 손짓한다. 내가 쓰다만 편지를 우리 아이들도 읽어주길 두 손 모은다. (1995)

초등학생이 된 큰딸에게

아빠는 너에게 어떤 경험을, 어떤 환경을 만들어 줬을까? 네가 갖고 있는 재능을 무디게 하는 거친 말씨나 행동을 배워주지는 않았을까?

 네가 막 다니기 시작한 학교 앞 횡단보도에서 너와 헤어져 아빠는 일터로 향했지. 아빠의 걸음걸이가 얼마나 경쾌했는지 너는 상상할 수 있겠니?

오늘도 동네 꼬마 친구들이 너를 몹시 부러워하는 눈치더라. 네게 질투심을 느꼈을지도 몰라. 아빠와 손을 잡고 학교로 향하는 너를 보자 그들은 잰 걸음으로 골목길을 택해 뛰어가더구나. 너도 그애들의 부러움을 알아차렸니? 아빠는 속으로 그 애들에게 무척이나 미안하고 죄스러웠단다. 너에 대한 부러움이 지나쳐 너를 미워한다면, 나는 그들에게 사람을 미워하는 마음을 가르쳐 주는 셈이 되거든. 미운 정도 있다지만, 사람이 사람을 미워하는 것처럼 이 세상에서 제일 큰 죄가 어디 있겠니? 우리 속담에 '미운 놈 떡 하나 더 주라.'는 말이 있듯, 아무리 미운 짓하는 사람에게도 내가 먼저 손을 내민다면 상대방도 빙긋이 웃어줄 거야.

며칠 전 아빠와 네가 나눈 말들을 한번 들어볼래?

"너 짝은 어떤 애니?"

"아빠, 내 짝은 남자앤데, 눈이 이상하게 생겼어. 귀신같아."

"그래, 그래도 너는 그 애를 좋아해야 돼. 너의 짝이니까. 그리고 사람이 사람을 미워하는 것은 죄를 짓는 일이야."

아빠는 너에게 거짓말을 했는지도 몰라. 너에게는 남을 미워하지 말라고 하면서 아빠는 오늘도 뒤에서 어떤 사람 욕을 막 했거든. 아빠는 얼마나 어리석은 거짓말쟁일까? 어른들은 그렇게 해도 괜찮은 특권이라도 가진 듯이. 네가 어른이 될 세상에서도 아빠 같은 사람이 많을까?

너는 커서 무엇을 하고 싶니? 아빠 엄마처럼 선생님? 그래 너는 아주 작았을 때에도 "아빠처럼 학교 선생님이 될 거야" 하고 자랑스럽게 주위 사람들에게 말하더구나. 언젠가는 "나는 커서 주사를 아프지 않게 놓는 간호사 언니가 될 테야."하고 병원을 나서면서 울먹인 적도 있었지.

아빠는 가끔 학교 언니들에게 이렇게 들려준단다.

"태어나면서 적성, 취미, 특기, 인성 등이 갖춰지는 것은 아니란다. 부모님들이 여러분들에게 어떤 말씨를, 어떤 장난감을, 어떤 책을, 어떤 여행을 제공하느냐에 따라, 그리고 여러분들이 어떤 반응을 보이고, 어떤 언행을 하느냐에 따라 달라진단다. 사람은 누구나 자기 생각을 꽃피울 수 있는 능력을 갖고 태어나거든. 그러니 그것을 발휘할 수 있도록 힘쓰는 것이 더욱 중요한 거야."

아빠는 너에게 어떤 경험을, 어떤 환경을 만들어 줬을까? 네가 갖고 있는 재능을 무디게 하는 거친 말씨나 행동을 배워주지는 않았을까? 훗날 너의 예쁘고 훌륭한 모습에서 아빠는 조금이라도 죄스런 마음에서 벗어날 수 있으면 좋겠지만. 이제 보니 아빠는 너에게 오히려 부탁하고 있네. 아빠는 참 욕심쟁이지?

어느 외국 사람은 우리나라 부모들의 교육관에 대해 이렇게 꼬집었단다. '한국의 부모들은 자식에 대한 교육열이 너무 뜨거워서 타다 남은 재만 남아 있는 꼴입니다.' 라고 말이야. 사실 아빠는 많은 부분 이 말에 동조하고 있단다.

이 다음에 너도 '나는 누구이고 어디에서 태어났는가? 그리고 어떻게 살았고 어디로 돌아갈 것인가? 를 생각하게 되겠지. 인간은 누구나 혼자임을 느낀단다. 혼자이기 때문에 친구도 필요하고 더 넓은 세계를 알고 싶어 하겠지. 이리하여 '나' 에게서 '우리' 로 이어지는 상생의 삶을 깨닫고, 또한 자율적으로 일을 처리하는 능력을 배우게 된단다. 이렇듯 우리는 저마다 홀로서기 연습을 하고 있는 중이지.

일곱 살에 너는 엄마가 다니는 학교에 청강생으로 몇 달간 다닌 적이 있단다. 전혀 글을 모르던 네가 학교에 다닌 지 오래지 않아 한글을 깨치기 시작하더라. 그러나 다음 해 초등학교에 막 들어간 너는 학습 활동에 흥미를 보이지 않더구나. 글씨도 전처럼 예쁘지 않고. 아마 딴 생각을 하면서 글을 쓰고 있었던 모양이야. 아니면 전에 다니던 학교에서 이미 경험했기 때문에 싫증이 났던지. 아빠는 이러한 네가 안쓰럽기도 하지만 자랑스러웠단다. 무엇에 대해 골똘히 생각하고 있으니까 말이야. 가끔 공부하는 것이 싫증이 나서 잠시 쉬고 있거나, 아니면 공부하면서 생각해낸 것에 대한 상상의 나래를 펴거나 말이야.

훗날 너의 모습을 상상하는 것도 아빠에게는 기쁨이란다. 아빠가 너에게 주고 싶은 말이 무언지 한번 들어볼래. 한국전쟁의 영웅인 더글라스 맥아더 장군의 기도문에 그 말이 담겨 있단다.

'저의 자식을 이러한 인간이 되게 하소서. 약할 때 자기를 잘 분별할 수 있는 힘과 두려울 때 자신을 잃지 않을 용기를 가지고, 정직한 패배에 부끄러워하지 않고 태연하며, 승리에 겸손하고 온유할 수 있는 사람이 되게 하소서. 그를 요행과 안락의 길로 인도하지 마시고, 곤란과 고통의 길에서 항거할 줄 알게 하시고, 폭풍우 속에서도 일어설 줄 알며, 패한 자를 불쌍히 여길 줄 알도록 해 주소서.

그의 마음을 깨끗이 하고, 목표는 높게 하고, 남을 다스리기 전에 자신을 다스리게 하며, 미래를 지향하는 동시에 과거를 잊지 않게 하소서. 그 위에 유머를 알게 하시어 인생을 엄숙히 살아가면서도 삶을 즐길 줄 아는 마음과 자기 자신을 너무 드러내지 않고 겸손한 마음을 갖게 하소서. 그리고 참으로 위대한 것은 소박한 데에 있다는 것과, 참된 힘은 너그러움에 있다는 것을 명심하도록 하소서. 그리하여 그의 아비인 저는 헛된 인생을 살지 않았노라고 나직이 속삭이게 하소서.' (1987)

　나의 큰딸은 한국에서 대학교를 다니던 중 7년 전 미국으로 삶의 터를 옮겼다. 비자와 비행기표만 마련해주면 모든 것을 혼자 해결하겠다고 하면서 떠났다. 지금 딸은 미국에서 영주권을 취득하여 학업을 계속하고 있다. 그동안 병원과 식당에서 아르바이트하며 스스로 생활비와 학비를 조달하였다. 처음에는 간호학을 공부하다가 회계학으로 전공을 바꿨다. 지금은 뉴욕의 어느 은행에서 주당 30시간 아르바이트 하면서 공부를 계속하고 있다. 외국에서 홀로서기에 여념이 없는 큰딸이 한없이 자랑스럽다.

딸의 울음소리

둘째딸의 힘차고 고운 목소리에서 그녀의 아련한 울음소리를 회상한다. 그 애가 우는 날은 집주인에게 미안해서 그녀를 달래기 위해 온갖 방법을 다 동원하여야 했다.

 **딸에** 대한 회상은 우리 부부를 더욱 살맛나게 한다. 그 시절의 기분을 맛 볼 수 있는 일기장의 한 구절을 골랐다.

'둘째는 오늘도 외할머니 곁을 떠나지 않는다. 엄마 아빠보다 외할머니를 귀찮아 할 정도로 더 따른다. 그 애는 아기 천사같이 온 집안에 웃음보를 선물한다. 오늘도 아빠 엄마가 곁에 있는데도 외할머니가 문밖으로 나가려 하니 따라나선다. 할머니가 몰래 밖으로 나가려 하면 어느 새 눈치를 챈 딸은 문가로 가 그 앞에 가만히 앉는다.

그 애는 눈치에 관한 한 그 나이에도 박사 학위를 받을 만하다. 엄마 아빠가 아침에 출근하려면 고사리 같은 손을 흔들며, "안녕" 하고 고개를 살래살래 흔들며 우리를 배웅한다. 하지만 엄마 아빠가 퇴근 후 다시 외출복으로 갈아입으면 그 애는 너무 들떠 있다.

자기도 밖으로 나갈 테니까.

　만약 그 애를 남기고 우리 부부만 외출한다면 온 집안이 떠나갈 듯 울어댄다. 그 소리가 얼마나 큰지 동네방네가 떠나갈 듯 요란해진다. 오죽하면 동네 할머니들이 딸의 별명을 울보아가씨라 부를까.

　그 애의 울음소리는 악쓰는 소리이다. 자기의 바람이 이루어지지 않는다면 몇 십 분도 울음을 그치지 않는다. 어떤 때는 울다가 잠들기도 한다. 그 애 몰래 우리 부부가 외출하고 돌아와 보면 울다 지쳐 잠든 모습에 가슴이 시린 적도 여러 번이다. 그 애의 울음소리는 육체의 아픔이기보단 서글퍼서, 애달파서, 자기를 사랑해 주지 않는다며 내는 신호음같다.'

　한 생명의 탄생 순간 들려오는 울음소리의 의미는 무엇일까? 갓난애가 울음 대신에 웃으며 태어난다면 그 의미는 또 무엇일까? 울음 아닌 웃음으로 탄생을 알린다면 지금과는 사뭇 다른 삶이 예정되어 있을지도 모를 일이다.

　웃음의 의미는 불행이 아닌 행복, 지옥이 아닌 극락, 죄와 벌이 아닌 정의와 환희가 충만한 삶의 의미가 아닐까? 도연명이 읊은 무릉도원과, 토마스 모어가 그린 유토피아와 같은 기쁨과 즐거움으로 충만한 세상의 의미는 아닐까?

　웃음에 비해 울음은 감정을 감추지 않는다. 웃음에는 거짓과 억지가 스며들 수 있으나, 울음은 여간해선 거짓 없는 감정을 호소한다. 또 감정을 정화시켜 주기도 한다. 곧 울음으로 카타르시스를 맛보기도 한다. 울음 그 자체는 고통이나 불행, 또는 슬픔이나 번민을 호소하지만, 울음 후에는 진정한 자기 발견의 순간을 맛보게 된다. 그리고 고뇌에 찬 세계를 경험할 것이고, 아픔에 대한 극복의 슬기도 아울러 배울 것이다.

오늘도 난 둘째딸의 힘차고 고운 목소리에서 그녀의 아련한 울음소리를 회상한다. 당시 우리는 셋방살이를 하고 있었다. 그 애가 우는 날은 집주인에게 미안해서 그녀를 달래기 위해 온갖 방법을 다 동원했다. 심지어 우는 아이의 입을 막거나, 등에 업고 멀리 피신가기도 했다.

인생은 고해라고, 울음이 끊이지 않는 고통의 바다라고 했거늘. 하지만 그 속에서 나는 지난날의 나와 만나고 앞으로 올 날을 기다린다. 세상살이 어려움을 이겨내는 슬기도 함께 그 속에서 만난다. 딸의 울음소리에서 그리고 과거의 회상에서 나는 웃음과 행복을 낚아 올리는 삶의 묘미를 깨치고 있는 모양이다. (1999)

─ 후기

둘째딸은 벌써 대학 3학년생이다. 집 떠나 먼 곳에서 자아실현을 위해 열심히 사는 그녀가 자랑스럽다. 지나고 나면 세월은 화살과 같다는데. 그녀가 쏘아올린 화살이 훗날 자신이 겨눈 인생의 과녁을 맞힐 수 있을지?

월드컵과 아들의 아픔

패자가 맛보는 아픔마저 입에 쓴 보약으로 받아들인다면 우리는 지는 데에서도 이기는 슬기를 배울 수 있단다.

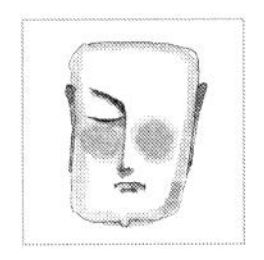 **평소** 우리 부자는 내가 문지기가 되고, 아들은 골게 터가 되어 축구를 즐기곤 한다. 자라면서 분출되는 아들의 공격적 에너지가 친사회적 운동에너지로 전환되도록 돕고 싶기 때문이다. 이러함이 운동 본래의 의미라고 여기는 나로서는 사춘기에 접어든 아들을 위해 아빠 노릇을 제대로 하고도 싶고…….

아들은 국가대항 축구시합을 시청하지 못하면 사족을 못 쓸 정도이다. 세계적 축구 스타의 이름들을 다 꿰다시피 외는 아들인지라 축구에 대한 관심이 지나쳐 혹 학창 시절을 잘못 보내지나 않을까 걱정될 정도이다. 아들은 이성이 아닌 운동을 통해 성장 통痛을 앓고 있는 모양이다.

고교생인 아들은 우리가 2006 독일 월드컵에서 스위스 팀에게 패하여 16강행에 오르지 못한 것을 무척이나 가슴 아파했다. 우리와 비긴 프랑스 팀이 결승전에 올랐으니 대~한민국의 아쉬움은 더욱 클 수밖에 없었을 것이다. 아들은 스위스 팀과의 축구시합에서 전, 후반전 각 1회씩 우리가 얻을 수 있는 페널티킥 상황을 주심이 무시했단다. 오히려 스위스 선수의 오프사이드인데도 주심은 골인으로 인정하였다며 분을 삭이지 못했다. 편파적 판정의 배후로 스위스 출신의 현 FIFA 회장을 지목하기도 했다.

세계인들에게 신사도를 보여주어야 할 월드컵이 이렇듯 편파적이니 남은 월드컵 경기 시청률이 떨어질 거라는 분석을 아들은 내놓았다. 세계 언론들도 이번 월드컵이 오심과 폭력, 그리고 지나친 상업주의로 얼룩지고 있다고 보도하는 마당에 아들의 격정적인 분석을 마냥 우리 축구팀이 경기에 진 데서 오는 넋두리라고만 여길 수는 없었다.

아들의 이러한 아픔에 빠지게 하는 데는 매스컴도 한 몫을 담당했던 것 같다. 우리의 매스컴들은 온 국민의 시선을 월드컵에 붙잡아 두려는 듯, 대한민국이 4년 전의 월드컵 신화를 재연할 수 있다는 국민적 믿음을 갖게 하기에 진력을 다하려는 듯했다. 우리보다 앞서 16강에 탈락한 일본의 좌절을 즐기는 듯하였고, 선수 기용에 압력을 넣는 듯한 행태도 보였다. 패배에서 비롯될 수 있는 국민적 허탈감을 매스컴은 어떻게 달래려 하는지 의아할 정도였다.

아니나 다를까, 결국 우리는 16강행 버스에 오르지 못하였고 많은 국민들이 울화통을 터트리기도 했다. 우리의 집단적 허탈감을 어떻게 치료해야 할지 매스컴은 고민이나 했었는지. 아들이 갖는 패배의식을 덜어주기 위해 나 또한 무언가를 찾아야 했다. 대~한민국의 좌절에서 교훈을 배우자며 아들을 다독였다. 경기는 병가

지상사라 질 수도 있으니 경기 자체를 즐기자고, 우리의 패배를 인정하자고 아들을 타이르기도 했다.

　평소 운동을 좋아하는 아들은 월드컵에 대한 지나친 관심과 응원으로 밤잠을 설치기가 예사였다. 매스컴의 영향 탓인지 그는 우리가 16강에 나갈 수 있다는 확실한 믿음으로 태극마크의 선수들을 응원하였다. 상대방 선수는 격려의 대상이 아닌 타도의 대상이 되기도 했다. 경기 그 자체를 즐기는 스포츠 본래의 의미는 냉정한 응원전 앞에서 퇴색될 수밖에 없었다. 그래서인지 우리의 패배가 확실해지자 패배의 아픔을 많이 경험하지 못한 아들은 그만큼 울분이 컸던 모양이다.

　응원은 보기만 해도 정겨운 모습이다. 응원을 즐기는 것은 경기 그 자체를 즐기는 일이기도 하다. 하지만 응원전은 전쟁과 같이 상대를 타도할 대상으로 여기게도 하는 마력을 지니고 있다. 그러기에 우리는 지나친 응원전이 청소년들의 바람직한 성장을 가로막는 병원균을 지니고 있음도 경계해야 할 것이다

　제주 시내 고등학교 축구경기에서 요사이 벌어지는 학생들의 응원전을 떠올린다. 카드섹션에 몰입하여 눈앞에서 펼쳐지는 경기를 보지 못한다면 그 또한 살벌한 전체주의적 응원전과 다름이 없을 것인데. 언제 골인이 되었는지도 모른 채 긴장 속에서 학생들은 응원도구(?)가 되기도 한다.

　제주도 고교생들의 응원전은 이제 더욱 살벌해질는지도 모른다. 매스컴이 이를 전국적으로 소개하여 더욱 유명(?)해졌기 때문

이다. 학생들의 마음에 응원전에서 야기된 아픔을 각인시키지나 않을까 하고 걱정이 들 정도이다.

월드컵이 우리에게 가져다 준 선물도 있다. 4년 전에 이어 올해에도 대~한민국이 낳은 길거리 응원은 세계인의 주목을 받기에 충분하였다. 우리의 응원문화를 한 단계 높였다는 평을 받고 있는 길거리 응원은, 이제 우리도 경기를 보면서 즐기는 응원 문화를 가꾸어 가고 있다는 증거이기도 하다.

월드컵 축구경기 중계방송을 보면서 편파(?) 판정에 대한 감정을 잘 다스리지 못해 상대 선수와 심판들을 비아냥하는 아들에게 다시 고언苦言을 주었다.

"아들아, 우리 월드컵 축구팀이 오심으로 얼룩져 경기에 패했다 해도 그것 또한 냉엄한 국제 질서의 한 모습임을 읽자꾸나. 패자가 맛보는 아픔마저 입에 쓴 보약으로 받아들인다면 우리는 지는 데에서도 이기는 슬기를 배울 수 있단다. 아들아, 월드컵 남은 경기 하이라이트라도 보면서 이제 우리도 과정을 즐기는 응원 문화를 만들어 가자꾸나." (2006)

축농증 대물림

우리 집의 축농증 치료 방법은 소금물 활용이다. 내가 물에 소금을 풀어서 코를 헹구었다면, 딸은 준비된 식염수로 코를 씻는 차이가 있긴 하지만.

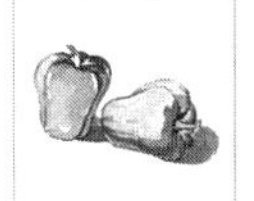 **자주** 누런 코를 푸는 어린 자식들을 데리고 병원엘 갔다. 담당의사가 엑스레이를 판독하더니 아이들이 축농증 증상을 갖고 있다고 했다. 어린이들도 축농증에 걸릴 수 있다는 말이 영 믿기지 않아 재차 물었다. 부모의 형질과 체질이 자식에게 유전되므로 부모의 질병과 유사한 환경을 만나면 자식들도 나이에 관계 없이 그러한 질병을 가질 수 있다고 한다. 축농증도 유전한다는 의학적 풀이를 이제야 이해하게 되었다.

나는 어릴 적부터 축농증으로 무척 고생하였다. 머리가 아프다는 손자의 말에 할머니는 어디서 구해왔는지 삶은 달걀을 자주 건네주곤 하였다. 머리가 아픈 데는 입에서 닭똥 냄새날 정도로 삶은 달걀을 많이 먹어야 한다고 하면서. 삶은 달걀 먹기가 나의 축농증 첫 번째 치료법인 셈이었다.

나의 아버지도 축농증 수술을 받았다고 한다. 해방 정국의 소용

돌이와 6 · 25를 거치는 격랑의 사회에서 축농증은 사치스런 병이었을 텐데. 얼마나 자주 아팠으면 수술까지 받았을까.

나는 건망증이 매우 심한 편이다. 마누라 생일도 조상의 제일祭日도 적어두지 않으면 잊기가 십상이다. 그럴 때면 나는 축농증 탓으로 돌리기 일쑤이다. 나의 학창 시절의 시험은 암기력에 좌우되는 문제가 많았는데 특히 연대年代에 관한 시험을 그르치는 경우가 허다했다. 그러다 보니 묘한 암기법도 생각해 냈다. 단기는 서기에 2333년을 더하고, 불기는 단기에서 프랑스 대혁명이 일어난 해인 1789년을 빼면 된다는 식이다 .

중학교 2학년 때 처음으로 병원에서 축농증 치료를 받았다. 의사가 긴 주사 바늘로 코 안을 뚫고는 고인 분비물을 뽑아냈다. 며칠간 혹만큼 자란 코를 달고 학교에 다녀야 했다.

입시준비로 바쁜 고등학교 3학년 때, 나는 또 축농증 수술을 받아야 했다. 평소 두통이 잦아 공부하다가 짜증이 나면 머리를 쥐어박거나 연습지를 찢는 것이 부모의 마음을 아프게 했던 모양이다. 수술 후 나의 코는 주먹만 해졌고, 때문에 10여 일 동안이나 학교를 쉬어야 했다. 나의 축농증 치료 두 번째 방법은 수술이었다.

대학 2학년 시절 축농증이 도졌는지 머리가 자주 아파왔다. 몸이 개운하다가도 책을 들면 두통이 도졌다. 공부에 집중이 될 리 없고, 잠을 자도 비몽사몽간이었다. 머리가 띵하고 흐릿한 상태가 계속되었다. 의사에게 두통을 호소하며 병명을 물었더니 역시 축농증이라 했다. 상태가 심하니 수술하라는 것이었다. 다른 병원엘 갔다. 의사선생님이 소금물로 코를 헹구어 보라고 친절하게 충고

하였다. 소금물을 이용한 치료는 짜릿한 아픔 때문에 자주 중단하
였지만 달리 방법이 없었다. 몇 달간 매일매일 소금물과의 싸움을
벌였다. 그 덕인지 다시는 축농증 수술을 받지 않았다. 나의 세 번
째 축농증 치료비법은 소금물이었던 것이다.

그날도 아이들을 데리고 병원에 갔다. 의사선생님은 아이들의
축농증 상태가 심하진 않지만 지속적인 약 복용을 권했다.
"저도 축농증으로 고생했는데, 축농증도 유전합니까?"
하고 내가 물었다. 대답은 코 형태가 유전할 수 있으니, 결국 축농
증도 유전할 수 있다는 것이다. 우리 아이들이 귀담아 듣길 바라
면서 다시 물었다.
"저는 소금물로 치료했는데, 소금물도 효과가 있습니까?"
"그럼요. 하지만 요즘 아이들은 짜릿한 아픔 때문에 소금물을
사용하지 않으려 합니다. 그리고 농도에도 문제가 있고요. 그러니
식염수 사용이 좋을 것입니다."
의사선생님은 친절히 대답해 주었다.
약국에서 식염수를 사고 돌아오면서 나는 아이들에게 아빠는 그
당시 식염수를 살 돈도 없어서 소금물로 축농증을 치료했다고 들
려주었다. 자기들도 해보겠다고 벌렀다. 아침저녁으로 해보더니
아프지도 않고 코도 나오지 않는다고 좋아들 했다. 둘째딸은 자기
가 생각하기에도 효과가 있었는지 열심히 아침저녁으로 식염수로
코를 씻고 있다.
우리 집의 축농증 치료 방법은 결국은 소금물 활용이다. 내가 물

에 소금을 풀어서 코를 헹구었다면, 딸은 준비된 식염수로 코를 씻
는 차이가 있긴 하지만. 이 정도의 차이는 문명의 발달단계에서
오는 의미 있는 차이일 것이다.

　여섯 살 난 아들의 치료는 초기라서 그런지 약물로 치료가 된 듯
하다. 우리는 3대에 걸친 축농증 가족인 셈이다. 어쩌면 나의 조부
도 축농증을 앓았을지 모른다. (1997)

검비가 우리 가족이 되기까지

옥상에서 참으로 오랜만에 별을 보며 나 홀로의 밤을 보내고 있었
다. 그러다가 얼마나 지났을까? 문득 개 짖는 소리에 잠에서 깨어보
니 검비가 주위를 살피며 나를 지키고 있었다.

 잠결에 개 짖는 소리와 함께 "검비! 너 자꾸 짖을
래? 혼난다." 하고 외치는 딸의 고함소리가 들렸다. 초저녁에 나갔
다가 밤늦게 들어온 검비의 문 열어달라는 소리와 딸의 대꾸이다.

몇 해 전 친구가 애완용 개가 새끼를 낳았으니 한 마리 키우라는
기별을 보내왔다. 정원 있는 집으로 이사 가면 개를 키우자고 약
속을 했던 터라, 아이들은 당장 달려가더니 아주 작은 강아지를 안
고 왔다. 적갈색의 어미와 달리 강아지는 흑갈색이었고, 생김새도
애완용답지 않은 것이 잡종임이 분명했다. 평소 동물에게 정을 주
지 못하던 나였지만 아이들 등쌀에 떠밀려 집이라도 지켜주겠지
하는 바람으로 개집도 사들였다. 아이들은 어린 동생을 얻은 듯
좋아하며 색깔이 검다 하여 검비라는 이름도 지어주었다.

그러던 어느 날, 재롱을 곧잘 피우던 검비가 음식을 먹지 않아
아이들의 속을 태웠다. 걱정되니 어미에게 보내자는 나의 말에 아

이들은 한사코 동물병원에 데리고 가자고 했다.

동물병원에서 퇴원한 후 아이들 손에 넘겨진 검비는 앓는 소리만 낼 뿐 집밖으로 나오려 하지 않았다. 안쓰럽다며 다시 아이들이 데려간 강아지를 보고 수의사는 영양주사를 맞혀야 한다고 했다.

아이들은 링거 주사를 꽂은 검비를 품에 안고 집으로 왔다. 미동도 하지 않던 검비가 몇 시간 후 기력을 회복하는 듯 움직이자 주사바늘에 찔려 신음소리를 내기 시작했다. 자정이 되어 졸린 나와 아이들은 잠자리에 들었고, 마누라 혼자 링거 병을 비울 때까지 검비가 움직이지 못하도록 안아주었다, 몇 년 전 우리 부부가 잠깐 조는 사이 영양주사를 맞는 어린 아들이 아파 움직인 만큼 피가 역류하였던 아픈 기억을 떠올리면서.

다음 날 가족들은 제 집에서 스스로 나온 검비의 문안 인사를 받았다. 아이들이 가는 곳이면 어디든 졸졸 따라 다니며 어리광을 피워댔다. 어느새 나도 그를 새로운 가족으로 받아들이고 있었다.

낮에 혼자서 집을 지키다 저녁에 가족들이 돌아온 후 밖으로 뛰어나간 검비는, 동네 이곳저곳을 기웃거리는가 하면, 새로운 제 친구들을 만나 씨름도 벌이기도 하고, 왼발 오른발을 번갈아 내밀며 아이들에게 재롱도 부리니 이내 동네 꼬마들에게 인기 짱이 되어가고 있었다. 동네 아이들이 대문에 와서 '검비야!' 하고 부르면, '나도 놀고 싶어요.' 라고 말하듯 대문을 발로 긁으며 문 열어 달라고 별 재롱을 다 부려댔다.

그러던 어느 날 새벽, 운동 가는 나를 따라 나선 검비가 돌아오지 않았다. 큰길을 세 개나 건너면서 뒷다리를 들어 오줌을 자주

싸는 것이 돌아올 때 길을 찾기 위한 개만의 독특한 짓으로 여긴
나는 검비를 놔두고 혼자 귀가해 버린 것이 화근이었다.

　기다려도 돌아오지 않는 검비를 찾아내라고 식구들은 나를 닦달
하기 시작했다. 그러던 어느 날 딸아이가 학교에서 돌아와 보니
집이 엉망이 되어 있더란다. 유리조각이 부엌에 널려 있고 귀중한
물건들도 없어지고……. 주인도 개도 없음을 안 동네 면식범의 소
행임이 분명했다. 누구인지 물증도 나타났으나 '집에 온 도둑은
잡지 말고 내보내라.' 라는 속설 탓에 사건을 덮어두었다. 그 후 마
누라는 모든 유리창에 방범창을 달자고 제의했다. 집안이 온통 방
범창으로 흉물스러워질 것이다. 아이들이 해답을 내놓았다, 다시

목신의 가을

개를 기르자고.

  마침 검비 어미가 다시 새끼를 낳았다고 했다. 새로 맞이한 예쁜 강아지의 재롱에 검비를 잊고 지내던 어느 새벽, 대문을 열자 앞집 주인이 기다렸다는 듯 "검비가 돌아왔수다."라고 말하는 게 아닌가. "검비가 돌아왔다."고 외치자 가족들이 이내 몰려 나왔다. 50여 일 동안 정든 집을 찾으려 긴장 속에서 길을 헤맸을 검비, 그가 우리 앞에 나타난 것이다! 사선을 넘어온 그는 우는 듯한 신음소리로 가족들에게 반가움의 악수를 하듯 재롱을 부려댔다. 번갈아 가며 안아보고 만져보는 검비도 우리 가족도 제 정신이 아니었다.

  자기 없는 사이에 새로 생긴 동생을 검비는 꽤나 보살펴 주었다. 먹이도 반드시 동생 다음으로 먹었고, 밖으로 나갈 때도 꼭 동행하였다. 그러던 어느 날, 동생 강아지가 사라졌다. 동네 아이들이 강아지를 가져가는 사람을 보았다고 했지만 검비가 돌아온 후라서였든지 그 슬픔은 오래 가지 않았다.

  가족이 모두 여행을 떠난 작년 여름, 난 고주망태가 되어 옥상에서 참으로 오랜만에 별을 보며 나 홀로의 밤을 보내고 있었다. 그렇게 얼마나 지났을까? 문득 개 짖는 소리에 깨어보니 검비가 주위를 살피며 나를 지키고 있었다. 내가 깜박 잠이 든 사이 누군가 집을 기웃거린 모양이다.

  강아지 시절 검비는 혼자 집에 남은 외로움을 달래려는 듯 공터에 심은 채소를 뜯거나 물건을 물어다 숨기곤 하였다. 그러던 어느 날 아침에 탐스럽게 핀 장미꽃이 퇴근 후 보니 볼품없게 되어

버린 것이 아닌가. 화가 치민 나는 검비에게 "개새끼"라 하며 욕도 하고 발길질도 하였다. 이 사건 이후 녀석은 나만 보면 꽁지를 내려 피하곤 했다. 안쓰러워진 나는 그를 안고 뜯겨진 장미송이를 보이며 말했다.

"이 꽃과 나무도 너와 함께 우리 집 식구야. 다시 그러면 더 혼내줄 거야. 알았지?" 하고. 검비가 무슨 죄가 있느냐고 항변하는 아이들에게 나는 "장미꽃을 무참히 물어뜯는 행위는 사람이든 짐승이든 잘못된 짓이야. 이를 검비에게 알려주는 거야."라며 설명해 주었다.

이젠 공터에 심은 채소들을 피해 다닐 만큼 사려 깊어진(?) 검비는 상대에 따라 짖는 소리도 다양하다. 이웃 사람들에게는 꼬리치며 "으으으", 문 열어달라고 할 때는 대문을 발로 긁으며 "으익으익", 낯선 사람에게는 핏대를 세우며 "엉엉", 가족에게는 교태부리며 "에익에익" 하고 말이다.

한 살에 성장이 멈추어버린 듯한 다섯 살 난 검비는 퇴근하는 나를 보고 "으익으익" 하고 문 열어달라고 말을 건다. '그래 너도 밖에 나가 놀아야 스트레스가 풀리겠지.' 하고 말을 걸며 오늘도 나는 검비에게 대문을 열어준다. (2004)

— 후기

올해 여덟 살이지만 키가 40㎝도 안 된 검비에게는 특이한 습성이 있다. 낯선 소리나 자기에게 해를 주려는 사람에게는 사정없이 짖으나 절대 물지는 않는다. 어느 날 갓 이사 온 부인이 동네가 떠나갈 듯한 소리로, 자기 아들에게 뒤따라가면서 짖어대는 개 주인을 찾고 있었다. 달려 나가 저희 개라고 하며 정중히 사과하였다. 당장 집에 가두라는 부인의 불호령이 떨어졌다. 그 날부터 검비는 집에 갇히는 신세가 되었다.

그 사이 몇 번이고 검비는 대문입구에서 나를 보면 문 열어달라고 별의별 아양을 부렸다. 그때마다 검비에게 집밖으로 나가지 못하는 이유를 말해주었다.

그렇게 1년이 지난 어느 날, 검비가 보이지 않았다. 살짝 열려진 대문 밖으로 탈출한 그는 저녁때가 되어 으익으익 하면서 문 열어달라고 나타났다. 집안에서는 낯선 이가 들어오면 맹렬히 짖어대는 검비가 집밖에서는 좀처럼 짖지 않은 유순한 개로 바뀌어 있었다. 그 사이 철이 좀 들었나 보다. 이제 다시 검비가 대문 밖으로 나가도록 허락할 것인가 고민해야 할 시점이 온 것 같다.

아름다운 영혼들의 이야기

사혼 주례
— 선희네의 명복을 빌며 —

덥석 나의 손을 잡으면서 아들의 주례를 간청하는 것이 아닌가.
이 나이에 주례라니? 그것도 죽은 자의…….

 **우리** 나이 서른네 살에 나는 주례를 섰다. 그 나이에 주례를 서다니 하고 부러워 할 이들도 있을 것이다. 이제 그 주례를 서지 않을 수 없었던 기막힌 사연을 털어놓으련다.

우리 반에 여자 이름 같은 송선희란 녀석이 있었다. 안덕면 덕수리가 고향인 선희는 키가 꽤 크고 말수가 적은 편이었다. 녀석을 특히 눈여겨본 것은 학기 초 수학여행을 다녀오고 나서부터였다. 목걸이를 차고 있는 녀석에게 누가 주더냐고 물었더니, 여자 친구가 생일선물로 주었다고 했다. 가끔 손에 낀 반지도 볼 수 있었지만 학교생활을 조용히 잘하는 그인지라 심하게 나무람을 주지는 않았다. 그렇다고 녀석을 깊이 이해하거나 유독 찍어(?) 두지도 않았다.

6월의 어느 일요일, 제주 시내에서 열리는 '샹송chanson' 행사에 참여하고 있던 나는 학생주임(부장)의 다급한 전화를 받았다. 바로 그 선희가 '제주의료원' 영안실에 안치되어 있다고 전했다. 황당한 소식에 어지럼증이 도져왔다. 정신없이 행사를 마치고 서둘러 그 녀석이 잠들어 있는 곳을 찾았다.

전 날인 토요일 오후 시간을 이용하여 우리 반 꾸러기들은 학급 친선 체육대회를 한다고 야단이었다. 평소 축구를 좋아한 만큼 종횡무진 운동장을 누비던 선희는 친구들과 뒤풀이를 한 후 여자친구를 만났고, 그들의 뒤를 밟던 여자친구의 언니 일행과 맞닥뜨렸던 모양이다. 언니에게 죄인처럼 끌려가는 여자친구가 안쓰러웠던지 그도 일행을 따라나섰을 것이고. 3인용 운전석에 네 사람이 탄 화물차는 비가 흩날리는 도로를 달렸을 것이고. 그리고 그들을 태운 차는 다리 난간을 심하게 들이받아 휴지처럼 볼품없었다 한다. 운전자만 중상이고 언니와 그들은 현장에서 이승에서의 삶을 마감하고 말았다.

종달리 바닷가

선희와 여자친구는 어릴 적부터 이웃에서 소꿉동무로 엄마 아빠 놀이를 하며 자랐다. 중학생이 되어서는 먼발치에서라도 보지 못하면 잠 못 이루는 애틋한 사이로 발전하였다. 조실부모하여 언니들과 함께 살던 선희 여자친구는 생전의 부모에게 받지 못한 사랑을 남자친구의 부모로부터 받고 싶었던지 선희네 집을 자주 찾곤 했다.

사춘기가 되면서 그들의 관계는 더욱 깊어 갔고, 그러한 사이를 알아차린 선희 부모는 자식의 여자친구를 장래의 며느릿감으로 맞아주었다. 그렇게 선희네 가족들과도 자주 어울린 그녀에겐 선희와의 장밋빛 미래를 그려보는 것이 삶의 의미였고 즐거움이었을 게다.

그런데 선희 부모와는 달리 그녀의 언니들은 동생에 대한 걱정이 꽤나 컸던 모양이다. 어린 동생이 바람이 나서 동네 창피하게 한다고, 돌아가신 부모님을 욕되게 한다고, 한사코 그들의 사이를 갈라놓으려고 집도 시골에서 제주시로 옮겼다. 하지만 그들은 주말을 손꼽아 기다렸다가 고향 인근에서 만나 재회의 기쁨을 나누곤 했다.

그 날도 학교 갔다 돌아오지 않은 동생을 찾기 위해 언니 일행은 고향으로 차를 몰았다. 어렵사리 그들을 찾은 언니는 어린 연인들의 이별을 강요했고, 그들은 언니를 피하려 몸부림 쳤을 게다. 한사코 차에 타지 않겠다는 여자친구가 가여워, 아니 여자친구를 더 이상 못 만날지도 모른다는 초조감에 선희도 동승했을 게다.

사랑의 여신은 어린 연인들의 편이 아니었던 것일까? 아니면, 그들의 만남이 철부지 같아 조금 벌주려 한 것이 그만 실수하여 천길 낭떠러지로 그들을 떠민 것일까? 그렇게 그들은 돌아오지 못하는 눈물의 강을 건너고 만 것이다.

객사를 했으니 집엔들 들어갈 수 있으랴. 선희네는 주검이 되어 동네 공한지에서나마 평소 이승에서 좋아하던 친구들을 기다리고 있었다. 그들의 떠남을 슬퍼하고 있던 남녀 친구들은 밤이 깊어갈수록 격정을 이기지 못하여 흐느끼기도 하고, 가끔은 술도 몰래 들이켜고 있었다. 그래, 감정이 복받치는 그들 곁에 교사인 내가 있으면 망연자실한 마음이 좀 진정될 수도 있겠지. 그런 마음으로 나도 그들의 술판에 끼어들었다.

이승을 하직하고 당도한 저승 문턱에서도 연인들의 만남은 어른들의 허락을 얻어내야 했다. 하지만 산 자에게 주어지던 모진 시련도 죽은 자에게는 관대해질 것이다. 그게 인간의 이치이고 도리가 아니겠는가. 이윽고 죽어서라도 어린 연인들을 맺어주자고 양가에서 합의하였다. 그러려면 좋은 시간을 택해 그들이 좋아하던 음식도 장만하고 주례 선생도 모셔야 했다. 죽어서나마 이제 모든 것이 순조롭게 이루어져 그들의 사랑도 결혼으로 맺어져 재탄생되는 것은 시간 문제였다.

사혼식을 한다는 얘기에 반 학생들과 동료 교사들과 다시 선희네를 찾았다. 한편으론 사혼식에 대한 별스런 관심도 있고 해서.

정해진 사혼식 시간이 지나자, 상가에 다시 상이 난 것처럼 무거운 분위기에 휩싸였고, 사람들이 분주히 오갔다. 주례 선생이 참석치 못하겠다는 소식이 날아든 것이었다. 시간이 지나면 지날수록 가족들도 초조하겠지만, 당사자인 신랑 신부의 맘은 더욱 속상하겠지…. 잠깐 그들의 속마음을 헤아리고 있을 때 신랑 아버지가 내게 다가왔다. 그리고 덥석 나의 손을 잡으면서 아들의 주례를 간청하는 것이 아닌가. 이 나이에 주례라니? 그것도 죽은 자의……. 산 자의 주례를 설 수 없음은 먼 훗날의 일일 뿐이다. 아니 그렇게 되뇌일 시간도 없었다.

약간의 시간을 장만하여 혼례식 차례와 주례사를 준비하였다. 산 자의 혼례식과 다를 바 없었다. 다만 신랑 신부가 서야 할 자리엔 형제자매에 의해 신랑 신부의 영정이 들려 있었고, 요란한 축하 박수와 환호작약하는 분위기 대신에 눈물바다가 넘실대고 있었다. 그리고 조문객들의 울먹이는 어깨와 나이 어린 주례 선생의 주례사가 있었다.

"…마음씨 곱고 친구들에게 신의가 깊었던 신랑과 신부는 이제 이승에서 다하지 못한 사랑을, 저승에서나마 항하사恒河沙 같은 세월로 이루길 진심으로 바랍니다. 그리고 떳떳한 사랑의 보금자리를 마련해 주기 위해, 저승의 문턱에서 이들의 혼례식을 거행함은 산 자의 도리이고요.

인간 유한, 세월 무한이 정리를 모르는 바 아니지만, 일찍 저승길 떠나는 선희네에게 줄 노잣돈을 준비함이 산 자의 도리인 것 같아, 이 자리에 섰습니다. 선희네에겐 죽음으로 다져진 사랑이란 노잣돈이 있는 게 그나마 다행일까요. 남은 우린 그들의 노잣돈으로 무얼 준비해야 합니까? 어린 연인들은 우리들에게 사랑을 위한 노잣돈은 용서이고 화해라고 일러주며 길 떠나 갑니다. 그들의 삶이 헛되지 않게, 우리 모두 서로 사랑하고 화해하길, 선희네를 대신하여 전하렵니다." (1995)

친지들의 죽음

죽은 이들을 기리는 추모의 정과 그들 생사의 갈림길을 진솔하게
기록하는 것도 산 자의 의식이며 도리일 것이다.

까치가 '꺼억꺼억' 하고 노래하며 지나간다. 까마
귀가 '까악까악' 울부짖으며 지나간다. 까치는 길조이고 까마귀
는 흉조인가. 길·흉조가 따로 있는 것인지, 인간이 만든 숨바꼭
질 같은 것인지 모르겠다. 역사에도 변천이 있고 인생 여정에도
굴곡이 있어서일까. 사람에게 길운이 있고 악운이 있듯, 가문에도
그러한 일이 있는 모양이다.

내 고향 행원리에는 문씨 친척 아홉 가구가 옹기종기 모여 살고
있다. 그런데 6개월 사이에 죽음의 신이 네 명의 친지들을 데리고
갔다. 축복받은 죽음이 있는 반면, 가슴 치는 처연한 죽음이 있다.
죽음은 생활의 흔적이고 삶의 외경 그 자체이다. 그리기에 죽은
이들을 기리는 추모의 정과 그들 생사의 갈림길을 진솔하게 기록
하는 것도 산 자의 의식이며 도리일 것이다.

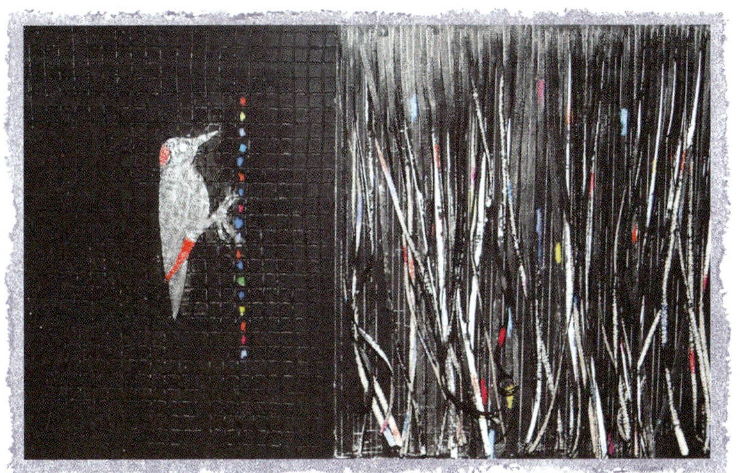
한라산 큰오색딱따구리

　집안의 숙모님이 바닷가에서 돌아가셨다, 우리 가문의 큰 어르신인 나의 삼촌을 남기고. 금슬 좋기로 소문난 노부부를 질투의 여신이 갈라놓았다고 동네 사람들은 수군거렸다. 칠순 넘은 세월을 바다 일과 밭일을 하며 열심히 살아온 그분들, 자식들을 모두 출가시켰으니 그다지 억울한 죽음은 아닌 듯하다. 그러나 '여든에 죽어도 구들동티에 죽었다 한다.' 라는 속담처럼 죽음의 모양새가 사람들의 마음을 아프게 하였다.

　마을 사람들은 3월이 되면 밤낮 가리지 않고 바다와 마을에서 톳 채취를 위한 공동작업을 하느라 분주한 나날을 보낸다. 갯가나 여(바닷가 가까이에 있는 자그마한 바위)에 자생하는 톳을 채취하여 말린 후 공동판매를 해야 하기 때문이다. 돈이 꽤 되는 이 작업을 통해 우리 마을은 전기와 수도를 이웃 마을보다 일찍 집집마다 설치할 수 있었다.

동네 공동작업에도 정년이 있어서, 몇 해 전부터 노부부는 바다 일에는 어느 정도 거리를 두고 있었다. 그날 숙모는 공동작업하는 곳에서부터 그리 멀지 않은 얕은 바닷가에서 떡고물처럼 남아 있는 약간의 톳을 줍고 있었다. 숙모를 따라간 남자 삼촌은 근처에서 마을 사람들을 만나 담소를 나누고 있었고. 그런데 바다 쪽에서 무슨 소리를 들은 남편은 마누라를 찾았으나 보이질 않았다. 잠시 후 남편이 언뜻 본 것은 물 위에 떠오르는 사람의 형상이었다. 허겁지겁 '사람 살려!' 외치며 마누라에게 달려갔다. 그러나 이미 그녀는 잔잔한 파도에 몸을 맡기고 있었다.

남편의 억장 무너지는 마음을 누가 위로할까. 부인의 죽음을 자책하고 탄식하는 노인을 어찌할거나. 사람들은 걱정하고 있었다. 60년 넘게 의좋게 살아온 노인이 짝 잃은 외기러기 마냥 부인 그리워하는 마음이 지나쳐 천수를 누리는 데 혹 영향을 받지나 않을까 하고 말이다.

아들딸들과 친지들이 그분을 위로하고 걱정하겠지만, 생활전선에 몰두하다 보면 잊고 지내는 시간도 많아질 것이다. 부인의 빈자리를 바라보며 이 밤도 혼자 빈집을 지키고 있을 나의 다정한 삼촌에 대한 연민의 정이, 우리 부부로 하여금 앞날을 생각하며 가슴 저미는 시간을 갖게 한다.

조카뻘 되는 집안의 장손이 병원에서 유명을 달리하였다. 할 일이 많은 한창의 나이인데. 온순하기 그지없는 그를 죽음으로 내몬 것은 가족의 무관심과 술이라 한다.

자업자득인가. 그의 생전, 그의 주벽이 도를 넘어섰다는 얘기가 자주 들려왔다. 밭일을 도와주겠다던 그가 대낮에 술에 취해 집에 누워 있더라고 동네사람들은 입방아 찧곤 하였다. 마누라는 그에게서의 탈출을 시도하듯 객지에 물질(잠수질)하러 자주 나가곤 하였다. 마누라 없는 집에서 외로움을 달래려는 듯 그는 술을 국으로 삼아 마신다는 소문도 돌았다. 평소 좋은 안주와 함께 술을 마실 수 있었다면 그의 죽음은 상당 기간 연기되었으리라.

그는 동네 사람들에겐 없어서는 안 될 농군이었다. 젊어서 밭갈이 쟁기질을 잘 하였고, 중년이 되어서는 경운기와 온갖 농사 기구를 구입하여 이웃의 농사일도 거들어주곤 하였다. 죽기 며칠 전에도 그는 친지의 밭을 갈고는 집에 돌아와 혼자서 술로 외로움을 달래고 있었다 한다. 술 좋아하는 나에게도 절제된 술버릇을 가지라고 유언으로 남기고 간 듯하다.

죽음의 신이 실성하여 저지른 사건이리라. 집안의 장손이 땅속에 묻히는 날, 친지들과 동네 사람들은 소년의 비보를 들어야했다. 이 무슨 집안의 재앙이던가. 집안 사람들은 그만 넋을 잃어 일손을 놓았다.

나의 동생뻘 되는 중학교 1학년 소년이 바다에서 익사체로 발견되었다. 무더위가 맹위를 떨치던 날, 소년은 바닷가에서 잠시 더위를 식히려 친구들을 따라 나섰다. 친구들이 익숙하게 수영하며 바닷가 저편으로 가는 것이 못내 부러웠던 모양이다. 그도 수영을 배우려 물가에서 물장구를 치고 있었다. 단지 그랬을 뿐이다. 접시물에도 빠져 죽을 수 있다는 옛말의 주인공이 되어 버린 소년. 아름다운 영혼을 가진 어린 사자死者는 별님의 아이로 태어난다는 전설이 사실이길 빌고 빌 뿐이다.

어려서부터 부모와 떨어져 할머니와 할아버지랑 지내던 소년은 이내 조부모와 사별하는 아픔을 겪어야 했다. 고아 아닌 고아가 되어버린 소년. 이별이 무언지, 부모의 정이 무언지, 죽음이 무언지 모르던 소년은 이제 친구와 놀 수도, 천진난만한 미소를 우리에게 보여줄 수도 없는 곳으로 가 버렸다.

이승에서 받지 못한 내리사랑을 저승에서 누군가 줄 수도 있으련만. "신이시여, 당신이 저지른 순간의 저주스런 실수로, 맑은 눈과 순수한 영혼을 가진 소년은 동심의 꽃봉오리를 맺지도, 젊음의 꽃을 피우지도 못하고 당신 나라로 갔습니다. 부디 좋은 곳으로 환생할 수 있길 바라나이다."

동갑인 소년의 아버지와 나는 어릴 적부터 바다로 들로 붙어 다니던 사이였다. 사춘기 시절, 소년의 아버지는 가정 형편으로 부산에서 계모와 이복형제 사이에서 학교생활을 하였다. 새로운 삶을 찾아 일본에 밀항하여 오랜 기간 살았고, 그 곳에서 어떤 이유로 마누라와 헤어져 살다가 귀향하였다. 부모가 돌아가신 후에 달랑 하나 남은 아들 걱정이 앞섰던 것이다.

아들의 시신을 부여잡고 몸부림치는 실성한 나의 친구의 처연한 모습이 눈에 선하다. 어떻게 그는 이 아픔을 견디어 내야 하나. 불행은 왜, 연이어 순박한 가정에 찾아와 남은 이들을 고통 속에 살아가게 하는지.

소년의 고모 가족들이 추석 연휴를 맞아 친정에 왔다. 삭풍이 휩쓸고 간 친정에 외로운 오빠만 남아 있어,

마라도 쇠북소리

본가의 차례도 지내지 않고 친정에서 추석을 쇠러 온 것이다. 의 좋은 형제자매간의 사랑이 영원하길 두 손 모은다.

나의 큰어머니는 우리 나이 93세에 돌아가셨다. 백모가 입원했다는 소식을 접한 나는 불길한 마음으로 병원을 찾았다. 이러한 기우와는 달리 큰어머니는 나를 반가이 맞을 만큼 맑은 의식과 왕성한 식욕을 보여주었다. 일본에 사는 큰누님도 고향을 찾아 백모를 간호하고 있었다.

다시 백모가 위독하다는 전갈을 받은 것은 추석 차례를 치르는 중이었다. 친지 일행은 차례음식도 드는 둥 마는 둥 물리고 곧장 고향으로 향했다. 가파른 숨을 몰아쉬는 큰어머니는 며칠 전 보여 주었던 정정한 그 모습이 아니었다. 누가 왔다는 소리를 알아듣는지 가끔 고개를 끄덕일 뿐이었다. 미음 물로 목을 적시기도 어려웠다. 가끔 각혈을 마른기침과 함께 토해내곤 하였다.

일본에 사는 누님이 온다는 나의 얘기에 큰어머니는 고개를 끄떡이었다. 이러한 반응으로 미루어 며칠은 삶을 유지하실 거라는

주위의 말을 듣곤, 나는 아들을 잃고 혼자 있는 친구의 집으로 향했다. 그리고 새벽에 요란한 전화를 받았다. 백모가 눈을 감았다고 했다.

나이에 어울리지 않을 만큼 건강하고 정신력이 강하였던 백모가 왜 일찍 눈을 감았을까. 이제 나는 백모의 숭고한 뜻을 읽어 내고는 감복하는 마음으로 충만하다.

나의 백모는 사망 10여 일 전에 일본에서 온 큰딸과 밤낮으로 모녀의 정분을 나눴으며, 추석 연휴를 맞아 고향을 찾은 자손들을 모두 만났다. 그리고 명절 차례를 지내러 온 친지들도 두루 만났다. 이제 홀연히 가야할 때가 되었음을 백모님은 알고 계시듯 죽음의 세계로 빠져들고 있었다. 하지만 추석날 눈을 감으면 제사는 언제 지내란 말인가. 명절 차례를 지내고 나서 자기의 제사를 치르게 하는 것이 조상에 대한 도리이고 후손에 대한 축복이 아닌가.

지옥 같은 삶일지라도 죽음보다는 나으리니 백모도 며칠 생을 연기할 수도 있으련만. 추석 지낸 당신의 후손들이 삶터로 뿔뿔이 흩어졌다가 당신의 죽음을 애도하기 위해 다시 찾아오려 얼마나 번잡스러울 것인가. 이마저도 염려하신 백모이시다.

임종이 닥쳐서도 후손에게 축복을 내리려 온몸으로 죽음의 순간마저도 옮기려 했던 나의 백모님. 베트남어로 샛별이란 이름의 태풍 사오마이가 물러난 청명한 날, 백모는 백부 곁에 묻히셨다. 나의 백모는 가문의 샛별 되어, 서럽게 삶을 마쳐야 했던 친지들의 영혼도 달래주며, 살아생전 그러하듯 친지와 후손들의 번창과 행복을 지켜보고 염려하시리라. (2000)

새벽에 만난 사람들

소년은 자기를 깨우는 사람이 자기 '부모이길 바랐는데……' 하며 울먹였다.

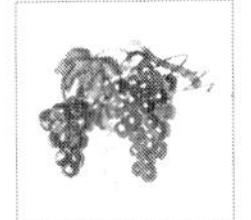 **우리** 가족이 서귀포시 외곽 마을인 도순동에 살고 있었던 1986년 겨울의 일이다. 어둠이 가시지 않은 새벽길을 가는데 어디선가 애간장을 태우는 신음소리가 들려왔다. 소리의 진원지를 찾아 갔더니 새어나온 불빛 사이로 노파의 모습이 보였다. 근처에 홀로 사시는 할머니가 방문을 열어놓고 아픔을 토해내고 있었다.

"할머니 많이 아프꽈? 저가 등 좀 주물러 드리카마씸?"

"누구꽈?"

"저 위에 이사 온 선생이우다."

"이 누추한 방구석에 선생이 들어와지쿠과?"

몇 마디 대화에서 나는 할머니의 또렷한 음성을 들을 수 있었다. 방안에 들어선 나는 퀴퀴한 냄새를 맡으며 할머니의 전신을 주무르기 시작하였다. 누른 부위가 제 위치로 돌아가는데 시간이 꽤

걸리는 것으로 보아 각기병을 앓고 있었던 것 같다. 한참이 지나자 아래채에서 낯선 청년 한 사람이 우리 얘기에 잠을 깨었다며 방으로 들어왔다. 그와 목례를 나눈 나는 할머니에게 인사를 건네고 다시 어둠 속으로 뛰어갔다.

다음 날 퇴근하여 집으로 향하는데 동네가 시끌시끌하였다. 머리에 두건을 쓴 사람들도 보였다. 이 무슨 인연이람. 그 날 밤 할머니는 이승에서의 한 많은 삶을 마감하려 눈을 감으셨던 것이다.

다음 날 조의를 표하기 위해 할머니 영전에 절을 올렸다. 그 날 마주친 청년이 상주복을 입고 있었다. 문상객인 내가 자리를 잡고 앉자 상주가 내게로 와서는 절을 하는 게 아닌가. 상주는 고인의 하나밖에 없는 아들이었다. 오래 전 서울에 가서 막노동을 하며 살다가 어머니가 위독하다는 소식을 듣고 왔다 했다. 그 동안 되는 일이 없어 효도 한번 해드린 적이 없다고 하며 눈시울을 적셨다. 그리고 자기도 못 다한 효도를 해 주었다며, 내 손을 잡았다. 내가 고인의 등을 두드려 준 마지막 사람이라며 울먹였다. 삼가 고인의 명복을 빈다.

추석 다음 날 새벽에 운동 나가려는데 현관 초인종이 울렸다. "누구세요?" 하는데도 아무 소리도 없었다. 몇 번 반복하여 물어도 대답이 없자, 두려움 반 호기심 반으로 현관문을 열었다. 낯선 웬 청년이 핼쑥한 얼굴로 거기 서 있는 게 아닌가. 겉모습이 남에게 해를 줄 사람으론 보이지 않았다. "배가 고프니 밥 한 끼만 얻어먹을 수 없을까요?" 하고 애원 섞인 목소리로 말을 하였다. 개도

배불리 먹는다는 한가윗날이 아닌가. 어떤 사연이 있었기에.

전라도가 고향인 그는 가정문제로 무작정 배를 타고 제주로 왔단다. 몸 하나만 달랑 갖고 와도 열심히 노력하면 끼니는 해결되리라 여긴 모양이다. 그런데 가는 날이 장날이라, 추석 연휴에 그에게 문 열어주는 곳은 아무 데도 없었다. 공원에서 밤을 새우고는 허기를 채우기 위해 아파트 1층에서부터 초인종을 눌렀다고 했다. 다행히 문을 열어주는 곳도 있었던 모양이다. 어제도 그제도 그런 식으로 그는 끼니를 해결하였다고 했다.

그 때 그 청년은 지금 어디서 무얼 하고 있을까? 산다는 것이 그

담쟁이

리 수월치 않을 땐 나보다 어려운 이웃들을 생각한다. 그 청년도 그 중 한 사람으로 나는 여겼던 모양이다.

어느 해 겨울 나는, 어둠이 아직도 물러나지 않은 초등학교 운동장을 달리고 있었다. 저만치 구석진 곳에 있는 검은 물체가 나의 시야에 들어왔다. 등골이 오싹하고 겁이 나기 시작했다. 검은 물체가 사람이라면 나를 해하지는 않을까, 죽은 건 아닐까 하면서 달렸다. 마음은 콩밭에 있는 것처럼 검은 물체의 주인공이 어떻게 되었을까 하는 생각이, 걱정이 떠나지 않았다. 운동장을 몇 바퀴를 돌고나서 용기를 내어 검은 물체 근처로 갔다. 적당히 거리를 두고 물었다. "여보세요, 여보세요?" 불러도 인기척이 없기에 검은 물체를 흔들었다. 사람 형상이었으나 아무 기척이 없었다. 어둠 속으로 다시 달려 나갔다. 혹시 죽은 게 아닐까 하고 생각하니 더욱 가슴이 뛰었다. 용기를 내어 다시 다가가 그 물체를 흔들었다. 물체의 주인공이 부스스 하고 억지 잠을 깨었다. 아니 웬 꼬마가 이런 곳에서 잠을 자다니.

엄마와 아빠가 어제도 싸웠다 한다. 툭하면 부부싸움하면서 '자식 놈이 원수'라고 엄마 아빠가 말할 적마다 가출을 생각했다고 한다. 그날도 엄마 아빠가 밤새도록 싸우고, 보다 못한 소년은 자기가 없으면 아빠 엄마가 덜 싸울 것 같아 집을 나섰다 한다. 그러면서 자기를 깨우는 사람이 자기 '부모이길 바랐는데……' 하며 울먹였다. (1998)

슬픈 영혼들과의 대화

나는 삶 앞에서 더욱 경건해 지리라. 아픔을 준 이는 잊고, 도움을
준 이는 다시 생각하면서 늘 감사하는 마음으로 내 안을 채우리라.

　서양에서는 공동묘지를 동네 가까이 두는 데 반
해 우리는 마을에서 한참 떨어진 곳에 마련하고 있다. 죽음이 두
려워서일까, 아니면 영혼들의 안식처를 따로 마련해 드리려는 산
자의 정성일까?

　장의차를 만날 때마다 생각나는 글귀가 있다. '오늘의 문제는
자신과 싸우는 일이고, 내일의 문제는 승리자가 되는 것이고, 평생
의 문제는 죽음을 준비하는 일이다.' 가 그것이다. 어느덧 나도 죽
음을 준비할 나이에 접어들었나 보다.

　최근 나는 여러 죽음과 만나고 있다. 천수를 누리지 못한 죽음이
라면 자신과 가족에게는 큰 슬픔이기에, 나는 그러한 죽음을 슬픈
영혼이라 부른다. 슬픈 영혼은 나에게 죽음은 곧 생활이니 망자
가족의 아픔을 조금이라도 나눠 가지라고 속삭인다.

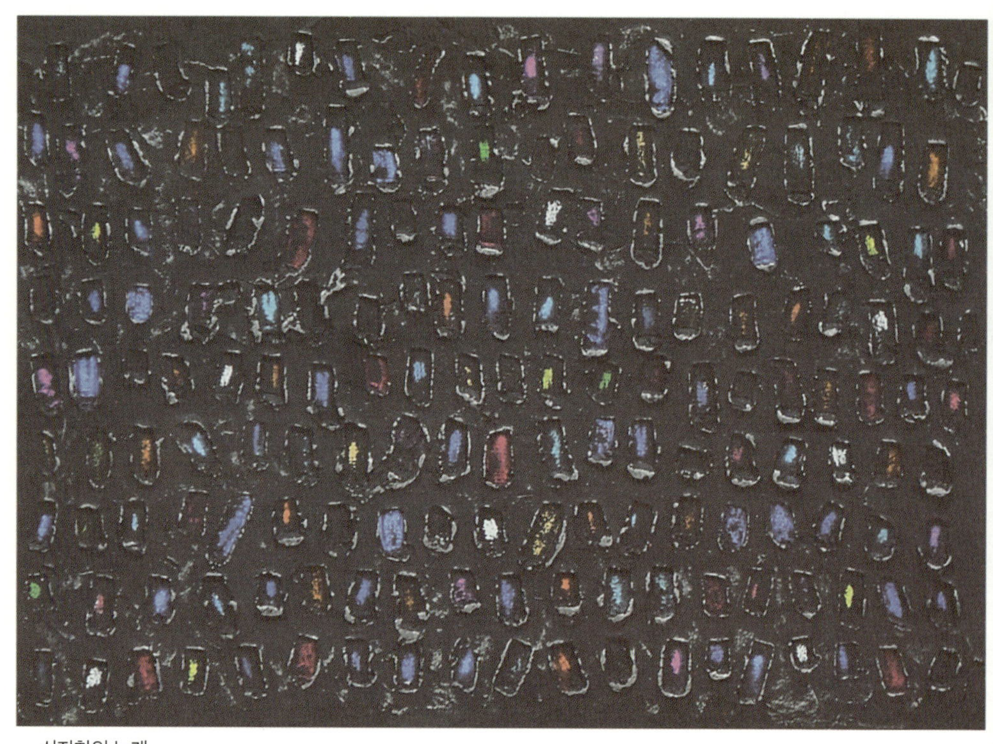

산지천의 노래

갈림길에 선 우묵 장승이고 싶네

며칠 전 형의 일로 나에게 도움을 청하고 싶다는 웬 남자의 전화가 걸려 왔다. 프랑스어 사용국인 카메룬에서 급사한 형의 사망진단서를 우리말로 해석해 달라는 것이었다. 번역료를 묻는 그에게, 그건 망자에 대한 예의가 아니라 답했다. 그날 밤 나는 사전에서 의학용어를 찾으며 진단서 번역에 매달렸다. 죽음에 관련된 단어들을 만나던 날, 나는 두려움과 망자에 대한 애달픔으로 잠을 설쳐야 했다.

다음 날 사무실로 찾아온 고인의 동생에게 번역한 우리말 사망진단서를 전할 때, 나를 찾아온 이가 또 있었다. 해수욕장에서 친구를 구하고 의로운 죽음을 맞이한 어느 여중생의 부친이었다. 지난 여름 바다에서 비명횡사한 여중생의 아버지가 내 친구 동생과 절친한 사이라는 말에 나는 무작정 문상을 갔었다. 유족과 학교 친구들이 슬픔으로 오열하고 있었다. 평소 수영을 잘하였다는 학생의 죽음에 무슨 곡절이 있을 거라고 그들을 위로하였다. 결국 수영 미숙인 친구를 살리고 자신을 던진 의로운 죽음임이 밝혀졌다. '우정과 사랑이 물에 빠지면 사랑은 구해주고 우정과는 같이 빠져라!' 라는 소녀의 애송시가 《교육제주》에 소개되어 또 한번 주변 사람들의 가슴을 저미게 하였다.

절망에서 희망을 찾기 위해 동분서주하는 소녀 아버지의 비통한 심정을 같이 나누려 나 역시 소녀의 의로운 죽음을 주변에 알렸다. 슬픔이 인간의 영혼을 정화시키리라는 믿음으로.

작년 이때쯤 직장 동료가 나에게 마지막 말을 남기고 저승길로 떠났다. 사고 당일 우리 일행은 산중에서 워크숍 행사를 끝내고 리조트 2층에서 밤을 지내고 있었다. 새벽 1시경에 잠자리에 든 나는 나직이 들리는 신음소리에 잠을 깼다.

"송 장학사, 웅크려 자지 말고, 편히 좀 자게나."하고 말을 건네자, "영택이 형, 나 좀 눕혀 줍서……"라고 들릴락말락 말했다. 이내 나는 그를 바르게 눕히는 과정에서 베개와 머리에 응고된 피를 발견하였다. 그리고 나는 황급히 동료들을 깨웠다. 계단 입구에도, 1층으로 내려가는 계단 바닥에도 많은 피가 묻어 있었다. 조금 후에 도착한 구급차가 동료를 실어 병원으로 향했다. 피가 마른 것으로 보아 사고가 난 후 오랜 시간이 지났음이 분명했다. 동료가 사고 직후 구조를 요청하기 위해 사력을 다해 우리가 묵는 방에 왔음에도 이를 알아채지 못하였다는 죄책감이 엄습했다. 결국 가족과 동료들의 바람도 소용없이 그 후배는 한 번도 깨어나지 못한 채 우리 곁을 떠났다. 평소 일에 대한 열정과 책임의식이 강한 그가, 본인의 책임 아래 진행된 워크숍 행사를 마무리하는 과정에서 변을 당한 것이다

어려서 나는 남들 앞에만 서면 괜히 긴장되고 얼굴이 붉어지곤 했었다. 조그만 일에도 마음이 불안하고 신경질적으로 대하곤 했었다. 타인에 대한 이해나 배려가 적었던 나는 새 생명이 탄생하려면 알을 깨고 나와야 하듯, 새로운 세상을 만나려면 자신의 아집을 깨어야 한다는 《데미안》의 글귀를 강박관념처럼 갖고 내 자신에게 싸움을 걸었다.

　점차 나는 타인과 타협하고 화해하는 어른으로 커가고 있던 중 죽어서는 세계의 왕이 된《람세스》를 만났다. 현비인 레페르타리가 죽고, 정비 이제트의 자결 후 람세스 2세는 측근들의 권유로 적국이었던 히타이트의 공주인 마트호르와 결혼한다. 그리고 그녀를 대동하여 왕들의 계곡에 들어간다. 다음은 자기의 무덤을 짓게 하는 람세스와 그의 말에 대경실색하는 마트호르와의 대화이다.

　"그게 우리의 전통이요. 어떤 막중한 역할을 떠맡는 이는 곧 저 세상을 생각해야 되오. 죽음은 우리의 가장 현명한 조언자요. 죽음을 생각함으로써 우리는 올바르게 행동할 수 있고 본질적인 것과 부차적인 것을 구별할 수 있게 되오."

　"하지만 저는 그런 우울한 생각 속에 빠지기 싫어요!"

　"중요한 건 당신에게 맡겨진 임무요. 그리고 그것을 잘 이해하

유월 인동꽃

기 위해서는 당신 자신의 죽음과 만나야 하오."

　재작년 직장 상사의 죽음, 재재작년 직장 선배의 죽음 등 최근의 슬픈 영혼들과의 만남을 나는 잊을 수가 없다. 항상 지나침을 경계하라는 고인이 된 윗분의 충고와, 젊을 때 무언가를 준비하라는 고인의 된 선배의 고언을 또한 잊을 수 없다. 저승길 통과의례 중 하나인 죽음의 과정과 삶의 과정을 담는 '상병경위서' 작성 등에 내가 깊이 관여하였기 때문이기도 하다.
　그리고 오늘 또 한 분의 슬픈 영혼을 나는 추모하고 있다. 며칠 전에 삶을 달리한 그와 나는 오래전부터 우정을 나눠왔다. 몇 년 전 의기투합한 우리들은 새로 장만한 나의 집으로 자리를 옮겨 거나하게 술을 마셨다. 그가 일어설 즈음 밖에는 하얀 눈이 소복이 쌓이고 있었다. 우리는 어깨동무하고 눈을 밟으며 찻길까지 걸었다. 소리 없이 내리는 눈을 서설이라고 반기며 집으로 향하는 그를 배웅했던 것이 어제 일 같은데…….
　이 밤 나는 인연 맺은 슬픈 영혼들을 마음으로 불러 모셔와 대화의 자리를 마련하련다. 맘으로라도 그분들과 소통하고 그분들을 추모하고 싶기 때문이다.
　'영혼들이시여, 이승에서 맺은 인연 그리고 죽음 직전 직후 여러 모양으로 맺은 연으로 가족끼리라도 서로 격려하고 위로하는 사이로 남길 바랍니다. 이승에서 다 하지 못한 것들을 훌훌 털어버리시고, 가족, 친구 영혼들과 이 밤 잊지 못할 추억거리라도 도란도란 회상하시길 바라옵니다…….'

언젠가 내게도 닥칠 죽음이기에 나는 삶 앞에서 더욱 경건해 지리라. 아픔을 준 이는 잊고 도움을 준 이는 다시 생각하면서 늘 감사하는 마음으로 내 안을 채우리라. (2005)

― 후기

정부로부터 제주도 의사자 제1호로 추인 받은 위의 여중생은 이승에서 마지막으로 친구들과 함께 머물렀던 곳에서 영원히 그곳을 찾는 이들과 벗할 것이다. 그녀의 부친과 그의 지인들에 의해 마련된 의사자 탑이 그녀의 선행을 지켜 본 해수욕장 양지바른 곳에 세워졌다. 책임감이 강했던 나의 후배이자 동료는 주변 사람들의 적극적인 호응으로 국가유공자로 지정되었다.

또 한 사람의 고인을 추모하련다. 간밤에 나는 선명하게 그 분을 꿈속에서 만났다. 만면에 함박웃음을 지우며 나를 반겨주었다. 그리고 같이 시골 길을 걸어가다 잠이 깨었다. 형이 없는 나에게 다정한 형님처럼 매사에 격려해주고 챙겨주셨던 분이다. 제자와 동료들에게는 자상한 교사로서, 인간미 넘치는 교감으로 각인되어 있는 분이시다. 며칠 전 그분의 영결식장인 제주여고와 화장터인 양지공원, 그리고 그 분의 유골이 안치되는 가족묘지 현장에 갔었다.

"삼가 이 형의 명복을 비옵니다."

공존의 숲을 가꾸는 사람들

지식은 있으나 지성이 없는 곳은 혼돈의 사회이다. 개인주의적인
것과 이기의적인 것을 혼동하는 사회 역시 혼돈의 땅이다.

 "제주시까지 가면서 우리는 마주 오는 버스를 몇
대나 만날 수 있을까?"

"6대! 왜냐하면 제주시까지는 1시간 거리이고, 10분에 한 대씩
버스가 다니니까."

"엄마는 그 곱인 12대라고 생각하는데……."

고개를 갸우뚱거리며 이해가 안 된다는 딸을, 엄마는 다시 생각
해 보자며 부추긴다. 예사롭지 않은 모녀간의 대화를 나는 차창
밖 풍광을 응시하며 뒷좌석에서 엿듣고 있었다. 줄곧 그 문제에
매달리는지 초등학생으로 보이는 딸의 수다는 조용해졌다. 한참
후에 딸이 다시 물었다.

"엄마, 그럼 우리가 탄 버스도 달려가니, 마주 오는 버스를 5분
간격으로 볼 수 있다는 거야?"

딸이 자랑스러운지 엄마는 '내 새끼' 하면서 딸을 포옹했다. 이

상수리 나무의 꿈

참에 엄마는 유연한 사고를 가져 보라고 딸에게 말하고 싶었던 모양이다.

고3 시절, 공부에 지친 학생들에게 던진 수학 선생님의 질문이 지금도 나의 뇌리에 박혀 있다. "같이 데이트하던 여자 친구의 하이힐 굽 하나가 망가졌어. 어떻게 해야지?" 잠시 침묵이 흐른 후 한 친구가 "나머지 굽마저도 꺾지요." 하고 응답하였다. 그것도 정답 중 하나일 것이다. 그날 선생님은 "정답이 하나라고 고집한다면 그것은 수직적 사고이지. 상황에 따라 생각을 달리한다면 수평적 사고이고……." 하시며 우리가 기다리던 답은 주지 않으셨다.

유연함이 강함을 이긴다는 뜻을 담은 유능제강柔能制剛이라는 고사성어를 나는 좋아한다. 어떤 교수는 그의 책에서 일본을 버드나무 문화에, 한국을 소나무 문화에 비유했다. 유명한 분의 비유인지라 이 말에 젖어 지내려는 행태行態를 나는 보인 적이 있었다. 우리는 상황에 따라 버드나무의 유연함도 소나무의 기품도 지닐 수 있는데 말이다.

우리가 몸담고 있는 이 시대는 더불어 살아가는 공존의 사회이다. 또한 우리는 공존의 숲에서 희망과 행복이란 열매가 달릴 수 있는 토양을 가꾸는 사람들이다. 한 때의 수확을 위하여 화학비료를 많이 사용한다면 공존의 터전은 이내 체질이 허약한 토질로 바뀔 수도 있다. 언젠가 열매를 거둘 수 있다는 희망 역시 중요하지만, 더욱 중요한 것은 불행이 아닌 행복이란 열매가 열리는 나무를 가려 심고 가꾸는 지혜일 것이다. 토양이 아무리 비옥해도 가꾸기를 잘못한다면 열매나 꽃을 피우지 못한 채 무성한 잎사귀만 키우는 불임의 비만 목을 키울 수도 있기에.

나는 공존의 숲을 가꾸는 비료로 사랑과 지성이란 어휘를 떠올린다. 지식은 있으나 지성이 없는 곳은 혼돈의 사회이다. 개인주의적인 것과 이기의적인 것을 혼동하는 사회 역시 혼돈의 땅이다. 우리가 말하는 지식 기반 사회는 지식과 지성, 창의성과 인성이 함께 아우러지는 코스모스적인 터전이다. 그러할 때 우리는 공존의 숲에서 벌채한 나무를 재목으로 21세기의 튼실한 집을 지을 수 있을 것이다. 개인주의가 버팀목인 서구인들도 이젠 공존의 나무를 가꾸는 지혜를 동양에서 찾으려 하는 모양이다.

옛날 인도의 어느 지방에 아주 오래된 한 그루의 나무가 있었다. 커다란 가지에 열린 황금색 열매들이 어린아이들을 유혹하고 있었다. 선악과는 매우 비슷하여 두 가지 중 하나에는 죽음의, 또 다른 하나에는 삶의 열매가 달려 있다고 했다. 그러나 어느 가지가 삶과 죽음의 양식을 주는지 아무도 알 수 없었다.

어느 해, 엄청난 기근이 그 지방을 덮쳤다. 그러나 평원 위에는 나무만이 살아남아 하늘의 별들만큼이나 열매들을 키워내고 있었다. 살아남은 사람들은 하나 둘씩 나무 근처로 모여들기 시작하였고, 허기진 그들은 황금색 열매를 따먹은 후 죽음에 빠질 수 있는 위험과, 따먹지도 못한 채 굶어 죽을 경우 중 하나를 선택해야만 했다.

그들이 혼란스러운 논쟁을 계속하고 있을 때, 숨이 넘어가는 아들을 등에 업은 사람이 확신에 찬 걸음으로 오른쪽 가지 아래에 멈추고는, 과일 하나를 따내 씹어보고 나서 아들에게 주는 게 아닌가. 절망에 빠졌던 사람들은 과거의 공포에서 해방되어 과일을 따먹기 시작하였다. 그리고 나무의 유해한 싹이 왼쪽 가지에 있음을 알아낸 그들은, 복수하는 심정으로 그 가지를 불필요한 것으로 여겨 베어버렸다.

다음날, 오른쪽 가지에 달려 있던 모든 선과는 떨어져 썩었고, 반절이 절단된 독이 든 나무는 강렬한 햇빛을 받아 메말라진 잎사귀만 매달고 있었다. 나무의 껍질은 검게 변해 갔으며, 새들은 나무에서 도망치듯 날아갔다. 그리고 나무는 고사하였다.

위 우화의 교훈은 무엇일까? 공존의 숲을 가꿔야 한다는 것은 아닐까? 그들은 한 때 생존의 열매를 따먹을 만큼 분별력이 있었지만 공유의 열매, 깨달음의 열매를 끝내 수확하지 못하여 마침내는 공존의 나무를 고사시키기에 이른 것이다.

어느 사회에서도 공존의 명암은 있게 마련이다. 그럼에도 우리는 도덕적 양심과 인간적 배려가 넘쳐나는 공존의 사회를 꿈꾸고 있는 것이다.

생존과 생활을 위해서 서로 부딪히고 싸우는 현상이 인간 사회의 원초적 모습이라지만, 우리는 구조조정이다, 코드 맞추기다 하며 너무도 많은 충돌을 보아왔다. 그만큼 상대를 이해하고 배려하는 문화의 나무가 성장하지 못한 탓은 아닐까.

최근의 유행어 중 하나가 '정치는 아무나 하나?' 라 하던가. 상생의 정치를 펼치겠다던 정치인들에게 보내는 국민들의 비아냥거림이다.

21세기는 다문화적 창의성의 시대이다. 새로운 것을 만들어가려는 성향도, 기존 사고의 틀을 깨려는 몸부림도 창의성의 발로일 것이다. 생각을 한번 바꿔보자. 그러면 자기 주변을 에워싸는 세계가 달리 보일 것이다. 그러할 때 우리는 '상대에 대한 배려' 라는 탐스런 열매를 수확하는 상생의 나무를 가꿀 수 있을 것이다.

평소 우리는 '과정' 이라는 열매가 달릴 수 있는 나무와 숲을 잘 가꾸어야 한다. 과정이 없으면 결과도 없으니 말이다. 과정이란 열매가 달리지 않은 결과의 나무에는 악과만이 열릴 것이다. 수단과 방법을 가리지 않는 비열함이 공존의 숲에 숨어들기 때문이다.

지혜로운 자는 결코 편협하지 않으며, 생각이 깊고, 총명하다. 숲과 나무를 동시에 볼 수 있으며, 남이 감히 생각하지 못하는 것을 찾아낸다. 아울러 문제점을 미리 알아내고, 예방하려 한다. 선악을 구별하여 실타래처럼 엉킨 문제를 푸는 능력이 뛰어나다. 더욱이 멀리 내다보며 일을 결정하기에 당장 손해를 보는 것 같지만 마침내 승리를 일구어 낸다. 우리는 지금 그러한 지도자와 정치가를 학수고대하는 중이다. (2003)

어느 교실이 들려주는 이야기

문제아는 문제가 있는 우리 사회가 만들어 낸 우리의 이웃일 뿐이다. 그들의 멍든 마음을 어루만질 수 있는 이웃들로 넘쳐나는 사회가 곧 우리가 꿈꾸는, 진정으로 더불어 살아가는 사회일 것이다.

너와 나, 우리는 더불어 살아간다. 하지만 너와 나는 마음이란 집에 가시울타리를 친 채 살고 있음도 사실이다. 더불어 산다는 것은 어떤 모습일까?

《어린 왕자》의 주인공은 가시 있는 장미와 포옹한다. 가시는 그 사람의 허물일 것이고, 포옹은 상대의 허물을 감싸고 이해하려는 마음 즉 관계 맺는 일일 것이다. 관계 맺는다는 것은 어떤 모습일까? 잠시 관계 맺으며 살아가는 아이들의 더불어 사는 모습을 들여다보자.

2년 전 강 양은 부모의 이혼으로 결석을 밥 먹듯 하다가 결국 학교를 그만두었다. 그러던 어느 날 언니의 신분증과 카드를 훔쳐 서울로 달아났다. 다시 집으로 돌아온 그녀는 올해 초 언니의 설득에 못 이겨 복학은 하였지만 건성으로 학교에 다니고 있었다.

생활보호 대상자인 아버지와 떨어져, 아르바이트하며 생활하는 언니와 함께 살고 있는 그녀는, 가정과 사회 그리고 학교, 아무 데도 정 붙일 곳이 없는 듯했다. 막가는 아이처럼 또래 학생들로부터 금품을 빼앗거나 남의 물건을 예사로 훔치던 그녀는 다시 학교에서의 탈출을 엿보고 있었다.

급우들과 담임교사에게서 인간적인 믿음과 정을 느끼기 전까지는 그랬다.

학기 초의 어느 날, 한 교사로부터 불량한 태도를 지적당한 그녀는 반항하듯 학교를 탈출했다. 바로 그날 자기를 찾아 나선 급우들과 시내에서 마주친 그녀는 잠시 눈물을 글썽이기도 했다. 지금껏 그 누구도 자기 존재를 알아주지도 않았는데, 그래서 자신에게도 관심을 가져달라고 아무 일이나 즉흥적으로 저질렀는데. 단지 친구들이 문제아인 그녀를 찾아주었다는 그 점이 그녀의 눈물샘을 자극하였던 것이다.

담배 냄새가 나는 그녀였지만 급우들은 아무렇지도 않은 듯 다가가 말벗이 되어 주었다. 반 친구들은 '힘내! 언니.' 하고 쪽지나 전자우편을 보내기도 하였다. 굳었던 그녀의 얼굴에도 미소가 떠오르기 시작하였다.

그것도 잠시, 도벽과 가출벽이 되살아났던지 그녀는 여름방학을 이용, 다시 언니의 신분증을 훔쳐 서울로 달아났다. 어렵사리 그녀의 연락처를 알아낸 담임교사와 급우들은 학교로 돌아올 것을 권하는 수많은 메시지를 그녀에게 다시 보냈다. 그것에 마음이 움직였던지 같이 가출한 친구 여럿 중 유일하게 그녀만이 학교로 돌아왔다. 담임교사와 급우들의 격려가 그녀의 소외감을 극복하게 하였던 것이다. 급우들과의 교감으로 또래라는 동질감이 생기자 그녀는 다시 삶의 의욕을 찾았다. 그녀가 다시는 방황하지 않기를 급우들뿐만 아니라 우리 모두 기도하자. 더불어 살아가야 하는 사회이기에.

따뜻한 격려의 말 한마디가 더욱 그리운 계절이다. 우리 주위에는 흔히 말하는 문제아들이 적지 않다. 그러나 문제아는 문제가 있는 우리 사회가 만들어 낸 우리의 이웃일 뿐이다. 그들의 멍든 마음을 어루만질 수 있는 이웃들로 넘쳐나는 사회가 곧 우리가 꿈꾸는, 진정으로 더불어 살아가는 사회일 것이다. (2002)

벌레들을 묻으며

시간의 나라에서는 모두가 하인이다. 모두가 영원한 제왕인 시간을 숙명적으로 모시고 살아간다. 시간에 거역한다는 것은 곧 죽음을 의미한다.

 교실이 소란스럽다. 창문으로 들어온 벌레가 바닥에 내려앉자 학생들이 징그럽다고, 무섭다고 아우성이다.

"선생님, 벌레 잡아주세요."

그들이 가리키는 곳에는 길 잃은 사마귀 한 마리가 엉금엉금 기고 있었다.

"그래, 내가 치워줄게. 벌레야, 이리 온!"

하고 종이를 내미니 사마귀가 그 위로 기어오른다. 학생들의 탄성이 이어진다. 사마귀의 출현으로 말 못하는 벌레나 미물을 어떻게 대해야 하는지 우리 학생들도 한 번쯤 생각해 본 기회가 된 듯하다.

나는 하루에도 몇 번씩 학교 계단이나 시멘트 바닥에서 생을 마감한 벌레나 곤충들의 주검을 흙으로 옮겨놓는다. '흙에서 태어났으니, 흙으로 돌아가야지. 다시 태어난다면 나와 연을 맺자꾸나.'

하고 마음속에서 기도문을 읊조리기도 한다.

어느 날은 산에 오르다보니 지렁이와 송충이 등이 시멘트 바닥에 죽어 널브러져 있었다. 비명횡사한 젊은이들을 영혼 결혼시켜주듯, 짧은 삶을 마감한 벌레와 곤충들을 짝지어 흙에 묻었다. 이러한 나의 의례적인 행위에는 다음의 글이 계기가 되었다.

임진왜란 당시 많은 사람들이 굶어 죽어가자, 한 스님이 가부좌를 틀어 숙명통宿命通에 들어간다. 곳간을 가득 채운 곡식을 찾기 위함이다. 어느 마을 부잣집 창고가 양곡으로 가득 채워져 있었다. ‘옳지’ 하고 속으로 탄성을 올렸으나, 이내 스님의 얼굴에는 근심어린 표정이 역력하다.

그 부자의 전생은 벌레였다.

어느 날, 학동 둘이서 길을 가다 기어가고 있는 벌레를 한 학동이 밟아버렸다. 친구가 밟아버린 벌레가 안쓰러워 다른 학동이 흙에다 묻어주었다. 먼 훗날 그들이 환생하니, 벌레 밟은 학동이 서산대사이고, 벌레 묻어준 친구가 사명대사이고, 발에 밟힌 벌레가 바로 그 부자란다.

서산대사가 사명에게 “네가 가면 욕심쟁이인 그 부자도 곳간을 열어줄 것이다.” 하고 말하자, 사명은 “스승께서 할 수 없는 일을 소승이 어찌 할 수 있겠습니까?” 하며 시주 가길 거부한다. 그러자 서산대사가 제자에게 숙명통을 보여줄 겸해서 부잣집 시주에 나선다.

서산대사와 눈이 마주친 주인이 “저 중놈 당장 내쫓아라.”라고

외치자, 달려 나온 머슴들이 서산대사를 문밖으로 사정없이 내치
었다. 이를 지켜본 제자 사명이 다시 부잣집을 찾았다.

목탁소리가 들리자 부자 영감이 중을 내칠 양으로 달려나왔다.
그리고 젊은 사명과 눈을 마주쳤다. 순간 부자는 벼락 맞은 듯 멈
춰 섰다. 스님의 얼굴에서 돌아가신 부친의 얼굴을 보았기 때문이
다. 이내 예를 갖추며 부자 영감은 사명을 대청마루로 모시었다.
그러자 사명이 주인에게 스승의 숙명통 얘기를 들려주었다. 그리
고 굶어 죽어가는 인근의 사람들에게 곡식을 나눠줄 것을 부탁하
였다. 부자 영감은 부친의 말을 거역하지 못하는 효자처럼 사명의
부탁에 그저,

"그렇게 하지요."

하며 쌓아둔 곡식을 긍휼미로 내놓는 게 아닌가.

전설과 같은 이야기를 읽으며 나는 환호하였다. 또 다른 삶의 의
미를 깨친 기분이었기 때문이다. 그래, 그 누구 하고도, 그 무엇 하
고도 좋은 연을 맺자. 미물에게도 나의 손길이 닿는다면 그는 나
를 해하지 않을 것이다. 그리고 내 자손들에게도 그 연은 계속 이
어지겠지.

오늘도 나는 우화 같은 이야기를 회상하면서 인생의 덧없음을
그리고 베푸는 삶을 배운다. 몇 백 년 후에, 벌레는 부자로 다시 태
어났고 벌레를 묻어 준 사명은 스승이 하지 못하는 선행을 이루었
으니 말이다.

〈혹성탈출〉이라는 영화가 생각난다. 혹성에서의 몇 십 년이 지

구에서의 몇 백 년에 해당된다니 더욱 놀랍다. 공상과학이긴 하지만 혹성에서의 시간과 지구에서의 시간은 어쩌면 같은 시간일 텐데, 커다란 시간 차가 있다니. 그러한 우주의 질서 속에 우리들이 살아가고 있는 것이 더욱 신비롭다. 누구에게나 시간은 지나간다. 시간은 결국 쓰기 나름인 것이 우주의 신비를 푸는 열쇠가 아닐는지.

어린 시절 나는 빨리 어른이 되길 바랐다. 어느 새 50고개를 넘어선 나는 시간이 빠르다고 탓한다. 가끔 나는 자동차 속도에 인생의 덧없음을 비교하곤 한다. 어렵게 살았던 20대와 30대 시절의 속도가 자동차를 타고 20km와 30km로 달리는 기분이라면, 지금은 50km로 달리는 기분이다. 앞으로 나의 삶의 시속은 더욱 빨라지겠지.

인생이 유수와 같다느니 화살과 같다느니 하는 말이 실감나는 요사이이다. 지나간 세월에 대해 덧없다고 한탄함을 이젠 그만 두련다. 대신 세월에 대한 경외와 그에 대한 준비로 내게 올 세월을 맞이하련다.

같은 시간도 나이에 따라, 사람에 따라 느낌이 다르다. 문제는 어떻게 사느냐에 달려 있다. 치열한 자세로 사는 방법을 배우자. 생의 마지막 날처럼 살아가라는 말이 초겨울의 찬 바람과 더불어 나의 가슴을 때리듯 파고든다.

원증회고怨憎會苦와 애별리고愛別離苦라는 성현의 옛말이 생각난다. 원망하고 증오하는 사람들도 언젠가는 만나야 하는 고통이 있고, 사랑하는 사람들과도 언젠가는 이별하는 괴로움이 있다는 이들 글귀에 인생의 오묘한 이치가 담겨 있지 않은가. 미워하는 사람 만들지 말고 모두를 사랑하라, 그리고 사랑하는 이들과 헤어질 날도 반드시 오리니 이에 대비하라는 삶의 메시지를 담고 있으니 말이다.

시간의 나라에서는 모두가 하인이다. 모두가 영원한 제왕인 시간을 숙명적으로 모시고 살아간다. 시간에 거역한다는 것은 곧 죽음을 의미한다. 충실한 신하가 되기 위해 오늘도 나는 시간의 제왕을 어떻게 모실 것인지 궁리 중이다.

세월은 화살 같다는데, 내가 쏜 화살은 어디쯤 날고 있을까. 나의 삶의 목표들을 빗나가고 있지는 않은지, 다시 세월의 제왕에게 물어봐야겠다. '나는 그대에게 무엇이고, 죽어서는 무엇으로 기억될까요? 벌레가 부자로 태어났듯 먼 훗날 나는 무엇으로 태어날까요? (2006)

마음의 벽도 허물자

기관이든 학교든 내부에서 이루어지는 일들이 보일 때 교육과 행정에 대한 애정과 관심도 생겨날 것이다. 내가 보여주면 상대방도 보여주는 것이 마음의 물길이기에.

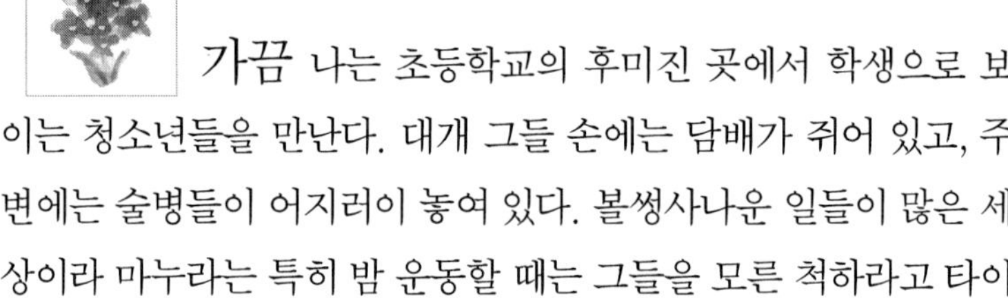

가끔 나는 초등학교의 후미진 곳에서 학생으로 보이는 청소년들을 만난다. 대개 그들 손에는 담배가 쥐어 있고, 주변에는 술병들이 어지러이 놓여 있다. 볼썽사나운 일들이 많은 세상이라 마누라는 특히 밤 운동할 때는 그들을 모른 척하라고 타이른다.

그날도 마누라의 친절한 충고를 들으며 어둠이 깔린 학교로 운동을 나갔다. 구석진 곳에서 고교생으로 보이는 이들이 주위에는 아랑곳하지 않고 얘기를 나누고 있었다. 담뱃불이 보이고 막걸리 냄새가 코를 자극했지만 못 본 척하고 뜀박질을 계속했다. 그래도 명색이 교사인지라 그들에 대한 관심과 경계를 버릴 수가 없었다. 달리는 내내 어떻게 하면 그들에게 별 탈 없이 다가갈까 하는 생각이 떠나지 않았다.

운동장을 두어 바퀴를 돌고나서 무서운 물체를 만나듯 긴장하며 그들에게 다가갔다. ‘잘 타이른다면 나를 두들겨 패지는 않을 거야.’ 하고 자위하면서.

“담배가 그렇게도 맛있니?”

하고 말을 걸었다. 그들 중 하나가 즉각 나서며 자기는 성년이 지났다고 말대꾸했다. 다행히 교복을 입고 있는 학생도 더러 있어 그들이 다니는 학교를 알아내었다. 나는 슬쩍 그 학교에 재직 중인 몇몇 교사 이름을 들려주었더니 그제야 담뱃불을 슬그머니 껐다.

자기들만의 중요한 얘기가 끝나면 술자리를 정리하고 가겠다며 고분고분해진 말투로 그들은 내게도 막걸리를 권했다. 그렇게 해서 집에 들어갈 때는 부모님을 만나게 되더라도 술 안 마신 척하라고 훈수하는 사이로 바뀌었다. 그들을 경계하지 않으면서 뛰어도 된다고 생각하니 발걸음이 더욱 가벼웠다.

그들만의 중요한 화제가 과연 무엇이었을까?

그때 그 토론이 그들의 성장에 무슨 영향을 주었을까? 나름대로 의미 있고 소중한 대화를 나누었을 텐데.

그들 역시 어른들을 보고 술과 담배를 배웠기에 그런 것들이 있어야 대화가 술술 풀린다고 생각했던 것 아닌지 모르겠다. 그들이 돌아간 자리에는 술자리 흔적은 없었다. 어둠 속에서 그들에게 가졌던 경계심과 두려움 대신에 그들의 뒷모습에서 당당함을 느꼈던 기분 좋은 만남이었다.

불현듯 관공서나 학교 담장을 허물면 생활공간이 넓어질 뿐더러 청소년들의 우범 지역도 좁아질 것이라는 생각이 들었다. 그리고 기관이나 학교의 벽이 무너지면 우리들 마음의 벽도 무너지리란 기대도 해봤다.

담을 허문 관공서나 학교를 만날 때면 마음의 벽이 무너지듯 그 곳에서 만나는 사람들이 친근하게 느껴진다. 운동장에서 뛰노는 어린이들의 모습에서 행인은 걸음을 잠시 멈추고 내일의 희망을 볼 수도 있을 것이다. 이러한 모습들이 더불어 살아가는 정겨운 삶의 현장이 아닐는지. 열린 학교, 열린 기관, 열린 행정, 열린 교육이 파장을 이루어 이웃 속으로, 사회 속으로 퍼져나가길 기원한다. 그러할 때 우리의 마음의 벽도 허물어짐을 느끼게 될 것이다.

기관이든 학교든 내부에서 이루어지는 일들이 보일 때 교육과 행정에 대한 애정과 관심도 생겨날 것이다. 내가 보여주면 상대방도 보여주는 것이 마음의 물길이기에.

주변의 여러 기관들의 육중한 담장이 허물어진 것처럼 그곳 사람들의 마음의 담도 무너지고 있으리라. 마음의 담장이 무너지는 소리는 아름다운 교향악이 내뿜는 듣기 좋은 소리이다. 우리가 그토록 바라는 투명한 사회도 너와 나의 마음의 담장이 무너진 후에 이루어질 세상일 것이다.

국제투명성기구인 TI(Transparency Internationale)는 나라의 반부패의 투명성 정도를 계량화하여 해마다 발표한다. 싱가폴이 5위, 홍콩이 14위, 대만이 30위인데, 우리나라는 작년에 40위, 올해는 50위로 더욱 추락하였다. 경제 교역의 규모가 세계 13위인 한국이 이렇게 부패 사슬이 끊이지 않는 것은 정치판이 그 첫째 주범이라고 한다.

정치의 부패 부위를 도려내는 국민적 외과 수술이 이루어졌으면
좋겠다. 투명한 국가 건설은 너와 나 사이에 가로놓인 마음의 벽
을 허물어 신뢰를 쌓는 일에서부터 시작될 것이기에 하는 말이다.
(2003)

칭찬과 격려가 넘치는 사회

인간은 누구나 기본적으로 타인들로부터 인정받기를 바라는 심리
를 지니고 있다.
긍정적인 관심을 보여주는 것이 칭찬이고 격려이다.

 세상에 태어나 사람의 도리를 제대로 알고 행하며
살아야 할 텐데. 동료 교사나 학생들에게도 적절한 말로 칭찬하고
격려하고 싶은데, 그게 영 맘대로 되지 않는다. 나 또한 칭찬 받기
를 좋아하고 나무람 받기를 싫어하는 인간인데도.

칭찬과 격려를 희구하는 것은, 잘못된 일을 나무라기보다 잘된
일을 칭찬할 수만 있다면, 잘된 일은 더욱 잘될 것이고 잘못된 일
은 줄어들거나 사라질 것이리라는 믿음 때문이다.

《칭찬은 고래도 춤추게 한다》라는 책에는 사람들의 행동에 따라
네 가지 반응이 소개되는데, 무반응과 부정적 반응, 긍정적 반응과
전환redirection 반응이 그것이다. 물론 무반응과 부정적 반응은 바
람직하지 않은 것들이니 여기에서 논외로 취급하자. 반면, 긍정적
반응과 전환 반응은 우리가 추구하고 생활화해야 할 것들이기에
좀더 자세히 덧붙이련다.

긍정적 반응은 상대방의 일에 관심을 갖고 칭찬해주는 반응이다. 전환 반응은 상대방의 잘못된 일을 대수롭지 않게 여겨 지나쳐 버리거나, 상대방이 아닌 내 탓으로 돌리는 반응이다. 이 중 우리가 적극 사용해야 할 반응이 전환 반응이라고 저자는 권한다.

평소 사전 연락 없이 학교에서 늦게 돌아오는 자식을 둔 부모는 자식에게 어떤 반응을 보일까? 그냥 무관심하게 내버리거나, 앞으로 늦을 때는 연락하라고 충고하거나, 매를 들거나, 심하게 나무랄 수도 있을 것이다. 중요한 점은 자식이 부모로부터 지속적인 신뢰와 사랑을 받고 있음을 느끼게 하는 것이다. 자식의 잘못만 지적하고 신뢰와 사랑을 보여주지 못한다면 그것은 자식의 탈선을 조장하고 부추기는 일과 같다 하겠다.

교사는 가르치는 일뿐만 아니라 학교 안팎에서 문제를 일으키는 학생을 긍정적이고 친사회적인 성향을 갖게 지도하는 이이기도 하다. 그러기 위해 학생이 잘하는 일을 찾아내어 칭찬하고 격려해주는 것이 고래반응인 것이다. 고래반응을 얻기 위해 교사 또는 상담자는 즉각적으로 칭찬하고, 명확하게 말해 주고, 긍정적인 감정을 공유케 하며 지속적으로 격려해야 한다고 지은이는 주문한다.

칭찬과 격려를 먹고 자라는 학생들이 생활하는 터전이 곧 학급이다. 학급이라는 작은 사회는 민주주의를 연습하는 공간이자 자치역량을 기를 수 있는 최적의 집단이기도 하다. 교사는 학생들의 지적 능력이 향상되도록 격려하고 조장하여야 하겠지만 특히 바람직한 인간관계가 형성되도록 도와주는 협력자 내지 촉진자이기도 하다. 이제 우리는 인간관계가 최고의 경쟁력인 사회에 살고 있는 것이다.

우리는 실수나 잘못한 것을 대할 때 상대를 비난하는 반면, 잘한 일에 대해서는 당연한 것으로 여기기도 한다. 이런 풍토에서는 일에 대한 창의성도 효율성도 떨어진다고 전문가는 말한다. 인간은 누구나 기본적으로 타인들로부터 인정받기를 바라는 심리를 지니고 있기 때문이다. 무관심이 아닌 긍정적인 관심을 보여주는 것, 이것이 칭찬이고 격려인 것이다.

직장과 사회에서 듣는 칭찬의 말은 우리를 더욱 살맛나게 하고, 격려하는 말은 일에 대한 보람과 애정을 더욱 갖게 한다. 칭찬은 상대에 대한 존경과 믿음의 싹을 키우겠지만, 단점을 지적하고 비난함은 상대에 대한 증오심을 심을 뿐이다.

아울러 자신에게도 가끔은 관대하고 칭찬할 수도 있어야 할 것이다. 자신에게 너무 엄격하면 다른 사람들에게도 엄격해지기 때문이다. 다른 사람들과 경쟁하기보다는 자신의 능력과 경쟁하는 사회가 오고 있다. 오늘의 문제는 결국 칭찬과 격려를 통해 인생의 승리자가 되는 것이다. (2005)

추자도의 엄바위를 아시나요?

추자도 섬사람들은 나무뿌리가 바위를 감싸 오르는 것을 지켜보는 것이 삶의 즐거움이 된 지 이미 오래이다. 손자의 손자도 바위에 뿌리가 휘갑아 올라가는 것을 바라볼 것이다.

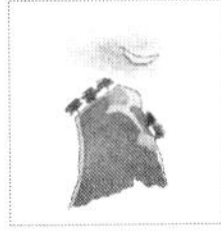 **예초리** 동구 밖에 들어선 나는 넘어질 듯 다가오는 큰 바위를 발견하곤 혼비백산했다. 금방이라도 덮칠 것 같은 환상에 치떨면서도 용기 내어 바위 곁으로 다가갔다. 바위 앞에는 자그마한 장승만이 홀로 서 있었다. 풍어와 풍작을 기원하는 만장이나 제물, 제단도 없었다. 너무 외롭고 허전하게 방치되는 것도 '거룩한 바위'에 대한 예우가 아니니라.

거룩하다 함은 자연처럼 친근하고 자애롭다는 의미이기도 하다. 예초리의 엄바위가 그렇다. 두려움이 엄습하면서도 다가가고 싶은 포근한 모습이다.

하늘을 온통 막고 서 있는 바위는 이제 외롭지 않다. 연륜을 혼자 간직하며 외로움을 안으로 삭이던 바위는, 세월의 수심을 풀어놓은 지 이미 오래이다. 여기저기를 휘감아 오르는 뿌리의 재롱에 바위는 차가운 갑옷을 벗어버렸다. 거룩한 바위 품에서 세속에 찌

든 심신을 바닷바람에 날려버릴 수 있었던 것은 나그네에겐 커다
란 행운이었다.

　옛날 젊은 부부가 바다에서 재산을 낚으며 살고 있었다. 어느 날
인가 바다를 할퀴고 간 강풍에 부인은 남편을 잃고 말았다. 핏줄
도 남기지 못하고 가버린 남편을 꿈속에서 만난 부인은, 바위 중턱
에 올라 정성으로 기도해 달라는 남편의 소리를 들었다. 다음 날
부터 부인은 청결한 마음으로 바위 중턱에 올라 지성으로 남편의
환생을 빌고 또 빌었다.
　그러던 어느 날, 다시 꿈속에서 만난 남편은 부인의 정성이 헛되
지 않아 용왕이 그들을 위해 아들을 점지해주었다는 말을 남기고
홀연히 떠났다. 잠을 깬 부인은 어둠을 헤치고 바위가 있는 중턱
으로 줄달음쳤다. 거기에는 나무가 한 그루 서 있고, 나무 옆에는
요람이 하나 놓여 있는 게 아닌가. 요람 안에는 아기가 곤히 자고
있었다. 부인은 남편의 분신으로 여기며 정성으로 아이를 키웠고,
다시 찾아준 삶에 희망을 걸었다.
　아들도 남편처럼 바다에서 잃지나 않을까 걱정한 부인은 남편이
쓰던 그물과 어구들을 광 깊숙한 곳에 숨겼다. 그러나 섬사람들에
게 바다는 삶의 터전인 것을 어쩌랴. 청년이 된 자식도 숨겨진 그
물과 어구를 발견하고 어부의 길로 들어섰다가 결국 바다의 객이
되고 말았다.
　남편에 이어 자식까지 잃은 부인의 모습은 이승의 것이 아니었
다. 매일이다시피 부인은 인적이 뜸한 바위 중턱을 찾아가 목 놓

아 울곤 하였다. 그러다 지치면 나뭇잎 한 잎 두 잎 따서는 바람에 날리는 것이었다. 언제부터인가 부인은 바위 중턱에 와서는 제례를 지내고 나서 주문을 외우며 한 잎 두 잎…… 수천 잎을 날리는 것이었다.

잎들이 지면 다시 새순이 돋아나련만, 부인의 손이 닿은 나무들은 앙상한 가지만 드러내고 있었다. 그러는 사이 부인은 실성한 사람이 되어 남편과 아들의 환영을 만난 듯 그들을 부르다 바다에 뛰어들었다.

다음 날, 마을 사람들은 바위를 향해 누워 있는 부인의 시체를 발견하고 바위 곁에 남편과 아들의 가묘를 만들고 장례를 치러주었다.

그런 후 마을에는 이상한 일이 벌어졌다. 부인이 잎을 딴 나뭇가지에는 새순이 움트는 대신 뿌리가 달리는 것이 아닌가. 뿌리들은 한결같이 바위를 향해 자라는 것이었다. 나무가 뿌리이고 뿌리가 나무이듯, 나무들은 바위 도처에 뿌리를 굳건히 내리고 있었다. 다시는 헤어지지 않겠다는 처절한 몸부림처럼 뿌리는 땅속 깊은 곳으로, 땅 위로 심지어 하늘로 퍼져가기 시작하였다.

추자도 섬사람들은 나무뿌리가 바위를 감싸 오르는 것을 지켜보는 것이 삶의 즐거움이 된 지 이미 오래이다. 아이의 할아버지 시절 이전부터 뿌리는 바위를 감싸기 시작하였고, 아이의 손자에 손자도 바위에 뿌리가 휘감아 올라가는 것을 바라볼 것이다.

그러나 누구도 뿌리에 손을 대는 사람은 없었다. 전해오는 마을의 전설을 확인하려는 듯 외지에서 이주해 온 청년이 바위에 감긴 뿌리 하나를 머리채 잡아채듯 낚아챘다. 다음 날 청년은 바다의 객이 되었고, 뿌리 바위는 마을의 수호신이 되어 있었다.

제주섬은 예로부터 다산을 실현해왔다. 제주 본토에서 돌하르방의 코를 만지는 행위가 득남과 다산의 상징으로 여기듯, 이곳에서는 거룩한 바위를 향해 두 손 모으는 일이 생명의 씨앗을 잉태케 해달라는 기원이다. 섬사람들의 거룩한 바위에 대한 숭배는 바로 인간과 자연간의 교감이며, 미래에 대한 믿음이며, 삶에 대한 경외심의 표현인 것이다.

공무로 인해 추자도에 처음으로 상륙하였다. 일행을 태운 차가 어둠 속을 달려 나가는 것이 배를 타고 망망대해를 지나듯 했다. 눈부신 햇살에 잠을 깬 나는 간밤에 차로 달렸던 그 길을 걸어서 답사하기로 하였다. 7개의 자연부락 도처에서 나는 우물을 만났다. 모든 우물에는 물을 뽑아낼 수 있는 호수가 가정으로 연결되어 있었다. 식수가 귀한 추자도에서만 볼 수 있는 특이한 생활상이다.

섬에서 한가로이 산등성이를 넘는 것도 내겐 즐거움이었다. 주변에 핀 들꽃을 감상하며 바다로, 들로 눈을 돌렸다. 그렇게 가다가 만난 것이 예초리의 엄바위이다.

한참을 올려보고 둘러보아도 애정이 가는지라, 바위에 대한 예찬론이 머리에 가득 차왔다. 순간 바위에 얽힌 듯한, 떠오르는 사연들을 구성하여 추자도의 명소로 소개하고 싶다는 바람이 들었다. 나의 글이 어설픈 픽션으로 비쳐질지 걱정이다.

뱃사람들의 피신처로 시작된 추자도의 설촌 저편에는 몽고군 잔당 소탕을 위해 이 곳에 와 농사법과 낚시하는 법을 섬사람들에게 전수한 최영 장군이 있었다. 이에 대한 보은으로 어진 섬사람들은 지금껏 사당을 지어 장군의 혼백을 모시고 있다.

마을을 휘돌아 제주시와 추자도를 연결하는 쾌속선이 목포를 들러 항구로 미끄러져 왔다. 승객이 되어 제주로 돌아가는 선상에서 나도 몰래 나는 엄바위를 향해 두 손 모으고 있었다. (1998)

영원한 로맨티스트의 부활을 위하여

새삼 인생의 허무함을 느껴 무엇하랴, 그가 지닌 생명의 불꽃은 연소를 끝마쳤는데…… .

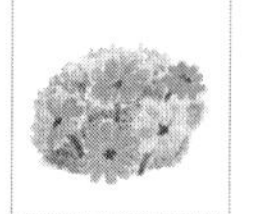 그는 나의 고민 상담자이자 친구였다. 친구들은 멋진 삶을 사는 그를 로맨티스트라 불렀다. 그 애칭을 좋아하던 그가 지금은 고향에 묻힌 것이다. 그의 무덤에 술을 따르고 그가 즐겨 부르던 〈해변의 여인〉을 흥얼거리며 그와 이별한 지도 7년이 지나고 있다.

나의 실없는 농담에도 다정하게 응해주던 그는 나의 정신적 선배였다. 30대 시절 그와의 술자리에서 나이 먹는 것을 거부한다며 나는 손목에 찬 시계를 내동댕이치는 호기를 부렸다. 그러자 그는 다음 해에는 자기와 동갑이 될 것이고 그 다음 해부터는 자기에게 형이라 부르라고 응수해왔다. 이후의 술자리에선 자기가 형이라며 내게 반말을 곧잘 쓰곤 했다.

그가 떠난 아파트에는 수많은 친구들로 북적이고 있었다. 그의 영정 앞에서 말을 잃은 나에게, 나와 만날 날을 기다렸다고, 난 꽃이 질 때까지는 살려했는데 먼저 가 미안하다고……. 그의 마누라가 친구 대신 말을 전하려 했다.

담낭암이란 의사의 선고를 그는 받아들일 수 없었다. 처자식은 어떻게 살라 하고, 친구와 제자들은 어쩌란 말인가. 죄어오는 통증을 잊기 위해 옻을 마시기도 한 그는 자연식에 대한 기대로 병원 치료를 포기하고 집으로 돌아왔다.

이전과 너무 다른 그의 모습에 슬픔이 울컥 엄습했지만, 오히려 그는 온몸으로 나를 반겼다. 오랜만에 찾아간 친구를 자리에서 일어나 포옹하곤 병의 증세와 앞으로의 투병 계획도 들려주었다.

준비해 간 봉투에는, '이 시대의 영원한 로맨티스트여, 우리의 술잔을 다시 마주칠 그날을 위해' 라고 써넣었다. 담배는 더 이상 피우고 싶지 않지만 술은 마시고 싶다던 그에게, 술대접 대신 오는 일요일에 드라이브 가자고 했더니 그는 어린애처럼 좋아했다.

일요일을 맞아 그가 근무했던 학생야영장을 들른 후 인근의 사찰로 차를 몰았다. 절집의 약수를 얻어가고 싶다고 하자, 스님은 야윈 친구를 바라보고는 샘터로 나를 안내하였다. 새 생명을 줄지도 모를, 감로주 같은 샘물 담은 병을 바라보는 그의 표정이 밝고도 진지했다. 싸움이 아닌 상생을 모색하는 듯, 더불어 같이 사는 건강한 사회를 꿈꿨던 지난날의 그처럼, 암과의 싸움도 그의 방식처럼 풀어나가고 싶었던 게다.

바다를 보고 싶다는 그를 백사장으로 안내했다. 둘이서 해변의 연인이 되어 보자는 나의 제의에 그는 벌떡 일어섰다. 그러나 이내 나의 부축을 받아야만 했다. 백사장으로 업고서라도 데려가 주길 바랐을 친구의 마음을 읽어주지 못한 것이, 지금도 못내 나의 가슴을 아프게 한다.

다음 일요일에도 그와 드라이브에 나섰다. 바다에 낚싯대를 드리운 사람들을 말없이 바라보는 그의 표정에는 순간에 대한 환희와 삶에 대한 의욕이 엿보였다. 동양에서 제일 크다는 약천사 대웅전의 석가세존 불상 앞에서 두 손 모으며 기도를 올리는 그를 그저 처연하게 엿보기만 했다.

다시 그를 찾아간 날, 그의 처가 오일장에서 사온 칡뿌리를 손질하고 있었다. 그의 몸을 중성으로 만들어 암과 싸워 이겨내게 할 약품이었다. 칡즙 맛이 좋다며 입맛을 다시는 그의 몸에는 황달기를 걸러내는 비닐봉지가 채워져 있었다. 그 안에 녹아내리는 노란 액체가 많을수록 그의 희망도 커간다고 했다.

고향 바다를 보기 위해 계단을 내려오다가 쉬기를 반복하는 그의 품에는 방석이 안겨 있었다. 쿠션장치가 없는 나의 차안에 앉기엔 그의 뼈가 너무 연약하였던 것이다. 자동차 치장에도 신경 좀 쓰라는 친구의 충고를 들으며 나는 터져 나오는 슬픔을 눌러야 했다.

난을 사들고 다시 그의 집을 찾은 날이었다. 난꽃을 감상하던 그는 드라이브 대신 집에서 쉬고 싶다고 했다. 암세포들은 어느덧 그의 몸을 조금씩 갉아먹고는 그를 주저앉히고 있었던 것이다.

다시 찾아간 그의 집에는 아무런 인기척이 없었다. 그가 갔다는 병원으로 달려갔으나 거기에도 그는 없었다. 그의 병실을 서성이는 나에게 간호사는 안수기도 받으러 갔다는 소문을 전해주었다.

그리고 며칠 후 새벽에, 그가 다시는 못 올 곳으로 떠났다는 소식을 들어야 했다.

새삼 인생의 허무함을 느껴 무엇하랴, 그가 지닌 생명의 불꽃은 연소를 끝마쳤는데…… .

그는 평소 지인들의 마음을 잘 헤아리기로 정평이 나 있었다. 또한 그는 술자리를 거부하지 못하는 박애주의자이자 낙천주의자였다. 한밤중에도 그는 기꺼이 불려 나와 술을 마시며 인생을 얘기했다. 그렇다고 그는 결코 술고래는 아니었다. 마지막까지 술자리를 지키지만 다음날 영락없이 업무를 처리하곤 손에서 책을 놓지 않는 독서광이기도 했다. 학생들과 지내기를 즐겨하던 그는 늦깎이로 대학원에서 상담심리학을 전공하였고, 인성교육시범학교 주무교사를 맡고 있었다.

그가 술주정을 했다는 말을 들은 적이 없다. 차라리 술주정을 하였다면 이렇게 일찍 세상을 뜨진 않았을 것을. 가슴에 묻은 슬픈 사연들을 그는 여간해서 술자리에서도 꺼내지 않았다. 그의 피붙이로 형과 동생이 있었으나 삼형제 모두 이복이었다.

우연한 술자리에서 그를 처음 만난 15년 전, 그는 야간학교에서 불우 청소년들에게 영어를 가르치고 있었다. 청소년들을 위한 잡지와 신문을 사재를 털어 발간할 만큼 아이들을 좋아하던 친구의 빈자리에 찬바람 불듯 허전함이 몰려온다. 꿈에라도 그를 만나길 이 밤 기원해 본다.

꾸밈없는 자연인이 되고자 했기에 대자연의 품에서 영면하고 있

을 우리의 영원한 로맨티스트여, 그대가 남기고 간 이 허전한 자리
를 어떻게 메울까나. 짧지만 굵게 살다간 친구여, 그대가 못 다 이
룬 일들일랑 친구들이 대신하게 도와주게나. 삼가 친구의 명복을
비네. (1999)

우리와 세계

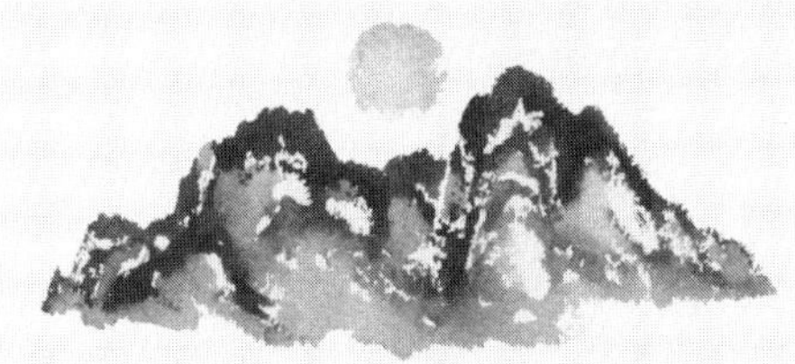

숨은 죄밖에 어수다

제주섬 사람들에게 4월은 잔인함을 넘어 죽음의 달이었다. 제주섬 전체가 골고다의 언덕이었다.

 어린이날을 맞아 가족과 함께 '중문관광단지'를 찾았다. 먹을거리가 넘치는 시장처럼 그 곳에는 볼거리가 풍성하다. 그중에서도 나는 '천제연' 계곡에 가로질러 놓인 '선녀교仙女橋'를 자주 찾는다. 그 위를 거닐다보면 한 눈에 3단폭포를 관망할 수 있고, 폭포수가 바다로 이르는 흐름도 볼 수 있어 더욱 좋다.

'여기가 곧 무릉도원이구나!'

하고 저절로 감탄사가 튀어나올 정도이다.

우리 가족은 이곳저곳을 둘러본 후 해수욕장으로 향했다. 이곳에 있는 역사의 흔적들도 자식들에게 보여주고 싶기 때문이다. 그러나 아이들은 사람 구경이 더 신나는 모양이다.

이 곳 백사장에는 파도에 밀려온 모래들이 쌓여 형성된 동산이 하나 있다. 그 모래 둔덕에서 어린이들이 신나게 미끄럼을 타고 있었다. 우리 아이들도 숨을 헐떡이며 미끄럼 타느라 온몸이 모래로 뒤범벅이었다. 꼬마들의 손발에 채어 모래가 밑으로 내려오고 또 내려오지만 모래산의 높이는 낮아지지 않는다. 밤새 바다에서 밀려온 모래들이 사구砂됴를 다시 빚어놓기 때문이다.

아이들이 사구에서 노는 것을 좋아하듯, 연인들은 기묘한 바위들과 해안선을 끼고 펼쳐진 백사장에서 여유롭게 거니는 것을 좋아한다. 성채 같은 절벽 아래로 폭포수가 흐르고, 절벽 위에 세워진 유명 관광호텔들 사이로 나 있는 산책길은 영화 속의 장면들을 연상케 한다.

오염되지 않은 짙푸른 바닷물과 햇빛에 반짝이는 은백색의 모래밭에서 해수욕과 일광욕을 즐기는 사람들이 제주 관광의 새로운 풍속도를 그려가고 있었다.

이곳 백사장 입구에는 일본군이 포를 숨겼던 곳으로 알려진 해안 동굴이 하나 있다. 이러한 인공 동굴들은 '4·3'이 일어나기 4, 5년 전에 일제가 제주 사람들, 심지어 초등학생들까지 동원하여 뚫어놓은 것이다.

끼니를 잇기도 어려운데 동굴 공사에 강제로 동원된 섬사람들의 삶은 어떠했을까. 노역의 늪 속에서 필사적으로 몸부림치는 처절한 모습을 부질없이 상상해 본다.

패전을 예감한 일제는 최후의 저항을 하기 위해 일본 본토가 아닌 제주도를 대미對美 결전의 마지막 항전지로 삼는다. 그리고 1945년 초부터 관동군을 비롯해 7만 가량의 일본군을 일본과 만주 등지에서 제주도로 이동시킨다.

이러한 정보를 접한 미군은 일본 전투기와 접전하기 위해 제주 해안에 상당량의 폭탄을 퍼부었다. 2차 세계대전이 좀더 지속됐다면 제주 섬은 타국의 전쟁터로 변하여 불바다가 될 뻔했으니 그나마 다행이라는 자조적인 목소리도 들린다. 그러나 패전 후 그들이 버리고 간 무기들이 '4·3'에 다시 사용된 악연惡緣을 어떻게 설명해야 할지…….

제주도에는 1948년 4월 3일에 발생했다 해서 '4·3 폭동' 또는 '4·3 사건'이라고 불리는 가슴 아픈 역사가 있다. 최근에는 '4·3 항쟁'으로도 불린다. 해방 정국에서의 좌익과 우익에 의한 이념적 대립에서 빚어진 이 사건을 나는 '4·3'이라 적는다. 어느덧 반세기가 지났는데도 명칭마저 정립이 안 된 현실이 더욱 안타깝다. 마치 망각의 심연에서 억지 잠을 자다 깬 어정쩡한 모습으로 '4·3'은 우리 앞에 서 있다.

어느 시인은 '4월은 잔인한 달'이라고 노래했다. 제주섬 사람들에게 4월은 잔인함을 넘어 죽음의 달이었다. 제주섬 전체가 골고다의 언덕이었다.

밤에는 '산사람', 낮에는 토벌대가 나타나 주민들을 공포의 도가니로 몰아넣었다. 토벌대를 지칭하는 '노랑개, 검둥개'나 산사람 모두 저승사자였다.

초토화 작전과 함께 중산간 마을 사람들이 바닷가 마을로 소개疏開되는 과정에서 95% 이상의 마을이 불길에 휩싸였고, 84개 마을이 사라졌다. 조상 대대로 살아온 터전을 잃은 마을 사람들은 뿔뿔이 흩어져야 했다. 더러는 해안가 동네로, 더러는 산 쪽으로 피신해 동굴 속에서, 또는 숲 속에서 야영을 하기도 했다. 동굴 안에 갇힌 이들은 막 쏘아대는 총탄에 죽거나 연기에 질식해 처참하게 죽음을 맞이해야만 했다.

제주의 인구가 25만 안팎이던 시절, 엄청난 사람들이 주검이 되어 제주섬을 피로 물들였던 뼈아픈 역사! 적게는 2만, 많게는 7만, 발표하는 기관에 따라 숫자가 크게 다르다. 삼다·삼무의 섬에서 이토록 희생된 영혼이 많음에 대한 놀라움으로 우리 속담을 떠올린다. 빈대 몇 마리를 잡기 위해 초가삼간을 태운다는.

제주의 중산간 지대에는 음지식물군이 자라는 움푹 파인 곳들이 있는데, 대개 상록활엽수의 군락지인 그 곳에는 크고 작은 동굴들이 형성되어 있다. 이런 곳에서 인근 사람들이 숨어 살았던 흔적이 발견되어 지난날의 난리가 처절했음을 증언한다.

몇 해 전 '다랑쉬굴'에서 발견된 인골들은 여기저기를 옮겨가 숨어서라도 목숨을 부지하려고 애쓰다 죽어간 경우의 일부인 것이다. 사라진 집터와 마을에서는 깊이 뿌리내려 난을 피한 대나무만이 다시 한적한 숲을 이루고 있다.

모래산에 올라 신나게 미끄럼을 타는 아이들을 보며 나는 덧없는 공상에 빠졌다. 그 때에도 지금처럼 파도가 밀려오고 갈매기 나르는 평화스러운 바닷가였을 것이다. 바다를 의지하며 살던 순박한 사람들은 '테우'라는 통나무배와 투박한 어구로 더 많은 고기를 잡을 수 있다는 희망을 낚으며 살고 있었을 것이다. 그런데

‘4 · 3’ 이란 재앙의 그물이 그들을 덮친 것이다.

여러 백사장에서, 구릉진 밭에서, 마을 공터에서 왜 죽어야 하는지도 모른 채 비명에 간 영혼들의 울부짖음이 들리는 듯하다. "목숨만 살려주십서, 난 아무 것도 모릅네다. 살젠허난 여기도 숨고 저기도 숨은 죄밖에 어수다."

관광지인 이곳에서조차 이러한 아픔이 생각나는 것은 ‘4 · 3’ 에 대한 나의 명에 때문이기도 하다. 제주 사람이면 누구나 그러하듯, 어릴 적 할머니의 눈물과 함께 들어야 했던 이야기들이 내겐 몇 있다. ‘대동아전쟁’과 ‘4 · 3’ 에게 빼앗긴 백부와 고모, 할아버지와 중부의 사연들…….

마을의 유지였던 할아버지는 낮에는 서북청년단과 경찰을, 밤에는 산사람들을 상전으로 접대해야만 했다. 무고한 사람들이 죽어가자 할아버지는 제주시내에서 공부하는 작은 아들인 나의 부친이 걱정되어 신작로를 따라 찾아 나섰다. 그런데 다음 날, 고향을 탈출했다는 죄목으로 이웃마을 경찰지서에서 생을 마감하였다. 할아버지 죽음을 지켜본 중부仲父는 ‘4 · 3’ 의 광풍을 피하려고 어느 동굴 속에 피신했다가 산사람과 내통했다는 죄목으로 끌려가 끝내 청년의 삶을 마감하였다. 중부가 목숨을 잃은 곳은 마을회관 옆 공터였다.

모름지기 우리는 역사라는 과수원에서 교훈의 열매를 수확 하는 농부이다. 황무지 밭을 개간하여 튼실한 수목을 심은 탐라의 선인들을 회상한다. 우리의 후손들에게도 과거에 베인 속살까지 보여주고 현재와 미래의 밭을 개척하려 할 때, 진정 우리는 역사의 밭에서 알찬 교훈의 열매를 수확할 수 있을 것이다.

제주를 찾는 이들에게도 제주 선인들의 끈질긴 저항 의식과 아 픔의 흔적도 함께 안내하련다. 바라건대, 제주는 관광의 섬뿐만 아니라 역사의 교실로도 자리매김해야 한다. 그런 노력이 '4·3' 에 대한 해원解怨과 화해의 길이리라.

제주섬은 생존의 양식을 구해야 했기에 앞마당의 바다와 뒷마당 의 오름을 사모해야 했던 신화의 땅이다. 척박한 땅과 무심한 바 람과 가렴주구와 싸워 온 탐라선인들을 생각한다. 고구마처럼 박 힌 돌멩이를 뽑아내어 황무지를 일구며 억척스럽게 살아온 그 검 질긴 생명력을 나는 사랑한다. 평화로운 공동체를 만들기 위해 수 눌음을 일상화한 순박한 자연인을 또한 나는 사랑한다.

삼가, 백사장에 맴도는 혼령들에게 깊이 머리 숙인다.

《자유문학》 1997년 여름호 등단작품)

— 후기

폐가 한 귀퉁이에 무자년(1948년)의 광풍에서 살아남은 동백이 시 뻘건 피를 토하며 울고 있다. 그토록 기다리던 주인이 영혼으로 온다고 바람에 오열한다. 집이 허물어져 생긴 텃밭에 유채 꽃도 넘실대듯 화들짝 피어난다. 주인의 넋과 후손의 슬픔을 달래려 진 노란 꽃들을 피워내는가 보다.

제주시 봉개동 거친오름 곁에 조성되고 있는 4·3평화공원을 아들과 함께 다시 다녀왔다. 뒤로는 한라산 정상이, 앞으로는 바 다를 굽어볼 수 있는 전망 좋은 곳에 이제나마 후손들의 정성이 묻

어나고 있었다. '4·3'의 혼령들이 잠들고 계신 위패 봉안실도 확
장공사를 마무리하여 참배객들을 맞고 있었다.

나의 조부와 중부도 그 곳에 잠들고 계시다. '4·3'을 떠올릴 때
면 나는 자꾸 눈시울이 붉어진다.

프랑스에 간 제주 말감

"세계 여러 나라의 명승지를 둘러보았습니다만, 제주도에서 본 자연만큼 영혼의 떨림을 맛보게 하지는 못하였습니다."

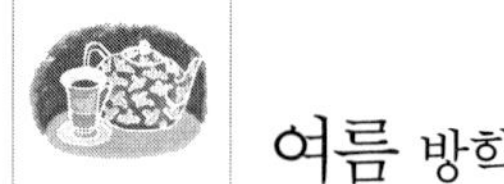 **여름** 방학이 끝날 무렵, 나는 프랑스 아가씨의 제주도 관광 안내를 부탁한다는 전화를 받았다. 공항 가는 길에 따라나선 초등학교 4학년인 딸과 일곱 살인 아들 녀석은 외국인과의 만남이 몹시 설레는지, 프랑스 인사말에 대해 이것저것 물어 왔다. 그런데 공항에서 만난 외국인의 얼굴은 우리와 닮았는데 말이 전혀 통하지 않은 것이 그들에겐 매우 신기한 모양이다. 얼굴을 돌리면서 무슨 구경하듯 그녀의 옆얼굴을 힐끔힐끔 쳐다보기도 했다. 이를 눈치 챈 그녀도 그 사이 익힌 우리말 한두 마디를 구사하며 아이들의 손도 잡아 주고 눈도 맞혀 주었다. 어느 새 낯선 감정이 사라진 아이들도 그녀와 손짓 발짓을 동원하며 의사소통하기에 바빴다.

언니와 함께 다섯 살에 한국을 떠나 프랑스의 철도원 가정에 입양되었다는 그녀는, 그로노블Grenoble 대학교에서 서양사를 전공

한다고 했다. 그녀의 양부모가 살고 있는 샹베리Chambery는 낭만주의 시인 라마르띤느Lamartine의 대표시 ‘호수Le Lac’로 유명한 부르제Bourget 호반이 있는 휴양 도시로 제주의 풍광과도 비슷하다고 했다.

우리 일행은 차창 사이로 불어오는 무공해 바람으로 한여름의 무더위를 식히며 서부산업도로를 달렸다. 그녀의 다소곳하고 수줍어하는 표정이 우리 가족을 많이 닮았다. 주위에 펼쳐지는 경치에 환호성을 지르며 가만히 앉아있질 못하는 것도 우리 아이들을 닮았다. 이곳저곳 고개를 내밀며 바다와 산을 바라보는 그녀의 표정이 그렇게 밝을 수가 없었다. 이것저것 알고 싶어 하는 그녀에게 잠시 후 도착할 사계리의 ‘산방산과 용머리바위’에 대해 소개하였다.

어쭙잖은 프랑스어로 주섬주섬 소개해도 연신 고개를 끄덕이는 그녀가 고마웠다. 이런 사정도 모르고 우리 아이들이 내뱉는 말이 걸작이다. “와, 우리 아빠, 프랑스 말 잘한다!”

민박집에 도착하여 여장을 풀고 나니 벌써 어둠이 내리기 시작하였다. 갈비를 좋아한다는 그녀를 시골 식당으로 안내하였다. 딸아이가 내민 갈비 상추쌈을 그녀는 잘도 받아 입에 넣었다. 야채도 곁들여야 갈비 맛이 더욱 좋다는 말에 그녀도 딸의 흉내를 내며 서툴게나마 상추쌈을 만들어 먹기도 했다.

제주에서 첫날밤을 지낸 그녀는 둘째 날 오전 내내 혼자서 산방산 주변을 산책하였다. 서울과는 달리 맑은 공기가 그녀를 더욱 상쾌한 기분에 젖게 했는지, 주변의 경치에 반했다며 감탄을 연발

하였다. 특히 하멜 표류 기념탑을 둘러보고는 관광뿐만 아니라 역사 공부도 했다고 자랑하였다.

오후에 우리 일행은 성읍민속마을로 향했다. 그녀는 초가와 돌담을 향해 사진기 셔터를 자주 눌렀다. 겨울에는 바람이 더욱 드세기 때문에 굵은 줄로 초가지붕을 저렇게 동여매야 했다고 말해 주었다. 물 구덕은 아낙네들이 동네 우물에서 물을 길어 운반하던 도구라는 설명을 듣자, 그녀는 돌담 위에 놓인 물 구덕을 등에 지며 초가지붕을 배경으로 하는 사진을 부탁하기도 했다.

달리는 차안에서도 그녀는 호기심 많은 어린애 마냥 계속 질문을 만들어 냈다. 도로변 무덤에 관심을 보이는 그녀에게, 그것은 조상의 묘인데, 방목하는 소와 말의 침입으로 봉분이 훼손될 염려가 있기 때문에 주변에 흔한 돌을 이용하여 유택幽宅의 울타리를 쌓는 제주의 풍속이라고 들려주었다.

서귀포 해안가와 일출봉 절벽에서 본 동굴들이 특이하게 형성된 것 같다고 지적하기도 했다. 대동아전쟁 말기에 일본군이 미군과 싸웠던 흔적을 이 곳에서도 찾을 수 있는데, 대공포와 같은 무기들을 은닉하기 위해 일본군이 해안 절경을 저렇게 파헤친 것이라는 설명에, 지금까지의 표정과는 달리 그녀 얼굴엔 긴장감이 서려 있었다. 살인 회오리바람과 같은 '4·3'이라는 큰 아픔에 대해서도 들려주었다, 수만의 사람들이 이데올로기라는 괴력에 의해 죽어 갔다고.

개인이든 국가든 아픔의 종류야 다르겠지만, 아픔을 공유하려는 자세가 진정한 화해로 승화될 수 있으리라. 나는 짐짓 제주의 아픈 역사를 들추어냈던 것이 아닐까. 이 섬 도처에서 조우한 불행한 역사의 흔적들을 통하여 어쩌면 그녀 역시 자신의 과거를 반추했으리라. 제주도의 바닷바람이 잠시 그녀의 더위를 식혀 주듯, 제주의 아픔을 들으면서 그녀의 아픔도 조금이나마 날려 보냈으리라. 이심전심 우리는 통했을까, 제주도는 여러 혹독한 시련을 이겨내 건설된 관광의 섬이라는 나의 견해에 그녀는 공감한다고 하였다.

해물뚝배기로 저녁식사를 함께 한 그녀는 제주에서의 두 번째 밤을 우리 집에서 보냈다. 그 동안 정이 얼마나 들었던지, 우리 아이들이 그녀랑 같이 마지막 밤을 보내고 싶다고 안달했기 때문이다.

다음 날 아침, 우리는 세계의 여러 정상들이 다녀갔던 '중문관광단지'를 찾았다. 먼 바다를 건너온 파도가 절벽에 부딪쳐 만들어 내는 하얀 포말과 청정 해역을 나는 갈매기 떼와 은백색의 모래밭을 거니는 연인들, 천제연 폭포수가 만들어 내는 영롱한 무지개와 옅은 구름 떼에 살짝 가려진 한라산……. 대자연이 빚어낸 아름다운 장면들을 마음 깊은 곳에 간직하게 위해 그녀의 시선과 카메라는 더욱 분주하게 움직였다. 대낮의 폭염도 묻혀 버릴 물소리, 새소리, 눈부신 신록의 숲은 누가, 어디서 보아도 선경仙境이 아니랴!

천제연 계곡 사이에 놓인 구름다리에 선녀를 조각한 이유를 묻는 그녀에게, 이 곳 연못이 얼마나 맑고 시원한지 선녀들이 하늘에서 목욕하러 내려오곤 하였다는 전설을 들려주었다. 나의 설명을 들은 그녀는 서둘러 가파른 계단을 내려가 명경대 같은 연못에 두 손을 담갔다, 그녀 자신이 조국을 찾은 선녀가 된 것처럼.

공항으로 향하는 차안에서 언제 준비했는지 아이들이 그녀에게 선물을 내밀었다. 자그마한 돌하르방과 부채였다. 순간 나도 무언가를 선물해야겠다는 생각이 들어 공항 매점에서 밀감 한 상자를 샀다. '당신의 양부모님께 드리는 나의 선물'이라며 밀감 상자를 건네자, 그녀는 환한 미소와 함께 우리 가족들과 악수를 나눈 후 탑승 대기실로 향했다.

서울에서 생모를 만났다는 그녀의 편지에는 다음의 글귀가 적혀 있었다.

"저의 양부모님께서는 제주도에서 선물로 가져온 밀감을 받고 무척이나 고마워했습니다. 제주도의 자연이 뿜어내는 숨결이 귀엣말처럼 지금도 들리는 듯합니다. 세계 여러 나라의 명승지를 둘러보았습니다만, 제주도에서 본 자연만큼 영혼의 떨림을 맛보게 하지는 못하였습니다."

정년이 되어 일터에서 퇴직한 양부모를 모시고 언젠가는 꼭 한국을 찾겠다는 바람이 이루어지길 빈다. 그녀의 바람이 이루어져 우리 가족과 함께 다시 만날 수 있길 바란다는 답신을 보냈다. 우리말로 쓴 딸의 편지도 동봉하였다. 서로에게 잊혀지지 않는 사람이 되고 싶다는 그녀의 글귀가 더욱 가슴으로 다가왔다. (1997)

산방산과 용머리에 반해

산방산 앞 바닷가에는 용의 머리를 닮은 커다란 바위가 슬픔을 안
으로 삭이듯 떠 있다. 승천을 꿈꾸며 여의주를 훔치러 몰래 용궁에
빠질 찰나, 이를 알아차린 용왕의 분노와 저주로 용은 그만 바위로
굳어버린 걸까.

몰염치한 세상살이 등 돌려

도로 찾은

산방산 동굴 속

죽어서 말하는

산방덕이 눈물을 마시며,

탐라의 수호신 되려

영겁을 기다리다 그만

호종단의 비수로

찢어지는 아픔을 화석으로 토해낸

와룡의 한 맺힌 원혼을 위로하며,

 **안덕면** 사계리에 위치한 산방산과 용머리를 나름 즐겨 찾는다. 바다가 있고 산이 있다. 늘 푸른 태평양의 거센 물결이 대양을 거침없이 건너와 이곳 산기슭에서 요동치며 부서진다. 그리곤 바다 내음이 산 내음과 화답하기 시작한다. 한 덩어리의 암벽으로 이루어진, 어쩌면 덩치가 세계에서 가장 작은 산(395m), 그 작은 산에 천연동굴이 있고 슬픈 사연을 간직한 전설이 있다. 이제 방문객은 산방산이 낳은 반신반인 산방덕의 구슬픈 전설을 떠올리며 한 모금의 석간수로 인간살이 잡다한 번뇌를 씻어보련다.

절세미인 '산방덕'은 이 고장 출신 '고승'이라는 젊은이와 열렬한 사랑 끝에 결혼했단다. 산방덕의 미모를 탐내는 남정네들이 많았으니, 그 중 대정 판관은 고승에게 누명을 씌워 재산을 빼앗고 귀양을 보낸다. 그리고 감언이설로 욕정을 채우려 그녀에게 치근거리자, 인간 세계에 태어났음을 한탄한 산방덕이는 다시 그녀가 태어난 굴로 들어가 바위가 되었단다. 동굴 천장 바위틈에서 방울방울 떨어져 고이는 물은 그녀의 애절한 원혼이 담긴 눈물이라 전한다.

산방덕의 애틋한 사연이 깃든 낙수를 몇 모금 마시곤, 쉼 없이 올라간 가파른 돌계단을 세며 내려온다. 소나무 사이로 보이는 바다풍경을 감상하다 보니 벌써 460여 계단을 내려선다. 산자락으로 묻어난 길을 따라 미끄러지듯 내려간다. 순간 육중한 바위덩어리가 굴러와 방문객을 덮칠 것 같은 환상에 몸서리치며 나도 몰래 '산신령이시여 자비를!' 하고 주문을 왼다. 다음 순간 동양화를 그려 넣은 병풍바위가 산허리를 휘감으며 하늘로 솟구치듯 한다.

도망치듯 내려오는 발걸음을 이내 멈추고 병풍바위를 에워싼 구름 떼들의 유희에 넋을 뺏긴다. 혼미해진 정신을 가다듬고 다시 백사장이 펼쳐진 바다가로 시선을 향한다. 그리고 바닷가에 돌출한 커다란 바위덩어리를 발견한다.

볼거리가 풍성한 것이 이곳의 매력인가 보다. 산방산 앞 바닷가에는 용의 머리를 닮은 커다란 바위가 슬픔을 안으로 삭이듯 떠 있다. 승천을 꿈꾸며 여의주를 훔치러 몰래 용궁에 빠질 찰나, 이를 알아차린 용왕의 분노와 저주로 용은 그만 바위로 굳어버린 걸까. 오늘따라 비바람이 몰아치고 천둥치는 스산한 날, 바위용이 꿈틀거리며 다시 바다로 뛰어들고 싶다는 울음소리가 파도에 실려 귓전을 맴돈다. 잠깐의 멋쩍은 환상에서 깨어나 용의 슬픈 전설을 떠올린다.

아주 오랜 옛날, 제주섬은 풍수지리가 출중하여 유능한 인재가 많이 태어나리란 점괘가 있었다. 이를 시기한 중국 조정은 탐승술에 도통한 호종단에게 제주의 혈맥을 끊으라는 명을 내린다. 제주에 온 호종단은 여기저기 정기 어린 맥을 끊곤 이곳에 닿는다. 산방산 아래 길게 뻗어 내린 와룡 형상이 바로 왕의 기운이 배어 있는 명당이라 여긴 그는 예리한 무쇠침으로 용의 가슴임직한 곳을 수없이 찌른다. 그러자 시뻘건 피가 솟아올라 사방으로 흩어지고, 승천을 기다리던 와룡은 그만 화산과 같은 피를 토하며 명을 마쳤으니……, 오호통재라! 솟구치던 피는 원혼을 간직한 채 바위로 굳어버린다.

방문객은 화석이 된 용의 형상을 좀더 가까이에서 보려 바닷가로 향한다. 바위에 부딪히는 파도소리에 혼미해진 정신을 가다듬으며 수많은 관광객들과 뒤섞여 여기저기 기웃거리다 다시금 놀라운 정경 앞에 선다. 용머리 앞까지 상어 떼가 다닐 만큼 깊은 수심을 가진 이곳에 어쩜 용의 수족일는지 모를 바위가 떠 있는 게 아닌가. 방문객들을 그의 팔다리 위로 휘돌아갈 수 있게 한 용의 세심한 배려(?)에 더더욱 전설이 사실임직하다.

지금은 용의 비늘을 닮은 바위단층을 보호하기 위해 바위 위로 올라갈 수 없으나, 20여 년 전만 해도 용머리바위에 올라 타, 저 깊고 끝 모를 태평양을 넘나드는 호쾌한 상상을 맛 봤던 시절이 내겐 있었다.

그 시절을 그리며 용머리에서 1km 정도 떨어진 송악산 근처의 해안으로 향한다. 이런 경우를 일컬어 점입가경이라 하던가. 해안선 풍광 감상에서 깨어난 후 구름에 휘감긴 한라산 정상과 산허리에서 천천히 산방산 봉우리로 눈길을 옮긴다. 동굴이 있는 중턱에서 용머리로 이어지는 시선의 곡예를 타고 자태 고운 하늘을 매끄럽게 내려온다. 바로 그 순간, 여의주를 구하기 위해 지상에서 바다로 뛰어들기 직전의 용의 형상이 내 눈앞의 전설이 사실인 양 다가선다. 어쩜 저렇게 용의 머리와 닮을 수가 있을까! 신의 조화인가, 산과 바다의 요술인가. 아니면 나의 연상의 화신이란 말인가. 더욱이 와룡이 그렇게도 갖고 싶어하던 여의주가 용머리 앞바다에 떠 있는 것이 아닌가. 이방인에 의해 죽임 당함을 용왕님도 서러워했을까. 그토록 찾아 헤매던 여의주를 닮은 옥석 두 개를 용궁에서 가져와 용의 화석 앞에 세워 놓았으니. (용머리 전방 1km 쯤에 작은 섬이 있는데, 풍파에 시달리면서도 다정히 마주 서있는 이 바위를 사람들은 형제 바위, 그 섬을 형제섬이라 부른다.)

문학이 상상력을 동원하여 사건들을 사실임직하게 미화시키는 작업이라면, 역사와 과학은 있는 그대로의 사실과 자연 현상을 발견하고 기록하는 일일 것이다. 이곳에는 역사의 흔적뿐만 아니라 특이한 자연현상도 발견할 수 있으니, 독자들은 이곳에 반한 나의 심정을 조금이나마 이해할 것이다.

대한민국을 처음 서양에 알렸다는 네덜란드인 하멜이 동료들과 함께 항해하던 배가 난파되어 구원받은 곳도 이 근처이다. 이를 기념하기 위해 산방산과 용머리 중간지점에 기념비가 세워져 있기도 하다.

효종 4년(1653) 8월, 하멜 일행이 탄 배 스페로호크sparrow-hwark 호가 이 근처 어디엔가 좌초되어 64명 중 36명만이 섬사람들에 의해 구조된다. 문헌에는 배가 난파되고 그들이 구조된 정확한 위치를 기록하지 못하고 있다. 이곳 지형을 잘 관찰한다면 좌초된 배가 표류하다 상륙을 시도한 곳이 바로 산방산 앞바다란 추측이 가능할 것이다. 근처에는 수심이 얕고 질 좋은 모래를 가진 해수욕장들이 잘 발달돼 있으나 유독 외진 이곳만큼은 입지조건이 그렇지 못하다. 산이 높으면 골이 깊듯이 계절풍 영향으로 바닷바람에 밀려온 모래가 산방산에 막혀 밀려나지 못한 채 쌓여 있기 때문이다. 이곳은 수심이 깊고 가파른 해안가가 형성되어 물살이 거칠어서 배가 접안하기엔 꽤 어려운 지형이다. 이러한 상황을 잘 모른 하멜 일행들은 악천후를 피하다 반파된 배를 이끌고 이곳으로 무리하게 상륙을 시도하다 많은 사상자를 냈을 것이라는 것이 필자의 추측이다. 역사 역시 그럴 듯한 추론이 사실로 화하기도 한다는데.

20여 년 전 처음 이곳을 처음 찾았을 때에 가졌던 흥분이 격정적인 야성이라 한다면, 몇 나라의 관광명소를 들러본 후 다시 찾아와 갖는 흥분은 사뭇 평온함이 일렁이는 이성의 속삭임이다. 다시 이곳을 찾는다면 그때에도 이곳은 싫증나지 않을 곳이며, 또 다른 감회에 나는 젖게 될 것이다. (1995)

— 후기

그사이 용머리 바닷가에는 하멜 일행이 탄 배를 닮은 히딩크 축구감독의 기념관이 세워져 국내외의 많은 관광객들을 불러 모으고 있다. 또한 주변의 많은 유적지들이 재조명되고 있기도 하다. 산방산 앞 사계리 해안가에서 발견된 신석기 시대의 발자국 화석, 바닷가에 솟아난 송악산과 2중분화구, 일제가 파놓은 송악산 주변 해안 동굴들, 우리의 진한 아픔이 배어 있는 섯알오름 4·3학살터, 일제의 대미항전 군사기지와 폭격기 격납고 등 상당한 역사유적지들이 이 곳 주변에 널려 있다. 이 곳은 제주도 최고의 자연 명품일 뿐만 아니라 최고의 역사유적보관소이기도 하다.

제주도와 강화도의 닮은 점 찾기

　서울의 롯데월드를 보고 강화도에 입성한 학생들은 볼거리가 적다고 투덜거렸다. 그때마다 소중한 것은 눈으로 볼 수 없는 곳에 묻혀 있으니 마음의 눈으로 보자며 그들을 달래주곤 하였다.

 　　　제주도에는 한라산이 있고, 강화도엔 마니산이 있다. 한라산에는 신령에게 제사지냈던 산천단이 있고, 마니산 정상엔 단군께서 하늘에 제사지냈다는 참성단이 있다. 더욱 닮은 것은 제주도와 강화도는 유배의 섬이었고, 수난의 현장이었다는 점이다.

　강화도에 유배되었던 광해군은 위협을 느낀 인조에 의해 다시 제주도로 귀양 보내졌고, 훗날 철종이 된 강화도령의 조부이자 정조대왕의 이복동생 은언군은 제주도에 유배되었다가 다시 강화도로 보내졌다. 근대 수난의 역사로는, 제주도가 1900년 전후해서 일어난 방성칠 난과 이재수 난 그리고 1948년에 일어난 4·3사건의 현장이듯, 강화도는 1860~70년대 발생한 프랑스와 미국, 그리고 일본 함대들이 우리의 영토를 유린한 병인·신미양요와 운요호 사건이 일어난 현장이기도 하다.

　이렇듯 제주도와 여러 역사적 장면을 비교하며 여행할 수 있는 강화도를 학생들과 함께 갔었다. 서울의 롯데월드를 보고 강화도에 입성한 학생들은 볼거리가 적다고 투덜거렸다. 그때마다 소중한 것은 눈으로 볼 수 없는 곳에 묻혀 있으니 마음의 눈으로 보자며 그들을 달래주곤 하였다.

　역사 유적들을 잘 복원한 경주와는 달리, 북한과 마주 보는 강화도는 개발이 제한되거나 더디어서 화려한 볼거리는 적은 편이었다. 하지만 강화도에는 집약된 우리의 역사가 있었다.

　선사시대의 고인돌 군群이 있고, 단군의 세 아들이 쌓은 정족산성이라 부르는 삼낭성과, 성안에 서기 381년에 지어졌다는 우리나라 최고最古의 절인 전등사가 있다.

　강화도는 또한 고려시대의 몽고침입, 조선시대의 병자호란 때에는 임시수도였던 곳이다. 강화읍 관청官廳리에 있는 고려궁궐터 주변에는 아직도 깨어진 기와조각과 당시의 여러 연장이나 도구로 쓰였음직한 파편들이 널려 있었다. 폐허가 된 궁궐터를 나 혼자 투덕투덕 걸으며 인생무상과 역사무상을 더불어 느끼기도 했었다.

　몽고군에 의해 폐허로 변한 고려궁궐터에는 임진왜란 이후에 나라의 주요한 문서들을 보관하는 외규장각의 자취도 있었다. 부처의 가피로 몽고의 침입을 막기 위해 8만대장경 목판을 만들었던 역사의 현장에 우리 학생들과 내가 서 있었던 것이다.

　강화도에는 눈으로 보는 아름다운 관광자원뿐만 아니라 여간해선 볼 수 없는 아기자기한 역사의 보고도 있었다. 보이지 않는 것을 볼 수 있는 힘을 우리 아이들이 배워가길 소망하며 계획한 체험 학습이었다. 험난한 역사의 산등성이를 돌아 이제 제주도는 국제자유도시를 지향하며 특별자치도로, 강화도는 수도 서울의 관문에서 통일을 지향하는 역사 문화의 도시로 거듭나고 있었다.

불평등하게 맺어진 강화도조약(1876년)으로 일본의 식민지로 전락해 간 한민족의 아픈 역사의 현장에서 우리 아이들은 무얼 보았고 무슨 생각에 잠겼을까? 흔히 아이들은 여행에서 삶의 지혜를 배운다고 한다. 역사에서 배우지 못하는 개인이나 나라는 미래에 대한 도전의식도 약할 수밖에 없을 것이다. 우리 학생들이 조상의 발자취를 찾아가려 할 때 그리고 지역사회와 나라의 역사를 알고 미래를 준비할 때 개인과 나라의 발전도 비로소 기약할 수 있는 것이다.

백 년 전 이즈음 한반도 전역은 일본의 보호국으로 전락하는 통탄할 형국이었다. 백 년 후 우리 후손들의 나라는 어떻게 변해 있을까? 새로운 세상의 도래는 현대를 살아가는 사람들의 역사 인식 정도에서 비롯될 수밖에 없음을, 새삼 우리 학생들이 조금이라도 깨닫는 여행이었으면 좋겠다. (2006)

하늘 여행

　한 척의 요트가 물살을 가르며 내닫는 모습이 점과 선으로 이어진
다. 탄성을 지르고 싶을 정도로 환상적인 풍광이 펼쳐지니 동행하지
못한 마누라의 빈자리가 더욱 허전하다.

　　1997년 외환위기가 다가오던 6월 말에 나는 비행
삯이 세계에서 가장 싸다는 필리핀 에어라인PAL에 몸을 실었다.
프랑스 정부 초청으로 어학연수에 참여하기 위함이었다. 비행기
연결 관계로 마닐라 공항에 내린 나는 시내를 하루 관광하고, 다음
날 빠리Paris로 향하고 있었다. 새로운 세계에 대한 설렘으로 비행
기 창 덧문을 여니 바깥 광경이 놀랍도록 바뀌고 있었다.

　중동의 사막과 고원 지대 같은, 나무 한 그루 풀 한 포기 없는 민
둥산 위를 지나니 다음에는 논과 밭들로 들어찬 광활한 대평원이
펼쳐진다.

　평야지대와 야트막한 산촌들에 이어 강줄기가 보이고, 산악 지
대 사이사이로 전원주택들이 지나간다. 휴양지인가 보다. 적당한
고도를 유지하면서 볼거리를 제공하는 기장의 배려가 고맙다. 높
은 곳에서 내려다보는 하늘 여행이 나를 더욱 설레게 한다.

눈 덮인 산 정상이 보이고, 초록의 산 위를 한가롭게 하얀 구름
이 떠간다. 구릉 사이로 넓은 평야 지대가 나타나고, 저수지의 물
이 바로 가까이에 있는 듯 내려다보인다. 저 아래로 길게 늘어진
용 닮은 구름 떼가 가만히 산을 덮고 있다.

숲을 따라 경작지가 펼쳐지고, 도시와 마을들이 나타난다. 하늘
에서 본 강물 색깔은 영락없는 초록색이다. 강과 함께 줄지어 선
수풀이 더욱 눈부시다. 초록색의 모양도 경작지처럼 각을 이루며
선을 따라 늘어 서 있다. 정방형, 타원형, 길쭉한 반도형, 직사각
형…… 물과 나무를 잘 다듬고 돌보는 데 그들은 무슨 재주가 있는
모양이다.

저 아래로 경비행기 한 대가 날아간다. 그 밑으로 커다란 호수가
펼쳐진다. 〈호반의 벤치〉라는 정겨운 노래가 생각나 흥얼거린다.
벌써 쎈느La Seine 강변을 거니는 내 모습이 그려진다. 그곳도 매혹
적이겠지만 지금 이 순간도 내겐 놓치고 싶지 않은 여행 풍경이다.

평야와 구릉이 초록과 흙색과 함께 어울린다. 초록 구릉으로 둘
러싸인 곳에 흑갈색의 경작지가 있고 마을이 있다. 평화스러운 고
향 모습을 떠올린다. 부모님과 형제자매, 그리고 마누라와 아이들
의 얼굴이 교차로 스쳐간다.

초록 구릉에 에워싸인 경작지는 아마 과수원 지대일 것이다. 대
개는 포도밭이다. 대학시절 노老 교수님의 말씀이 불현듯 생각난
다. 문익점 할아버지가 붓통에 목화씨를 숨겨왔듯, 후손인 나에게
프랑스의 포도씨를 가져오라고. 포도에 비유한 그 씨앗은 아마 문
명의 씨앗일 것이다.

기장이 뭐라 하는데, 아마 몇 시간 후에 목적지에 도착한다는 전갈인 것 같다. 지금이 몇 시인지, 목적지까지 얼마나 남았는지, 밖의 기후가 어떠한지는 내 알 바 아닌 듯 창밖으로 자꾸만 시선이 간다.

구릉이 지나더니 이번에는 산맥이 뒤따른다. 지금까지의 풍경과는 사뭇 다르다. 산악 가운데에 짙은 구름 떼가 노닐고, 험준한 산 정상에 화구벽처럼 보이는 것이 제주의 오름과는 무척이나 이질적이다. 자연 그대로가 아니라 필요에 의해서 산을 깎은 것처럼 보인다.

산과 산 사이에 호수가 보이고 기다랗게 흐르는 지류도 보인다. 한 척의 요트가 물살을 가르며 내닫는 모습이 점과 선으로 이어진다. 탄성을 지르고 싶을 정도로 환상적인 풍광이 펼쳐지니 동행하지 못한 마누라의 빈자리가 더욱 허전하다.

산과 산 사이가 넓어지면서 큰 도시가 나타난다. 가운데 포장도로처럼 보이는 것은 물길이었다. 높은 산에서 흐르는 물은 도시 한복판을 지나 평원을 적실 것이다. '사랑의 기쁨'이란 샹송chanson의 한 구절이 생각난다.

'사랑의 기쁨은 한순간이고 사랑의 슬픔은 영원한데……'
초원을 적신 개울물이 흘러 강물이 되듯 세월은 그렇게 흐르리라.

비행기 여행의 별미가 여기에 있나보다. 기기묘묘한 산 모양과 진초록의 호수, 옹기종기 모여 있는 마을의 전경이 눈이 시리도록 다가와서는, 외로운 여행객의 마음의 찌꺼기들을 날려 보내 준다. 스쳐 가는 모든 풍경이 내게 주는 삶의 활력이며, 자연이 주는 선물이고 배려이리라.

아직도 갈 길이 먼 것 같다. 이상 기류 때문인지 기체가 오르락내리락 한다. 평지에 호수가 보이고, 마을과 들을 적신 물길이 아래로 향하고 있다. 일장춘몽처럼 잠시 눈을 감는다. 여러 개의 호수가 나타난다. 넓은 호수가 길 따라 가는 초록 숲에게 자리를 비켜준다.

구름 떼가 빠르게 지나가서일까, 현기증이 나고 멀미 기운이 난다. 의식이 옅어지고 위험을 감지하듯 긴장감이 엄습한다. 아무 생각 없이 한잠 자고 싶다. 20시간이 넘은 비행이 끝나가고 있다.

구름 떼가 짙게 깔려 바깥 풍경을 볼 수가 없다. 비행기가 급속도로 하강한다. 목적지가 다가오는 것 같다. 초록의 맑은 하늘은 짙은 구름에 가려 아직도 열리지 않고 있다.

산다는 것이 하늘 세계의 풍경과 같은 이치이리라. 청명한 하늘과 구름 한 점 없는 하늘을 만나기가 쉽지 않듯, 그런 날도 흔치 않으리라.

구름이 흩날리며 사이사이 보이는 전경이 좋아 보이듯, 애씀과 고통이 어우러진 결실의 삶이 의미 있어 보인다.

아름다운 풍광과 구름이 잠시 내 곁에 머무는 듯했다. 하늘 여행이 끝나간다. 달리는 차가 보이고 나무가 보인다. 무척이나 평화스럽다. 창공 여기저기에서 구름 꽃이 피어난다. 기내 여기저기에서 사람의 소리가 들리기 시작한다.

나를 태운 비행기는 20여 분 동안이나 짙은 구름 속을 뚫고 왔다. 짙은 구름 떼가 모여들고 있으나 물길과 평지가 보이는 것으로 보아 그 동안 비행기가 많이 하강한 모양이다. 저 멀리 자그마한 비행기 한 대가 새가 되어 날아간다. 그 철새鐵鳥도 밤샘하며 이곳으로 날아들고 있을 것이다. 굉음을 내며 바퀴가 땅과 마찰하다 이내 멎는다.

구름이 흘러간 곳에 햇빛이 스며들듯, 이제 나는 또 다른 곳에서의 삶의 채비를 준비해야 한다. 긴장감과 함께 무언가 배워갈 수 있다는 자신감을 갖고 새로운 땅에 발을 내딛는다. (1997)

백두산 등정기

한줄기 세찬 바람이 장백폭포 위로 올라왔다. 순식간에 다시 정상에 올랐다.
천지는 깊고도 황홀한 속내를 칭얼대는 우리에게 열어 주시었다!

겨레의 영산인 백두산을 고국의 땅으로 오르지 못하는 아픔을 안고 온 우리는, 성지 순례자의 마음으로 1992년 7월 어느 새벽녘에 호텔 문을 나섰다. 장춘長春에서 두 시간 비행 후에 내린 곳에는 '연길'이라는 한글이 먼저 우릴 마중했다. 중국 길림성에 위치한 연길延吉시는 연변 조선족 자치의 주청州廳 소재지이다. 200만 인구 중 82만이 조선족인 연변은 1920년대부터 우리 민족이 이주하면서 더욱 발달한 곳이다. 예전에는 만주족의 성산聖山인 장백산(백두산)이 위치한 곳이라 하여 사람이 거주하지 못하게 하다가, 청나라가 멸망한 후 우리 조상들이 황무지를 개척하여 오늘에 이루고 있다.

우리 일행을 태운 버스가 연길시를 벗어나 용정시로 접어들었다. 그 옛날 독립 의지에 불타던 우리 선열들의 자취가 물씬 배어나는 곳이다. 역사의 흔적으로 묻혀 있는 용두레 우물가를 거닌 우리는 혜란강의 혼탁한 물 냄새를 맡으며 비포장도로인 백두산 등정로를 버스로 달렸다. 낙엽송, 전나무, 백양나무 등으로 무성한 밀림을 이루는 백두산 가는 길은 벌채한 목재를 실어 나르기 위해 개통된 도로라 한다.

수수밭·감자밭과 초가지붕의 마을들이 스쳐 지나갔다. 많은 사람들을 태운 경운기와 아름드리 목재를 실은 트럭들이 내려오고 있었다. 백두산 호랑이를 비롯한 반달곰 등 수많은 동물들이 시끄러운 중국 땅을 피해 북한 땅으로 이사 갔다는 안내자의 농담이 진담처럼 들렸다.

드디어 백두산이 가까이 보이기 시작했다. 마치 하얀 부석浮石이 얹힌 머리와 같다 하여 붙여졌다는 백두산白頭山. 꿈에도 그리던 어머니의 따스한 품안과 같은 민족의 영산에 안기게 된 것이다.

우리 일행은 먼저 장백폭포로 향했다. 보슬비가 내리더니 이내 빗줄기가 굵어지기 시작했다. 80m 가량의 물줄기가 장관을 이루며 찬란하게 떨어지고 있었다. 흘러내리는 폭포수에 손을 담갔다. 온몸이 차가움으로 요동쳐댔다. 바로 옆에 온천수가 펑펑 솟구친다. 그렇게 차가운 물 옆에 80도가 넘는 유황 온천수가 흐르고 있다니. 자연의 신비로운 조화가 경이롭다.

다시 지프로 올랐다. 우리가 오른 길은 1990년 북경 아시안 게임에 맞추어 2,200여m의 고지에서 천지에 오르기 위해 새로 만들었단다. 아슬아슬한 곡예를 하듯 300여m의 낭떠러지 위를 헐렁한 지프차는 잘도 달렸다. 차에서 내리자마자 정상을 향해 돌진, 3분 만에 정상에 섰다.

오호 통재라, 짙은 구름숲이 천지를 완전히 가려 버렸다. 급강하한 기온으로 전율을 느낄 즈음, "동해물과 백두산이 마르고 닳도록…?" 누가 먼저라 할 것도 없이 우리는 일심동체가 되어 애국가를 부르기 시작했다. 순간 구름숲이 양편으로 물러난 그 자리에 천지의 비경이 펼쳐졌다. 그러나 황홀경도 잠시, 처음보다 더 짙은 구름 떼가 천지를 휩덮어 놓고 우리에게로 다가왔다. 지척도 분간 안 될 정도이니, 두려움을 느끼지 않을 수 있으랴.

애국가를 끝까지 엄숙하게 부르지 않은 죄, 좀 잘 산다고 거드름 피우는 죄……. 실망하거나 추위를 느낀 이들이 하나 둘 내려가고 있었다. 하지만 뭔가 시련을 받고 있다는 예감 때문에 내려가길 주저주저하고 있던 나도 먼저 간 일행들의 재촉이 빗발쳐 어쩔 수 없는 마음으로 투덜투덜 내려갔다.

모두가 차에 오른 그 때 한줄기 세찬 바람이 장백폭포 위로 올라왔다. 선명하게 드러난 산정 주위의 풍광에 넋을 뺏길 때가 아니었다. 누군가의 입에서 "천지"라고 외치자, 순식간에 다시 정상에 올랐다. 형용할 수 없는 영육靈肉의 희열, 천지는 깊고도 황홀한 속내를 칭얼대는 우리에게 열어 주시었다!

저 멀리 북한 지역에 자리 잡은 병사봉(2774m) 밑에는 아직도 하얀 얼음벽이 장관을 이루고 있었다. 천지의 호상에 떠다니는 경비정을 심연에 산다는 괴상한 물고기의 출현인 양 바라보면서 우리는 발걸음을 돌려야 했다. 다시 구름 떼가 천지 호반을 가득 메운 것이다.

깊이가 300m가 넘는 천지의 물은 화구벽을 뚫고 장백폭포 되어 이도백하로 떨어져 송화강을 이루고, 남쪽과 동쪽으로는 압록강과 두만강의 근원을 이룬다. 큰 강 세 개의 젖샘 노릇을 톡톡히 하는 셈이다. 우리의 시조 단군이 탄강한 성지로 신성시되듯, 청나라도 이곳을 왕조인 누르하치의 탄생지라 하여 숭배하고 있단다.

청조 탄생이 적힌 '개국방략開國方略'에는, 천녀天女 3인이 천지에 내려와 목욕을 하는 사이 신작神鵲 한 마리가 붉은 과일을 물고 와서 계녀季女의 우의羽衣에 놓았단다. 계녀는 이를 먹고 곧 아들을 낳았는데, 이름을 포고리옹순布庫狸雍順, 성을 애신각라愛新覺羅라 하였으니, 그가 곧 청나라의 태조인 누르하치라 한다.

백두산에서 돌아오는 길에 우리 일행을 태운 차는 두만강의 지류를 따라 달렸다. 북녘 땅과 다리로 연결된 중국 변방의 도시인 투문(도문)시로 가기 위함이다. 그 옛날 이 곳으로 삶의 터전을 옮긴 선인들의 피와 땀이 흠뻑 밴 땅이 차창 밖으로 스쳐지나가고 있었다. 항일抗日에 온몸을 던져 산화된 넋의 통곡소리가 귓가를 맴돌고 있었다. 그렇게 우리는 투문(도문)시에 닿았다.

그토록 아픈 세월을 살아왔는데, / 저 멀리 내 동포의 음성도 듣지 않고 어찌 이 길을 떠나랴. / 얼마나 구슬픈 노래를 더 불러야 할까, / 얼마나 더 쓰라린 가슴을 부여안고 질곡의 삶을 이어가야 할까.

우리 땅이 아닌 중국 땅을 통해 백두산 천지를 등정해야 했기에 민족의 비극이 더욱 실감난 여행이었다. 통일의 함성이 세계로 메아리쳐 '장백산·장백폭포'가 아닌 '백두산·백두폭포'라는 잃어버린 이름을 되찾을 수 있길 기원했다. 우리 아이들은 수학여행을 떠나듯 조국의 땅을 밟으며 백두산을 등정할 날이 하루 빨리 오라고 두 손 모아 기도했다. (1992)

— 후기

요즈음 중국은 동북공정의 백미(?)로 고구려사를 중국사에 편입시키려 한다. 중국은 왜 그토록 고구려사에 집착하는 것일까? 이런 중국의 억지에 대한 우리의 대응전략은 무엇일까? 장백폭포를 백두폭포로 부르지 못함은 분명 우리시대의 아픔이다. 산꼭대기에 눈이 덮여 희다는 뜻인 백두산과, 흰눈이 오래 덮여 있다는 장백산, 그리고 그곳이 청나라 황제 누르하치(愛新覺羅)의 탄강지란 설에는 무언가 풀려야 할 역사적 사실이 있는 듯하다. 일설에 의하면 청나라의 시조인 누르하치 즉 애신각라愛新覺羅는 한국의 성인 김씨의 후예라 한다.

고구려 왕조 700여 년 동안 중국에서는 35개 왕조가 바뀌었다. 이를 경계한 청나라 태조가 후손들이 오랫동안 번창하기 위하여 천 년이나 계속된 신라를 사랑하고 깨닫자 라는 뜻을 지닌 애신각라愛新覺羅라는 성을 만들었다는 것이다.

나는 위의 내용을 서울대학교 송병락 교수의 《싸우고 지는 사람 싸우지 않고 이기는 사람》이란 책에서 읽었다.

그에 따르면 우리의 의식구조에는 중화사상이 깊이 박혀 있어, 우리 스스로를 주변인으로 낮추려는 경향이 있다는 것이다.

생각을 바꾸면 세계가 달리 보이듯, 우리 스스로가 아시아의 변방이 아닌 중심에 있음을 실감하자. 그러할 때 우리는 지정학적인 면에서도 요충지에 자리 잡고 있음을 알게 될 것이다.

이러한 역사 인식이 우리의 젊은이들을 글로벌 인재로 키우는 토양이 될 것이리라 믿기에 하는 말이다.

하이델베르그Heidelberg의 그 찬란한 햇살

서쪽 수평선의 붉은 노을이 엷어져 가고 있었다. 그래도 여전히 신비로운 색채였다. 이처럼 아름다운 창공을 연출한 이 누굴까?

1997년 8월 19일 아침에 하이델베르그에 도착한 우리 가족은 반 지하 호텔방에 숙소를 정하곤, 영화 '황태자의 첫사랑'으로 유명한 고성古城을 찾아 나섰다. 시내 식당가에서 가이드를 따라 몰려다니는 한국 초등학생들을 만났다. 현지 외국어 연수에 참여한 그들은 대부분 맨손이었다. 기껏 사진기를 들고 있을 뿐이다. 현지인 가이드가 그들 곁에 있으니 의사소통의 어려움도 없었을 것이다. 이렇듯 패키지(package tour)로 여행하는 한국인들을 우리 가족은 수없이 만났다.

유럽은 한국인의 여행 천국이었다. 달랑 배낭 하나 짊어지고 발길 닿는 대로 오가며 서구의 문물들을 직접 부딪치며 배우는 한국인 대학생들도 많이 만났다. 하이델베르그에서는 한국어로 된 안내책자를 구할 수 있어 더욱 반가웠다. 우리 가족이 머문 여관에도 한국어 안내서가 비치되어 있었다. 전날 융프라호를 오르내리는 열차에선 우리말 안내방송도 들었다. 그토록 많은 한국인들이 유럽의 관광지를 누비고 있었는데, 이곳에서 유독 나라 대접을 제대로 받은 기분이 들었다.

오후 5시 이후에는 고성 입장이 무료이다. 5시가 지났는데도 많은 관광객들이 오고갔다. 그토록 많던 한국인들이 이 시간에는 거의 보이지 않았다. 아마 낮에 고성을 둘러보고 다른 관광지로 총총 발걸음을 돌렸을 것이다.

고성의 바닥에 깔린 마모된 돌들이 세월의 무게를 말해주고 있었다. 수많은 인종들 틈에 섞여 성안에 들어서자 운치 있게 배열된 광장 주변의 돌계단들이 반가이 맞아주었다. 사방팔방이 성벽으로 막혀있는 것처럼 언뜻 보이지만, 궁정 밖으로, 감옥으로, 정원으로 미로처럼 연결되어 있었다. 경관 좋은 광장에 서서 폐허의 능선을 따라 한참 동안 시선의 곡예를 즐겼다. 16인 선제후 동상이 부조된 오트하인리 궁, 오른쪽의 프리드리히 궁, 루프레히트 궁, 천사상, 선제후의 도서관 등이 도처에서 고성을 찾아준 관광객들에게 역사적 부침을 무언으로 말해주고 있었다.

난공불락처럼 보였던 이 성은 두 번이나 외침을 받아 부분적으로 폐허가 되었다. 오트라인히 궁은 2층 이상이 폭격으로 무너져 정면의 아름다운 르네상스식 건물만 남아있었다. 참호 같은 건물로 내려가는 숨은 계단 옆에는 성벽이 두 쪽으로 폭파된 탄약 저장고가 고스란히 남아 있다. 엄청난 두께의 저장고를 두 동강 나게 한 프랑스군의 세심한 폭파술에 혀를 내둘렀다. 파괴도 예술이던가. 폐허 도시이면서도 그림 같은 중세도시의 환상을 현실로 재현

해주는 것 같았다.

프리드리히 궁 옆 지하에는 엄청난 포도주 통 두 개가 있다. 특히 천장을 꽉 채운 술통이 관광객들의 탄성을 자아내고 있었다. 1751년 칼 테오도어가 만든 길이 8.5미터, 높이 7미터, 용량 22만 2,000리터의 참나무 포도주 통이 바로 그것이다. 더욱이 연회장에서는 제 자리에서 포도주를 따라 마실 수 있었다 한다.

높은 성벽에 기대어 주변의 경치를 둘러보았다. 현기증이 들어 잠시 하늘을 올려다보았다. 여름 오후의 따사로운 햇살이 찬란히 빛나고 있었다. 너무나 눈이 부셔 옛 시가지의 아름다운 건물과 지붕 그리고 시내를 흐르는 '네케' 강과 다리들이 희미하게 보일 정도였다. 시내의 지붕은 또 하나의 박물관을 연상케 하였다. 강 건너 저편 언덕에 있는 칸트가 산책하였다는 '철학자 산책 공원'이 우리를 부르고 있었다.

길거리에는 나이 불문하고 배꼽티 입은 여인들, 온몸에 문신으로 도배한 남녀들, 심지어 코와 배꼽에 고리를 찬 사람들, 어른들과 맞담배 피우는 청소년들……. 이러한 희한한 모습들이 일상화되어 있는 곳이 거기였다.

하이델베르그에서 1박한 우리 가족은 프랑크푸르트로 향하는 기차에 몸을 실었다. 이번 여행의 종점으로 향하는 것이다. 좌석 옆 외국인에게 우리의 국적을 맞혀보라고 하자, 단번에 한국인이란다. 얼굴 보니 한국인 같다는 것이다. 이젠 한국인들을 꽤나 자주 볼 수 있어 동양인 중 한국인에 대한 분별력이 생겼다고 너스레를 떨었다.

우리 가족을 실은 비행기가 프랑크푸르트 공항 활주로를 박차고 나가 창공으로 솟구쳤다. 인근 지역의 평야와 산들이 멀어져 갔다. 이어 널따란 녹지대가 시원스레 펼쳐졌다. 기내가 갑자기 부산스럽다. 식사 시간이다. 포도주 한 잔을 더 청했다.

우리 가족은 이 여행을 통해 무엇을 얻어가고 있을까. 마누라와 아이들은 이번 여행을 거지여행이라 불렀다. 값싼 숙소를 찾아 나 혼자 나서면, 가족들은 짧게는 10분, 길게는 1시간 동안 내가 돌아오기를 하염없이 기다려야 했다. 길을 오가는 유럽인들은 그곳에서 흔치 않는 동양인 배낭족인 우리 가족을 쳐다보며 지나가곤 했다. 아이들은 우리 안의 동물 신세가 따로 없다고 했다.

우리 가족은 여행 내내 식당 대신에 맥도날드McDonald 가게에서 식사를 하곤 했다. 때로는 가게에서 구입한 음식으로 거리와 공원에서 대충 끼니를 때우기도 했다. 그래도 용케 아이들은 잘 참아주었다. 이러한 여행에 아이들은 두고두고 잊지 못할 거지여행이라는 단어를 붙인 것이다.

서쪽 수평선의 붉은 노을이 엷어져 가고 있었다. 그래도 여전히 신비로운 색채였다. 이처럼 아름다운 창공을 연출한 이 누굴까. 황혼이 아름다운 것은 인생에서 누릴 수 있는 여유와 사색 때문일까. 연분홍 띠를 두른 하늘에 어렴풋이 보이는 붓글씨 닮은 형상은 구름의 유희일 것이다. 휘갈긴 글씨에는 뭐라고 적혔을까. 귀국 환영이라고 쓰인 것은 아닐까.

서서히 어둠 속으로 빠져들더니 눈 깜짝할 사이 눈부신 아름다움이 사라졌다. 거대한 검은 구름 떼가 몰려들고, 이윽고 밤으로 빠져들 태세였다. 검은 구름 떼 사이로 비치는 잔광이 아직도 주위를 밝혀주고 있었다. 여유와 활력이 있는 만큼 인생은 아름답고 즐길 만한 것이리라.

어린 왕자가 지켜본 노을이 오늘만 했을까. 구름 낀 하늘 아래 우리 가족을 실은 PAL(Philippine Air Line)이 힘찬 날갯짓을 하고 있었다. 기장의 목소리가 들리는 것으로 보아 곧 조국 땅을 밟을 것이다. 고속영화를 보듯 한차례 구름 떼들이 신나게 달음박질치고 나면 어슴푸레한 하늘에 하나 둘 별들이 찾아들겠지…… (1997)

빠리에서 길을 잃다

나는 꼼짝없이 빠리의 미아 신세가 되어버렸다. 더욱 나를 긴장 속으로 몰아넣은 것은 내게는 숙소를 알 수 있는 아무런 정보가 없다는 것이다.

 흔히들 '파리' 라고 말하는 프랑스의 수도를 나는 '빠리' 라고 적는다. 고유명사는 그 나라에서 부르는 대로 적는 것이 국제적인 관례이기에.

몇 해 전에 나는 프랑스어 연수 중 한국 교사들과 함께 빠리에 들린 적이 있었다. 프랑스어를 잘 구사하는 여교사들의 뒤를 따라 가면 되는 편한 여행이었다. 그 날 우리 일행은 '로뎅 박물관' 을 들른 후 '레젱발리드Les Invalides' 로 향했다. 로뎅은 '생각하는 사람' 으로 잘 알려져 있지만, 레젱발리드는 우리들에게 매우 생소한 곳일 것이다. 하지만 프랑스를 방문하는 사람이라면 누구나 한번 쯤은 들려야 하는 매우 유명한, 프랑스를 대표하는 관광지이기도 하다.

몇 세기 동안 이곳은 군인을 위한 병원이었으나, 지금은 군사박물관과 나뽈레옹Bonaparte Napoleon의 무덤을 안치한 관광지로 유명하다. 세인트 엘레나 섬에서 독살된 나뽈레옹의 시체를 화장하고 난 재를 항아리에 모셔와 엄청난 대리석 관에 보관하고 있는 곳이다. 그의 부인 조세핀과 아우 나뽈레옹 2세의 무덤도 그 건물 한 구석에 놓여 있었다.

이 곳을 찾는 많은 한국인들이 황제 무덤만 보고 황제 가족들의 무덤을 보지 못했다고 아쉬워하는 곳이기도 하다. 이곳을 둘러본다면 프랑스 국민들이 얼마나 나뽈레옹을 추앙하고 있는지 짐작하고도 남는다. 루브르를 비롯한 많은 박물관들의 소장품과 '꽁꼬르드La Concorde 광장' 의 '오베리스크' 등 수많은 유물들을 프랑스에 안겨주었고, 더욱이 서구의 젊은이들에게 자유와 출세의 기회를 주었던 영웅이었으니 그런 정도의 대접은 받을 만도 하다.

그 날 나는 황제 무덤이 안치된 돔을 자세히 둘러보다 그만 동행인들의 모습을 놓치고 말았다. 그녀들이 한 울타리에 있는 군사박물관에 구경 갔을 거라는 생각에 관람을 포기하고 박물관 입구에서 서성대기 시작했다.

평소 혼자 다니기를 좋아하는 나이지만 혹 누군가 앞장서면 나의 긴장은 아연 풀리고 만다. 프랑스어를 잘 구사하는 그녀들을 뒤쫓아 다니다 나는 꼼짝없이 빠리의 미아 신세가 되어버렸다. 더욱 나를 긴장 속으로 몰아넣은 것은 내게는 숙소를 알 수 있는 아무런 정보가 없다는 것이었다.

지푸라기라도 붙잡을 심정으로 호주머니를 뒤졌다. 동전 몇 닢과 지하철 표 한 장, 그리고 아침 식사하러 가던 중 주운 식권 하나가 전부였다. 식권에는 내가 머무는 곳의 전화번호는 없고 'FIAP'라는 단어만 적혀있었다. 웬만한 빠리지엥Parisien들은 이 단어가 적힌 곳을 알 거라는 기대감이 잠시 나를 안도하게 하였다. 그러나 그러한 기대는 행인들에게 물어보는 순간 여지없이 무너졌다.

너무 많은 기관들이 즐비한 국제도시인데, 그만큼 나의 불안과 당혹감은 더해가기 시작했다. 거리에서 만난 경찰들도 나를 위해 애써주었지만 역부족이었다. 영락없이 빠리의 미아가 되어버려 난감해 하던 내게 퍼뜩 스쳐가는 것이 있었다. 빠리에서는 지하철 표 한 장으로 어디든 이동할 수 있다는 점이다. 멋진 곳에서 멋진 모험을 해보자는 오기가 발동하기 시작하였다.

손에 쥔 지도를 보며 친숙한 이름이 적힌 역에서 내렸으나 내가 다니던 거리가 아니었다. 지도를 들고 울상이 된 얼굴로 찾아간 동양인을 보자 허름한 과일가게 주인이 왜 그러냐며 나를 반겨주었다. FIAP를 찾지 못해 헤매고 있다고 하자 황급히 어디론가 가더니 전화번호를 적어 왔다. 이번엔 숙소의 위치를 알고 싶다고 하자 다시 공중전화통으로 뛰어가더니 안면에 연신 미소를 띠우며 "이 근처에 있는 글라씨에르glaciere 역, 한국인 친구, 이젠 됐다!"고 큰소리로 환호하며 가는 방법까지 알려주는 것이 아닌가. 너무 고마워 포도 한 송이를 사고 싶다고 했다. 그러나 이내 나는 얼굴을 붉히고 말았다. 동전 2프랑만이 잡힐 뿐이었다. 돈이 없어 쩔쩔매는 나의 쑥스런 표정을 읽었는지, 그는 괜찮아 하며 오히려 나를 위로했다. 얼굴 생김새나 말수가 많은 것으로 보아 이탈리아 출신으로 보이는 그 분에게 천 번 감사하는 마음으로 연신 손을 흔들었다.

안도감과 자신감을 갖고 발걸음도 경쾌하게 지하철로 향했다. 목적지에 가기 위해 지하철에서 내린 중간 역에는 사람들로 넘쳐 났다. 안내방송이 들리고 약간의 사람들이 자리를 떴다. 다시 안내 방송이 들리더니 더 많은 사람들이 자리를 떴다. 기차의 연착을 알리는 방송인 것 같은데, 조금 후엔 '기술에 관한 것 때문에'라는 말이 들렸다. 남아있는 노파에게 물었더니 할머니는 기차가 오지 않을지도 모른다고 했다. 그래도 노파는 기다리겠다는 것이다. 다시 불안해지기 시작했다. 오늘은 시련 받는 날인가 보다. 노파도 불안한 나의 표정을 보더니 위로의 몇 마디를 던져 주었다. 걸어가도 그곳까지는 30분 정도면 갈 수 있다는 것이다.

그 때 조금 떨어진 곳에서 노파와 나의 얘기를 듣던 50대 부인이 내게 다가와 자기랑 같이 가잔다. 그녀도 같은 방향인데 하염없이 기다리기보다는 걸어가는 편이 낫겠다는 것이다. 나의 숙소로 가는 도로 이름을 찾아 낸 그녀는 큰길을 따라 가면 된다며 앞장섰다. 캐나다인인 그녀도 프랑스어 교사인데 방학을 맞아 이곳에 연수차 왔다는 것이다.

익숙한 길이 나타나자 그녀는 여기서 헤어지자고 했다. 빠리의 외곽지인 그 곳에 값싸면서 다양한 청소년 놀이 시설 및 숙소들이 밀집되어 있음도 그때야 알았다. 그녀 또한 그러한 숙소에 묵는다고 하였다.

2시간 이상 이리저리 뛰고 긴장 속에서 돌아다닌 후 밀려온 피곤함 때문일까. 아니면 어려운 경험을 성공적으로 마칠 수 있었다는 자신감과 뿌듯한 희열 때문일까. 방에 들어서자마자 나는 침대에 넘어졌다.

얼마를 잤을까. 방 두드리는 소리에 문을 여니 동료 여교사들이 서 있는 것이 아닌가. 나를 찾아 헤매다 이제야 왔다며 반가움과 분노가 뒤섞인 표정이었다. 나의 조급증 때문에 그녀들의 고생이 컸던 모양이다. 미안한 맘으로 그녀들과 다시 빠리 야경을 보기 위해 밤중에 길을 나섰다. 몽마르트르 언덕에 오른 우리들은 오늘의 추억을 오래도록 기억하자며 맥주잔을 부딪치고 있었다. (1997)

숭늉과 커피와 포도주

한 나라의 음료문화는 자연적인 환경과 인간들의 삶이 어우러져 빚어낸 결과이다. 그 자체가 역사이며 문화인 것이다.

 하루에도 나는 녹차를 여러 잔 마신다. 그럴 수만 있다면 숭늉도 곁들여 마시고 싶다.

숭늉에 관한 아주 오래된 이야기이다.

1984년 여름방학을 맞은 나는 프랑스의 스트라스부르그Strasbourg에서 한 달간 머문 적이 있다. 전국에서 모인 20명의 교사들과 함께 프랑스어 연수를 받기 위함이었다. 대학기숙사의 방을 배정 받은 일행들은 언어뿐만 아니라 음식문화도 배워가려 대학식당을 이용하였다. 세계 여러 나라 음식들이 차려졌으나 몇몇 교사들은 중동과 아프리카 음식들 때문에 비위가 상하기도 했다.

그래서인지 내가 챙겨간 버너와 코펠 등의 취사도구를 보자 교사 몇이 자취하기를 제의하였다. 대학식당의 음식이 입맛에 맞지 않는 점도 있었지만, 프랑스 정부에서 준 음식값을 아껴 여행경비로 충당하려는 계산도 깔려있었다.

　우리들은 순번을 정해 시장도 보고, 설거지는 물론 취사도 같이 했다. 국적을 달리하는 대학생들이 취사장을 함께 이용하고 있었기 때문에 그들이 싫어하는 냄새를 피우지나 않을까 걱정하면서 말이다. 그런 긴장 탓인지 밥을 자주 태웠다. 그러자 누군가 태운 밥을 이용해 숭늉을 만들자고 제의하였다.

　코펠에 물을 가득 부은 우리는 황토 빛깔의 맛깔스런 숭늉을 아주 쉽게 만들어 냈다. 층층으로 지어진 밥을 대충 덜고 난 후 소독 냄새가 짙게 풍기는 수돗물을 코펠 가득히 채워 다시 끓이면 그만이었다.

　숭늉 밑에 깔린 알갱이들은 밤참으로 먹기도 했다. 학창시절 자취하면서도 먹지 못했던 숭늉과 밤참을 고국 아닌 타국에서 먹다니, 이는 분명 우리 선인들의 지혜 덕분일 것이다. 먹을 것이 그리 많지 않던 시절, 옛 조상들은 숭늉을 취탕炊湯이라고도 부르며 먹기도 손님에게 대접하기도 했던 모양이다.

　가끔 잔칫집이나 친지 집에 들를 때 곧잘 커피 대접을 받는다. 이럴 때면 나는 난감해진다. 커피를 마시자니 그렇고, 마시지 않으려니 성의를 무시한다는 오해를 살 것 같고…….

　다양화와 개성화를 추구하는 세월의 흐름과는 달리, 차 문화는 단순화됐다는 생각을 갖게 하는 것은 커피 일색의 차 접대 때문이기도 하다. 도대체 커피란 놈은 무슨 맛을 갖고 있기에 세계인의 기호음료가 되었을까.

　카페인 성분의 자극성 물질인 커피는 아프리카의 에티오피아가 그 원산지이다. B · C 800년경, 주변에서 자라는 커피나무 열매를 먹은 양들이 흥분하는 것을 본 한 목동이 자기도 커피열매를 먹어보니 기분이 썩 좋아, 이를 이웃사람들에게도 권했다 한다. 그 후 이웃들과 커피열매로 술을 빚어 마시기도 했다는데, 이것이 커피에 대한 역사적인 첫 발견인 셈이다.

오늘날과 같은 방법으로 커피를 마시기 시작한 것은 13세기 중반부터라고 한다. 어쨌든 그들은 입안에서 음미할 수 있는 향긋하고 은근한 맛을 커피와 맹물의 혼합에서 발견했던 것이다.

서양인들이 피부에 얼룩 반점을 가진 이유는 물 탓이라고 한다. 프랑스 가정에선 수돗물을 마시지 않는다. 물론 산악지방에서는 예외이지만. 대신 그들은 식사하면서도 포도주를 음료수처럼 즐겨 마신다. 우리의 숭늉처럼 포도주가 그들 음식문화의 일부가 된 데는 그럴 만한 이유가 있다고 한다.

예로부터 계곡을 흐르는 물이 깨끗하고 시원한 반면, 평지를 흐르는 물은 혼탁한 것이 자연의 이치이다. 드넓은 평지의 나라인 프랑스의 물은 세균들이 많이 섞여 있기로 정평이 나있다. 그런 이유로 프랑스인들은 반드시 물을 끓여 마시거나 다른 방법을 찾아야 했다. 비옥한 토양 덕에 프랑스에서는 포도농사가 일찍 행해질 수 있었다. 가무와 술을 좋아하여 '낙천적 기질의 골로와 족' 이라 불린 프랑스인 조상들은 물과 포도를 화학적으로 발효시켜 마침내 포도주를 만드는 비법을 찾아내기에 이른 것이다.

독일에서도 사람들은 맹물을 마시지 않는다. 포도농사의 프랑스와는 달리 독일에는 예로부터 맥주보리 농사가 많이 행해졌다. 이런 이유로 그들은 맥주보리를 이용한 음료수를 고안해 내어 오늘날의 맥주문화를 꽃피웠던 것이다. 중국의 다양하고 독특한 차 문화도 같은 맥락으로 유추 해석할 수 있을 것이다.

이렇듯 한 나라의 음료문화는 자연적인 환경과 인간들의 삶이 어우러져 빚어낸 결과인 셈이다. 물론 숭늉과 포도주는 서로 다른 음료와 술일 수도 있지만, 다양한 인종들이 누렸던 삶의 결정품이 숭늉과 커피 그리고 포도주로 나타난 것이다. 그 자체가 역사이며 문화인 것이다.

김치를 공장에서 만들 듯, 숭늉에 필요한 누룽지를 대량으로 생산하여 판매한다면 좋은 상품이 될지도 모를 일이다.

최근 들어 녹차, 유자차, 칡차, 생강차 등 국산차 수요가 많아지고 있다. 그러나 커피가 차 소비 중 절반 이상을 차지한다는 통계이고 보면, 우리의 입맛도 어지간히 변해 가는가 보다. 다양하고 건전한 차 문화를 위하고, 외화도 줄일 겸 "무슨 차를 마시겠습니까?"라고 묻는 등 따스한 주문이 일상화되기를 기대해 본다. (1993)

프랑스와 영국 사이에서

해변의 성채가 유별나게 보여 출발시간을 뒤로 미뤘다.
　무엇을 보고 느끼고 갈 것인가. 차창 밖으로 지나가는 풍경이 더
욱 이채롭다. 몸은 피곤하나 마음은 포근하다.

 ## 1997년 8월 2일 새벽

　처음으로 영국을 찾아가는 탓인지 새벽 4시에 눈이 뜨였다. 6시
에 이곳을 출발하려면 5시부터 짐을 챙기고 방을 적당히 정리하면
된다. 이곳에선 깊은 잠이 찾아와 주질 않았다. 그래도 피곤함을
모르고 지냈다. 별일이다. 제주에서보다 눈도 덜 충혈되고, 입안
염증도 거의 없었다. 아무튼 건강하게 지낸 것에 대해 감사함을
남기고 이곳 프랑스 노르망디 지방의 주도主都인 깡(Caën)을 떠나
련다.

　어제 시내 산책에서 돌아왔더니, 이곳에서 유학 중인 선희 후배
가 나를 기다리고 있었다. 향수병이 도졌는지, 꽹과리를 치고 싶
다는 그녀에게 3채와 굿거리장단을 가르쳐주었다. 맑은 눈을 지닌
그녀에게 음용하다 남은 녹차와 둥굴레차도 선물하였다. 자정 무
렵에 그녀가 비빔밥을 지어왔다. 조국에서 보내온 김과 볶음밥 그

리고 아침 몫으로 은박지에 주먹밥을 따로 차렸다. 그녀의 호의가 오래 기억될 것이다.

몇 년 전 제주에 다녀간 비바Bibba에게 어제 전화했다. 바깡스에서 돌아왔다며 무척 반가워했다. 혹 만날 수 있다면 하고 준비했던 선물을 다른 사람에게 대신 주고 가게 되어 섭섭했다.

모르코 사람인 알리Ali와 옷을 교환했다. 거구인 그는 만나자마자 헤어질 때 옷을 교환하자며 내게 말을 걸어왔었다. 한국의 옷이 가장 좋다고 하던 그인지라 그냥 모른 체하기가 그랬다. 어제 아침에도 옷 얘기를 먼저 꺼내는 그에게 내 방에 오라고 했다. 그의 아들과 동생에게 주겠다며 자그마한 체구의 내 옷들을 탐내던 그였다. 그의 하얀 실내복과 나의 바지와 티셔츠를 바꾸기로 하였다. 그러나 그의 크고 하얀 옷이 내게는 어울리지도 않을 뿐더러 왠지 기분이 묘하여 돌려주었다.

그와 동향인 라쉬드Rachid에게도 티셔츠 하나를 선물하였다. 음용하다 남은 녹차도 그들에게 나눠주었다.

8월 2일 6시 40분

버스가 곧 도착할 것이다. 시계를 잘못 보고 서둘렀기 때문에 여유롭게 글도 쓰고 있다. 정류소 주변에 있는 오래된 성당의 첨탑과 원형탑 주변에서 사진도 찍었다. 한달 여 동안 생활한 곳이지만 도시는 매우 낯선 채 나를 반기고 있다.

정류소 앞에 배가 정박해 있어 그곳으로 다가갔다. 도심에 자리잡은 운하이다. 운하가 있다는 글은 읽은 적이 있지만 직접 보니 감흥이 새로웠다. 요트들이 양쪽으로 매여 있었다. 순찰차가 주인 없는 가방을 보고 있다가 서서히 내게로 왔다. 당신 가방이냐고 물어왔다. 그렇다고 했더니, 조심하라며 멀어져 갔다. 이곳에 대한 좋은 인상을 마지막으로 갖게 되어 기쁘다. 다만 일요일마다 장이 서는 이곳 주변에 휴지가 어지럽게 널려 있었다. 고향 집에 전화를 했더니 아버님이 받으셨다. 어딜 가나 항상 몸조심하라고 하셨다.

― 선상일지

혼자 있을 때면 더욱 긴장하기 마련인가 보다. 생면부지의 사람들 틈에 끼어 프랑스의 국경을 넘어 영국으로 가려는 순간이다. 혹시나 하는 마음으로 출발 시간과 승선 장소도 두어 번 확인하였다. 승용차뿐만 아니라 대형버스들도 승선하고 있었다. 3만여 톤이나 되는 커다란 노르망디Normandie호로 향하는 가파른 계단을 올랐더니 가방 보관소가 먼저 나타났다. 짐을 맡기고 주변의 특징 있는 곳들을 찾아내어 눈도장을 여러 번 찍었다. 배의 엄청난 규모에 입을 다물지 못했다.

승강기가 오르내리고 계단이 위 아래로 끝없이 이어졌다. 내가 어디에 있는지 그 위치를 잊지 말아야 한다는 긴장감이 엄습했다. 시간이 지나자 긴장감이 풀리면서 동행이 없는 나는 외로움에 젖어들었다. 삼삼오오 짝을 지어 대화를 나누는 외국인들에게 낯선 동양인이 다가가기란 어려워 보였다. 나 혼자 이리 저리 선상 산책을 즐기기 시작했다. 밀렸던 잠을 청하나 찾아줄 리 없다. 어지

러운 공상을 하고 또 했다. 시장기를 느낀 나는 면세점을 둘러보
다 3파운드짜리 초콜릿을 샀다. 제주도에서 환전하여 호주머니에
넣은 영국 돈 200파운드가 꽤 신경 쓰인다.

초콜릿으로 요기를 했다. 더 먹고 싶어도 식당이 아닌 선상에서
주목의 대상이 될 것 같아 허기만 면했다. 거대한 배가 우리가 탄
배를 뒤따르고 있다. 엄청난 크기의 여객선이다. 잔잔한 바다를
거침없이 우리 배는 잘도 나아간다. 뱃전에 부딪치는 파도소리도
들리지 않는다. 망망대해이지만 호수 위를 지나듯 거침없이 나아
간다. 주위가 조용하니 배 안에 사람들이 숨은 것 같은 착각에 빠
진다. 파도가 일렁이는 정도에 따라 사람들의 심성에도 어떤 변화
가 있을까. 이렇게 잔잔한 바다를 갖고 있는 사람들은 심성도 고
울까. 어렴풋이 육지가 보인다. 사진기 셔터를 연방 눌러댄다.

점심을 먹으러 식당으로 갔으나 줄이 길어 포기했다. 대신 선미
로 올라가 초콜릿 하나로 허기를 때운다. 섬이 더 앞으로 다가온
다. 저기가 잉글랜드, 내가 처음으로 밟을 땅 영국이 가까이 오고
있는 것이다.

점점 더 많은 인파들이 선상에 나와 바다 위에서 펼쳐지는 풍경
들을 보고 있다. 멀리서 하얀 물체로 보였던 것은 지금 배 주위에
떠다니는 요트들이었다. 해안선 따라 펼쳐진 하얀 것은 아마 해수
욕장의 모래밭일 것이다. 햇볕이 따가워 빠리에서 산 선글라스를
끼니 한결 낫다. 앞쪽에 성처럼 생긴 것은 아마 해상 감옥으로 쓰
였던 성채일 것이다. 메모장에 끼워두었던 명함이 바람에 날리자
한 여학생이 집어준다. 영어와 불어로 감사함을 전하니 옆에 있는

부모도 엷은 미소로 답해준다.

많은 이들이 망원경을 들고 있다. 점점 시가지 건물들이 뚜렷해진다. 섬과 섬 사이에는 요트 떼들이 꽉 들어찼다. 군사항이란 말이 실감난다. 요트 떼 뒤로 거대한 군함 떼들이 희미하게 보인다. 앞에는 평화가, 뒤에는 무력이 펼쳐진다.

글쓰기에 바쁘고 풍광 구경에 바쁘다. 사진 촬영도 해야 한다. 멋을 살린 돛배 범선도 여러 척 지나간다. 300명 정도가 탄 자그마한 여객선이 우리 배를 뒤따른다. 여객선에 탄 사람들이 손을 흔든다. 영국에 온 것을 환영이라도 한다는 듯이.

주위에 정신을 빼앗기는 사이 승객들이 짐 가방을 들고 올라온다. 짐 찾으러 내려간 곳이 식당이라 방향감각을 잃은 나는 무척 당황해진다. 2, 3층을 정신없이 오르내린 후에 겨우 나의 짐 보관소를 찾았다. 만난 수많은 승객 중에 동양인은 내가 유일하다. 별로 알려지지 않은 이곳을 이용한 것이 내겐 행운이란 생각이다. 이제 배가 항구에 접안하기 시작한다. 어디에 이 많은 승객들이 있었는지 몰려나오는 인파에 아연실색할 정도이다. 저 범선은 뭐하러 출항하고 있을까? 낚시하러 가는 걸까, 여가를 즐기러 가는 걸까? 범선에 탄 사람들이 손을 흔든다. 작은 배가 우리배가 보낸 물결에 갸우뚱 한다.

정신없이 입국 수속을 마치고 셔틀버스에 올랐다. 런던 행 열차를 타기 위해서다. 영국은 물가가 몹시 비싸다는 얘기를 들어온 터라, 기사에게 열차와 버스 중 어느 것이 싸냐고 물었더니 당연히 버스 편이란다.

지척 거리인 해변의 성채가 유별나게 보여 출발시간을 뒤로 미뤘다. 영국의 작은 국경도시인 포츠머스Portsmouth 시내를 2시간여 도보로 관광한 나는 런던으로 향하는 버스에 몸을 실었다. 무엇을 보고 느끼고 갈 것인가. 차창 밖으로 지나가는 풍경이 더욱 이채롭다. 몸은 피곤하나 마음은 포근하다. (1997)

홀로 서기 또는 관계 맺기

주벽 잡기

바리게이트를 치고 경찰들이 음주 단속을 하고 있었다. 전조등을 내리고 실내등을 켜고는 곧장 직진하였다.

　　누군가 주색잡기酒色雜技 중 하나를 고르라고 한다면 나는 주저치 않고 주를 고르겠다. 색과 잡기는 아무래도 내 능력 밖의 뜬구름 잡기란 생각이다. 문제는 수십 년 동안 벗한 사이인데도 술과는 아직도 으르렁대고 있다는 것이다. 이상하게 길들여진 주벽酒癖을 바로 잡아야 사람 도리를 할 텐데. 주벽을 잡기 위해 한바탕 싸움이라도 걸어야 할 판이다.

프랑스 속담에 '술이 들어가면 이성이 외출한다.' 라고 했다. 영국의 어느 시인은 그의 주덕송酒德頌에서 '술병은 우리 식탁의 태양' 이라 노래하기도 했다.

어린 시절 나는 술을 좋아하는 부친의 영향으로 일찍 예비 주당 대열에 낄 수 있었다. 아버지의 술심부름은 잔돈을 챙길 수 있는 기회요, 알코올을 음미할 수 있는 좋은 기회였다.

이러다 보니 술은 자연스레 친구처럼 막 대하는 사이가 된 것인

가. 그래서인지 내게는 술에 얽힌 사연들이 꽤 있는 편이다.

대학입학예비고사에 합격한 날, 친구들과 어울려 들이킨 소주 몇 잔에 취하다 못해 사지가 마비되었던 일, 대학 신입생 환영회 자리에서 두어 사발 들이킨 막걸리를 몇 시간 후에 하숙방 이불 위에 토해냈던 일, 술에 취해 거리에 누운 나를 심성 고운 어느 경찰관이 마누라에게 인계한 일……

첫 술자리는 너와 나를 위한 자리이고, 2차는 노래를 위한 자리이며, 3차는 술을 위한 자리가 되어버린 지 몇 년이던가. 아직도 변함 없이 마실 수 있음을 확인이라도 하듯 권하는 대로 마셔대는 나는 아직도 주신 바카스의 수호 전사戰士임을 자처하는 건 아닌지 모르겠다.

이러한 주벽이 형성된 데는 10년 전 구입한 나의 애마愛馬인 자동차도 일조를 하였다. 못난 놈이 남 탓한다고 주벽을 자동차에 전가하다니, 스스로 생각해도 가소로운 착상이다. 술을 마셔도 자동차를 집으로 끌고 와야 직성이 풀리는 나는 이런 주벽을 치유하기 위해 이왕 취할 바에야 막가도록 마셔야 했다. 적당히 마셨다가는 음주 운전에 대한 유혹을 떨쳐버릴 수가 없기 때문이다.

버릇은 보수적이고 호기심은 진보적이라 하던가. 직장 동료들과 3차의 술자리를 마치고 집으로 향하던 어느 날 밤, 식구들이 깊은 잠에 빠졌는지 아파트 벨을 오래도록 눌러댔지만 문은 열리지 않았다. 아직도 정신이 멀쩡하니 운전을 할 수 있으리란 객기가 발동한 나는 고향집에서 밤을 새겠다는 오기로 술집 근방에 세워둔 차를 찾아 나섰다.

시내 외곽지에 바리게이트를 치고 경찰들이 음주 단속을 하고 있었다. 전조등을 내리고 실내등을 켜고는 곧장 직진하였다. 경관이 한눈 파는 사이를 이용해 나의 애마는 냅다 달린 것이다. 경관이 쫓아온다는 환상 탓에 뒤도 돌아볼 수 없었다. 기어를 5단으로 올리고 국도를 이탈하여 산간 길을 막 달렸다. 어슴푸레 속도계가 130km를 가리키고 있어 브레이크를 밟았다. 차가 뱅그르르 돌고는 서 주었다. 잠시 호흡을 고른 나는 이내 차를 다시 몰았다. 이렇게 찾아간 고향은 적막강산이었다.

고향 집 근처에 차를 세워 잠을 청하곤, 먼동이 비칠 무렵 다시 왔던 길을 달렸다. 여태 술기운이 남아있었는지 검은 물체가 나타난 듯하여 차를 급정거하였다. 이번에도 나의 애마는 한바퀴 돌고는 가파른 길옆에 멈추어 주었다. 차창 밖에선 무수한 별이 떨어지고 있었다. 앞을 보니 검은 염소들이 지나가고 있었다.

생사의 갈림길에서 돌아온 나는 생명의 은물恩物인 자동차를 나의 애마라고 부르기로 하였다. 그리고 무모하게 벌였던 이 일을 무용담으로 삼을 것인가, 금주 선언의 기회로 삼을 것인가에 대해 여러 날 고심하였다.

결국 나는 타협안을 내놓았다. 술집 근처까지 나의 애마를 타고 가서는 다음 날 새벽에 주차한 곳까지 뛰어가는 것이다. 운동도 되니 일석이조가 아닌가. 이러하여 나는 나의 주벽에서 탈출을 시도하였다. 이렇듯 달리다 찰과상을 온 몸에 입은 나의 애마에게는 거금을 주고 정형외과 수술을 받게 하였다.

사십대 중반에 들어선 나는 술자리마다 긴장한다. 권하는 술잔들을 모두 들이마셨다간 2차 자리에서는 벌써 술이 나를 마시고는 취흥에 빠진다. 3차에서의 의식은 이미 망각의 늪에 빠진 거나 다름없다. 그래서 나는 1차에서 술을 반절로 줄이는 작전을 구사하려는 의지를 다진다. 술잔이 반쯤 차면 권하는 이에게 그만 채우라는 신호를 보낸다. 이쯤에서 나는 상대방의 심사를 헤아린다. 어떤 이는 오랜만에 만나 반갑다고, 임은 품어야 하고 술잔은 채워야 한다고 거드름도 피운다. 반면 어떤 이는 술을 반잔쯤 채워준다. 그런 이를 만나면 나의 주량을 배려한 듯 하여 기분이 좋다.

술자리에서 어떤 동료는 나를 멜(멸치) 배설이라 놀린다. 체격이 왜소한 나에게는 썩 어울리는 별칭이다. 그럼에도 나는 술을 마시고 싶고 술자리에도 끝까지 참여하고 싶지만 권하는 술을 다 마실 수는 없지 않은가. 취한 척하고 다른 이들은 어떨까 하여 주변을 살폈다. 잔들이 수월찮게 돌아가더니 이내 술자리 풍경은 시장처럼 난장판이다. 평소와 달리 말을 많이 하는 이, 물 잔에 술 붓는 이, 아예 탁자 밑에다 큰 사발을 준비하여 술 붓는 이 등등.

그래 나보다 먹성 좋은 그들도 그러는데 나야 멜 배설이 아닌가. 드러내 놓고 술을 적게 따르라고 부탁했다. 그러려면 내가 먼저 상대의 술잔을 반쯤 채우는 데서부터 시작했다.

요사이 들어 대학가의 술 풍속도에도 관심이 간다. 맏딸이 대학생이 된 것이다. 선배가 큰 사발에 부어 권하는 막걸리를 신입생은 들어 마셔야 할 의무를 진다. 선무당이 생사람 잡는다고 이러한 술판 때문에 신입생 몇이 비명횡사한 사건이 보도된 터라 걱정이 더하다. 이젠 달라져야 할 때도 됐는데 말이다. '정치판도 바꿔, 술판도 바꿔!' 라는 유행어가 생길지도 모르겠다.

나는 술 권하는 사회가 좋다. 그러나 상대방의 주량을 배려하는 사회가 더 좋다. 술 권하는 사회에서는 술잔 돌리는 풍속이 어쩌면 당연한 듯하다. 잔을 돌리다 보면 술은 술술 목을 축이고 이성을 마비시킨다.

오늘도 나는 술자리에서 주변인들에게 술잔을 돌린다. 그러나 가득 채우지는 않고 상대방이 원하는 만큼만 따른다. 그러기 위해서 상대의 마음을 읽고 배려하려고 노력한다. 주도酒道의 입단入段은 상대방의 주량을 배려하는 마음이 아닐까 한다. (1997)

― 후기

10년이 지난 지금도 나의 주벽은 달라진 게 없다, 사고 치는 횟수가 많아진 걸 제외하면. 며칠 전 3차 자리를 마치고 집으로 가다가 마누라에게 몇 번이고 핸드폰 버튼을 누른 것 같다. 남편의 귀가를 기다리다 지친 마누라가 전화를 했는데, 택시 기사가 받더란다. 인사불성인 나를 태우고 동네를 수없이 돌아다닌 기사의 노고에 마누라는 택시비를 두 배나 주었다고 했다. 다음 날 나는 한 지인으로부터 무슨 억하심정이 있어 심야에 잠을 못 자게 전화질을 세 번이나 했느냐고 추궁 받았다. 휴대전화에는 그 분의 집 번호가 찍혀 있었다. 마누라에게 전화를 한다는 것이 어제 맨 나중에 전화한 그 분의 집 번호를 그냥 눌러댄 것이다. 그분에게 술자리를 빌려 진심으로 사과해야겠다. 그 분 역시 술자리를 좋아한다는 것을 나는 잘 안다.

추억을 찾아서

가난만으로도 추억거리가 만들어지던 시대였다.
달도 뜨지 않은 한밤중, 선배는 밭에 들어가 감자 서리하고, 나는
밭 담 옆에 숨어서 망을 보고 있었다.

 **한** 해가 저문다. 아이들과 손잡고 추억이 서린 곳을 찾아 나섰다.

고교 시절 내가 살던 곳은 제주시청 동편 동네인 '동광양' 이었다. 자취하던 고택古宅을 들러 '미나리꽝' 동네를 일견한 후에 찾아간 '물통' 이 처연하게 나를 반겼다. 지금은 '우녀천牛女泉' 이라는 이름으로 물통 흔적만 있을 뿐, 물이 흐르지 않은 지 오래이다. 수돗물이 나오지 않을 때는 물 길러, 한 여름 밤에는 더위를 식히러 갔던 곳이 바로 그 곳인데…….

사춘기 시절, 책을 옆에 끼고 물통 동네 위로 난 샛길을 걷다가 양지바른 곳을 만나면 드러눕기도 했던 기억이 새롭다. 산장 같은 저택을 만나면 저 집에는 어떤 사람들이 살고 있을까 하고 부러움과 호기심을 갖기도 했었다. 어느 날인가, 예쁜 교복을 입은 나 또래의 여학생이 그 집으로 들어가는 것이 아닌가. 숨어서 그녀의

얼굴을 훔쳐보며 나도 저런 여학생과 사귈 수 있으면 하고 소원 하나 만들기도 했었다. 그러던 어느 날, 가을 정취를 느끼려 산장 동네 위로 난 들길을 마냥 걷다가 만난 것이 바로 그 감자밭이다.

가난만으로도 추억거리가 만들어지는 시대였다. 시골 출신인 나는 고향 선배와 자취를 하며 어렵게 학교에 다니고 있었다. 고등학교 1학년 가을의 어느 날, 찬거리가 떨어지자 선배와 나는 그 감자밭에 서리하러 가기로 작정한 것이다. 달도 뜨지 않은 한밤중, 선배는 밭에 들어가 감자 서리하고, 나는 밭 담 옆에 숨어서 망을 보고 있었다. 긴장 속에 몇 분이 지났는지, 저 멀리에서 불빛이 다가오는 것이 아닌가. 놀란 나는 선배에게 신호음을 보내곤 아무 데나 숨었다. 다행히 불빛은 우리 주변을 한 번 비추고는 이내 사라졌다. 하지만 잠시나마 엄습했던 공포감으로 나의 온 몸은 식은 땀으로 뒤범벅되었고, 숨으러 기어들어 간 곳이 가시덤불이었음을 그제야 알았다. 선배는 밭 귀퉁이에 숨었다가 가방 가득히 서리한 감자를 들고 나타나 가슴 졸인 나를 위로하였다. 그리고 우리는 며칠간 감자식품으로 허기를 면할 수 있었다.

감자 서리 갔던 그 들판을 오늘 아이들과 함께 찾아 나선 것이다. 물통으로 난 산장 동네를 올라 야트막한 동산을 지나면 나타났던 그 감자밭이 추억 속에 어른거린다. 과거를 회상하며 걷다보니 새로 장만한 우리 집이 나타난다. 아, 그렇구나. 우리가 감자 서리했던 그 곳은 지금 내가 살고 있는 이 집 근처 어디일 거야. 상전벽해란 이를 두고 한 말인 거야.

3년 전 성탄절 날, 나는 새 집을 장만하러 다니다 정말 우연히 이 집을 만났다. 우연치고는 정말 반가운 만남이었다. 내 과거의 한 모퉁이까지 회상케 해준 이 집과 나는 이것저것 깊은 연을 쌓으리라는 예감이 더욱 나를 살맛나게 한다.

우리 아이들은 아직은 가난이 무언지 잘 모른다. 가난을 모르듯 추억거리도 적은 편이다. 그런 아이들에게 나의 과거 하나를 보여주는 것도 의미 있는 선물이 될 것 같다. (2001)

영송원을 거닐며

돌이 나무와 더불어 있는 모습을 볼 때면 나는 내 이웃들과 저렇게 의지하며 더불어 살아갈 수는 없을까, 진정 나를 비우고 무욕의 삶을 살아갈 수는 없을까 하고 되새김한다.

 **출근길에** 산내음을 맡으려 밖을 보니 산마루 따라 신록이 내게로 밀려오고 있었다. 겨울 내내 추위에 떨던 앙상한 나뭇가지에 물이 오르더니 이내 푸른 산이 펼쳐지고 있었다. 풍덩하고 푸른 허공에 몸을 맡긴다. 이럴 때면 나도 무아의 경지를 넘나드는 취객이 된다.

산자락에 호젓이 난 샛길, 그 길 위에서부터 한라산 국립공원이 시작된다는 산록도로를 따라가다 '제주송이'로 지붕을 단장한 '탐라교육원'을 만난다. 입구에 있는 돌하르방과 정낭을 둘러보고 안으로 들어서면 원형의 잔디밭이 방문객을 반긴다. 그 곳에는 늘 푸른 소나무들이 수석壽石과 벗하고 있어 좋다.

어느 소나무 하나 옷을 흐트러지게 걸치거나 제 모양을 뽐내지 않은 것이 없다. 마상馬像 옆에는 동굴 닮은 바위와 기품 있는 소나무가 벗하고 있고, 바위에서 자양분을 뽑아내어 생명을 잉태한 키

작은 소나무도 있다.

휘둘러가며 바위와 소나무가 사이좋게 어울리는 것을 구경하던 방문객들도 잠시 이 나무 앞에선 걸음을 멈춘다, 10여 년 전 뿌리가 앙상하게 드러난 채로 근처의 계곡 주변에서 발견하여 보호 차원에서 이 곳에 옮겨 심은 소나무가 그 주인공이다. 100년은 족히 넘은 나이를 먹음 직한 이 소나무를 사람들은 신령스러운 소나무란 뜻으로 '영송'이라 부른다. 이러한 사연으로 정원 이름도 영송원靈松園이라 불리게 되었단다.

전설에 의하면, 한라산 신령이 타고 다니던 사슴이 죽자 신령은 사슴의 넋을 달래다 그만 잠이 들었는데, 꿈속에서 그렇게 아끼던 사슴이 옆에 와서 드러눕더란다. 반가운 나머지 신령은 사슴의 등을 한없이 쓰다듬어 주었고. 다음 날 사슴이 누웠던 자리엔 사슴 대신 한 그루 소나무가 누워 있는 게 아닌가. 사슴이 환생한 듯 누워 있는 나무를 신령은 밤마다 찾아와 사슴을 대하듯 쓰다듬어주었단다. 그래서인지 소나무는 위로 자라지 않고 자꾸만 옆으로 뻗어나갔고. 그래서 사람들은 이 소나무를 '사슴 소나무'라고도 부른다.

서로를 의지하며 다정히 손잡은 영송의 가지들이 이채롭다. 다른 소나무들은 서서 자나 이 소나무는 누워서 잔다. 그래서 '누운 소나무'라 부르기도 한다. 제주도에는 1100도로변의 영송과 이 곳의 영송, 단 두 그루밖에 없다 한다.

돌과 나무는 꽃과 나비만큼이나 잘 어울리는 이웃들이다. 그래서 사람들은 자연을 닮은 수석을 좋아하고, 그 기품을 흠모하는 모양이다. 명산에 명석 난다는 말처럼 한라산 자락에 위치한 이곳 주변은 수석이 보석처럼 박혀 있다. 돌이 나무와 더불어 있는 모습을 볼 때면 나는 내 이웃들과 저렇게 의지하며 더불어 살아갈 수는 없을까, 진정 나를 비우고 무욕의 삶을 살아갈 수는 없을까 하고 되새김한다.

영송원 동쪽 계곡 근처에도 특이한 형태의 자연석과 나무들이 널려 있다. 그중 바위를 뚫고 뿌리를 내린 졸참나무가 있는데, 나는 이 나무를 '의지의 나무' 라 부른다. 삶의 의지가 강렬하여 나무는 바위를 뚫고 땅에 뿌리를 내렸던 것이다. 세월의 풍파를 이겨내어 바위와 더불어 삶을 나누는 졸참나무에게서 오늘도 나는 인내와 상생相生의 지혜를 배운다.

숲 따라 계곡 따라 걷다보면 이러한 나무가 한 둘이 아니다. 여느 나무처럼 움도 돋고 꽃도 피운다. 수석을 알아줄 이들이 찾아오니 더욱 생기발랄한 표정이다. 숲속 길을 걷는 소리는 눈 밟는 소리처럼 기분 좋은 파열음을 낸다. 낙엽 속에 발을 담그니 계곡 길은 고엽으로 짠 양탄자 길이 된다.

눈꽃이 지고 나니 동백이 꽃망울을 키운다. 아이들을 기다리다 넋 놓았을까, 외로움에 붉게 타버린 슬픔을 토하듯 무수한 동백꽃이 피었다 진다. 이어 목련이 순백색의 꽃망울을 터뜨린다. 그리고 벚꽃이 화사하게 옷단장 채비를 서두른다. 화무십일홍花無十日紅이라 하던가. 열흘 붉은 꽃이 없다는 말은 목련과 벚꽃을 두고 한 말이리라.

심성수련 기관인 이곳 탐라교육원에 벚꽃이 지면 아이들이 찾아온다. 그들이 온다고 산새도 신이 나 지저귀고 한라영봉을 감싸던 운무도 춤을 춘다. 도시를 벗어나 밤하늘 별들과 벗하는 아이들은 이 밤 우주로의 탈출을 꿈꿀 것이다.

아이들이 오면 계곡도 놀이터가 된다. 바위덩어리 계곡 위를 걷다가 힘들면 쉬어가라 한다, 주변의 나무들을 올려보며 마음을 다스리라 한다. 세속에서 찌든 마음을 토해놓고 가라 한다.

입시 위주의 교육에 신음하는 아이들이 마음을 열고 쉴만한 공간이 어디 그리 많으랴. 그래도 이 곳은 그들의 마음을 다스리는 쉼터이리라, 더불어 나도 그들이 등을 비빌 수 있는 언덕이 되리라. (2002)

세월이 가는 소리

신록이 움터오는 아름다운 계절에 생명 탄생의 소리를 듣듯, 낙엽 떨어지는 이 계절에 나는 생명 잉태의 소리를 듣는다. 자연의 이치가 인간의 이치인 걸. 양심의 소리가 가장 자연을 닮은 소리이리라.

며칠 전 어느 선배의 회갑연에 다녀왔다. 그 분을 처음 만나 인연을 맺은 지도 20년이 지난다. 벌써 시간이 이렇게 흐르다니, 시간이 촌음과 같다는 말을 실감한다. 몇 년 후에는 내게도 올 그날을 생각하며 집안을 거닐었다. 찬바람을 맞은 목련이 여기저기에 잎사귀들을 떨어뜨리고 있다. 새순이 돋기도 전에 백옥같이 하얀 꽃을 피워내더니 이내 청록의 잎으로 단장하던 시절이 엊그제 같은데. 벌써 한 해가 또 저물고 있다.

만약 내가 계곡을 흐르는 한 줄기의 물이라 치자. 위험이 도사린 바위를 피해 가기보다 돌부리에 부딪치고 그 반동을 이용하여 더욱 세차게 내려가는 물이 되겠노라고 객기를 부리던 내 젊은 날의 기억이 새롭다. 이렇듯, 나에게도 아름답고 피 끓는 청춘이 있었을 터인데……. 과거를 회상하며 인생무상을 노래할 노년이 다가옴을 예감한다.

'가는 세월, 그 누가 막을 수가 있나요, 흘러가는 시냇물을 막을 수가 있나요'

유행가의 가사이지만 세월의 덧없음을 멋들어지게 읊조리고 있지 않은가. 세월의 흐름을 흘러가는 시냇물에 비유하고 있으니 말이다. 세월은 그 누구도 기다려 주지 않는다는 금언을 되새김하는 요즈음이다. 20대는 이상주의자요, 30대는 현실주의자요, 40대는 적응주의자라고 하던가. 50대에 접어든 나는 출세주의자인가, 처세주의자인가.

찬바람 쌩쌩 부는 지금 나는 눈 덮인 한라산정을 힐끔 올려다보며 산록도로를 달리고 있다. 라디오에서는 엄마의 시체 곁에서 6개월이나 지냈다는 어느 고등학생의 믿기지 못할 슬픈 사연이 전해지고, 황량한 바람은 더욱 매섭게 가슴을 파고든다.

일년을 마무리하는 시점에서 아름다운 사람들의 음성을 들을 수 있으면 좋으련만. 고즈넉한 시간에 들려오는 교회와 사찰의 종소리는 우리의 마음을 우주에 한없이 끌리게 한다. 하지만 시도 때도 없이 들려오는 종소리는 듣는 이의 귀와 마음을 거슬리게 한다. 선생님과 아이들이 교실에서 만들어내는 화음은 우리의 희망이 무럭무럭 자라는 소리이다. 하지만 학생들의 심성을 헤아리지 않는 꾸중은 미래의 동량들을 타박하는 앙칼진 소리이다.

이웃에서, 직장에서 들리는 칭찬의 소리가 일상의 소리로 들리길 소원한다. 거짓과 아첨이 아닌 인간적인 칭찬의 소리가 넘치는 사회를 꿈꾼다. 칭찬은 듣는 이에게 삶의 자극제가 되어 자신감을 키워 주기에, 칭찬이야말로 인간이 찾고자 하는 숨겨진 보물일 것이다. 칭찬을 즐겨 하는 이는 상대에게 무일푼의 투자도 하는 셈이다.

이스라엘의 경전인 《탈무드》는 우리가 지혜로워지려면 감탄과 칭찬을 자주 하라 한다. 우리의 지혜로운 삶을 위해서도 서로에게 격려와 감탄을, 그리고 포용과 칭찬을 자주 하는 사이였으면 좋겠다. 이러한 희망의 소리가 들려오는 세모가 되길 두 손 모은다.

신록이 움터오는 아름다운 계절에 생명 탄생의 소리를 듣듯, 낙엽 떨어지는 이 계절에 나는 생명 잉태의 소리를 듣는다. 자연의 이치가 인간의 이치인 걸. 바로 양심의 소리가 가장 자연을 닮은 소리이리라.

한 때의 영화나 권세가 영원할 수 없고, 예쁜 꽃도 열흘 가지 못하는 것이 자연의 이치이고 역사의 이치가 아닌가. 권불십년權不十年이고 화무십일홍花無十日紅이다. 자연과 역사 앞에서 순수해지려는 사람들의 소리를 듣고 싶다. 바로 양심의 소리를 일상에서 들을 수 있는 세상이 우리가 그리는 세상일 것이다.

미래의 바다에 노 저어갈 수 있는 지도자를 찾는 소리는 우리의 함성만큼이나 희망을 낚는 소리이다. 선거의 계절이 오고 있다. 여기저기서 들리는 함성소리들이 우리의 진정한 역사적 지도자를 뽑으려는 외침의 소리였으면 좋겠다. 승자에게는 격려와 축하를, 패자에게는 관용과 아량을 들려주는 소리를 듣고 싶다. 그들에게서 들려오는 소리가 메아리가 서로 화답하듯 화음을 이뤄내는 양심의 소리였으면 좋겠다.

목련이 꽃망울을 터뜨리는 소리를 듣기 위해 지금부터 나는 마음 줄이며 듣는 연습을 하련다. 자그마한 것에도 큰 힘이 있고 미물에게도 성스런 생명이 있기에, 내 것을 말하기보다도 상대의 생각과 느낌을 나는 들으려 한다.

세월은 본디 끝 모를 정도로 길다 하지만 마음 바쁜 나는 짧다 한다. 짧은 세월이 가는 소리를 들으려 하듯 긴 세월이 오는 소리도 들을 수 있는 슬기를 배우고 싶다. (2004)

여행은 장난감이야

이래서 여행은 장난감이 된다. 신비스러운 세계를 보여주고 낯선 곳의 문물을 감상케 하는 마력을 지닌 장난감. 몸과 마음에 전율을 보내어 회오리바람을 일으키는 신출귀몰한 장난감.

 요사이 난 한라산 중턱으로 난 도로를 따라 출퇴근 하는 재미에 빠졌다. 도로변의 원시림과 상큼한 공기가 아니라도 나는 출퇴근 시간이 즐겁다. 하늘을 가리는 나무 터널을 지나갈 때는 공중 정원을 체험하는 기분이다. 이 곳의 나무들은 목재보다는 차라리 불쏘시개로나 어울리는 관목들이다. 아름드리 나무가 아니라서 더욱 정이 간다. 가지들이 많지만 덩치를 자랑하지는 않는다. 소박한 제주 인심처럼 거드름이 없어 정겹다.

나무들이 얽히고설킨 채 사이좋은 이웃처럼 지내는 모습이 가관이다. 가지 많은 자귀나무는 왕벚꽃 나무와 이웃을 맺었고, 아카시아 관목 사이에서 하늘을 향해 있는 삼나무가 크기로는 그 중 으뜸이다.

몇 십 년 전에는 한라산 원시림을 이용하여 고기잡이 배인 '터우'도 만들고 방아도 만들고 학교도 지었다는데, 그러한 아름드리

나무는 요사이 보기가 힘들다. 일제시대와 4·3과 6·25를 거치는 동안 많이 벌목되었을 것이다.

어릴 적 나는 무척이나 차 타는 것을 좋아했다. 자욱한 먼지를 내며 비포장 마을도로를 달리는 버스를 뒤따라 뛰다가 지치면 그 자리에 털썩 주저앉곤 했다. 그리고 멀어져 가는 버스를 아쉬워하며 차를 타고 나들이 갈 날을 세고 또 세었다. 덜컹거리는 고물차에서 멀미하는 사람들도 많았던 시절인데도 몸이 허약한 나는 유독 달리는 버스에서는 힘센 장군감이었다.

나는 어려서 고향을 벗어나 낯선 곳에 가는 꿈을 자주 꾸곤 했다. 꿈은 생각의 반영이라고 하던데. 꿈에 나타난 장소들은 알듯 모를 듯한 곳이지만 정겨움이 넘치는 곳이었다. 고향 외곽의 버려진 집에서 누군가로부터 쫓기는 악몽도 꾸었다. 그럴 적에는 억지로 잠을 깨어 위기에서 스스로 벗어나곤 하였다. 아무리 악몽이라도 나는 비명을 지르지 않았다. 우리 식구 누구도 나에게 무슨 악몽을 꾸었냐고 물어본 적이 없었으니까.

나는 이러한 꿈속에서 자신감 내지 성취감을 배운 것 같다. 결코 비명을 지르거나 패자가 되지 않았기 때문이다. 오히려 무언가를 해낼 수 있다는 자신감과 누군가가 나를 돕고 있다는 기대감을 갖고 인생을 살라는 꿈의 계시로 받아들이기도 했다.

어릴 적 나는 혼자 고향 뒷산에 올라 마을 전경과 바다를 내려다보기를 좋아했다. 차들이 신작로를 따라 먼지를 날리고, 경적을 울리며 마을로 들어왔다가는 금세 사라지곤 했다. 그러한 모습을 물끄러미 바라보면서 나는 먼 곳을 그리워하곤 했다. 고향 앞바다에는 작은 어선뿐만 아니라 가끔은 큰 배가 스쳐 지나가기도 했다. 바닷길이 보였다가는 금세 사라지는 신기루 같은 뱃길에 홀린 나는 동네 친구들이랑 바닷가로 줄달음치기도 하였다.

드디어 내가 차를 자주 탈 수 있는 기회가 왔다. 중학교를 제주시에서 다니게 된 것이다. 비포장도로를 달리는 만원 버스를 줄곧 1시간 이상 선 채로 가도 지루하거나 피곤함을 몰랐다. 반면 버스를 기다리는 시간은 그렇게 지루할 수가 없었다. 고장난 버스를 한 시간도 넘도록 신작로에서 기다리기도 했었다. 어떤 날은 막차까지도 끝내 나타나지 않아 결국 30km의 밤길을 걸어서 갔던 적도 있었다.

차를 타면 나는 내내 목적지까지 상념에 잠겼다. 이때 나는 잡동사니 고민에서부터 우주의 신비까지 아울러 생각하는 명상가 내지 철학자(?)가 되었다. 학생복을 입은 날 보고 친지들은 어린 나이에 걸맞지 않은 근엄한 표정을 짓는다고 곧잘 나무랐다. 생각이 습관을 만들고, 사색이 표정을 만들었을 것이다.

덜컹거리는 차속에서 창밖으로 스쳐지나가는 낯선 곳의 풍경들이 무척이나 정겨웠다. 신비의 세계로 나를 안내하는 차가 그렇게 고마울 수가 없었다. 이래서 여행은 장난감이 된다. 신비스러운 세계를 보여주고 낯선 곳의 문물을 감상케 하는 마력을 지닌 장난감 말이다. 여행은 우리의 몸과 마음에 전율을 보내어 회오리바람을 일으키는 신출귀몰한 장난감인 셈이다.

십여 년 전 독일의 쾰른 대성당을 보고난 후, 네덜란드로 향하는 기차에 몸을 실었다. 유럽의 여행은 대개 가족 단위이기 때문에 객차 한 칸에 8명이 탈 수 있도록 나눠져 있다. 이런 작은 방을 프랑스어로는 꽁빠르띠망compartiment이라 한다. 내가 자리 잡은 꽁빠르띠망에는 한국인 교사 2명, 이탈리아 청년 2명, 영국 부인 1명과 독일 부인 1명이 탄 그야말로 국제 열차였다.

차창 밖으로는 그림에서나 볼 수 있는 아름다운 풍광이 지나가고 있었다. 이런 분위기에서 잠이 찾아줄리 만무할 텐데, 여행에 지친 이탈리아 청년들이 잠에 떨어졌다. 우리 일행들은 서로를 쳐다보면서 알듯 말듯 한 미소를 보내곤 하였다. 그런 시간이 꽤 흐른 후 영국 부인이 일어서더니 선반에 있는 자기 가방에서 책을 꺼냈다. 곧 독서에 홀린 듯했다. 조금 후에는 독일 부인도 가방에서 책을 꺼내더니 독서에 몰입하였다. 그러다 눈이 피곤하면 차창 밖으로 시선을 던지곤 하였다. 그녀들의 독서생활이 자연스럽게 보이는 반면 이탈리아 청년들의 잠에 떨어진 모습은 아무래도 꼴불견이었다.

더욱이 같이 여행하는 동료교사도 새벽 여행으로 지친 탓인지 고개를 숙여갔다. 그럴 적이면 나는 옆 동료의 허벅지를 손으로 찌르곤 하였다.

잠은 달리는 차 안에선 좀처럼 나를 찾아주지 않는다. 아마 어릴 적부터 몸에 밴 승차버릇에 기인한 것 같다. 이를 '덕택' 이라고 해야 할지 '때문' 이라 해야 할지 모르겠다. 피곤하고 머리가 뻐근하여 잠이라도 청하려고 눈을 감으면 머리 속에서는 여러 상념들이 주마등처럼 꼬리에 꼬리를 문다. 차라리 눈을 뜨고 차창 밖을 내다보며 한 곳으로 정신을 모으는 것이 내겐 훨씬 편하다.

나의 차는 바쁘다. 동료들보다 2배 이상의 거리를 달리고 있다. 차타기를 좋아한 어릴 적 소원이 이루어지고 있는 셈이다. 차가 있으니 어딘들 못 가랴. 제주도 밖 육지에 차를 타고 나갈 수만 있다면 전국 방방곡곡을 많이도 돌아다닐 텐데. 섬 안에 갇히었으니 나의 억울함(?)이 적을 수 있겠는가. 이런 감정을 해소하는 기분으로 나는 제주 길을 많이도 달린다. 더욱이 제주는 관광개발 덕인지 거미줄 같은 도로망을 갖고 있지 않은가. 밤중에 낯선 길로 접어든 경우도 허다하다. 하지만 지금은 어디에도 익숙하게 갈 자신감이 붙었다. 이 자신감이야말로 어릴 적 어디론가 가고자 꾸었던 꿈의 덕택일 것이다.

적당한 자신감은 매사에 활력소로 작용한다. 자동차 운전석에 앉으면 나는 자만이 아닌 자신감을 갖는다. 운전은 아차 하면 사람의 목숨을 노리고 있는 폭발성이 강한 장난감 놀이이니 자만은 절대 금물이다.

며칠 전 정년퇴임을 1년 앞둔 은사님과의 얘기 중에 나는 당돌하게 퇴임 후의 나의 설계를 늘어놓았다. 정년퇴임 후 나는 제주를 안내하는 여행 도우미가 되겠다고. (2000)

남도 천리 길을 가다

산장의 불빛들이 가까이 보이고 사람 소리도 들려왔다. 그래, 내가
살아갈 곳은 미우나 고우나 사람들과 어울리며 사는 속세인 거야.

 **객지에서** 주말을 맞은 나는 광주로 가는 연수 동료의 차에 올랐다. 나의 본관의 땅인 남평을 찾아가기 위함이다. 임도 보고 뽕도 따듯 가는 길에 무등산도 오를 계획이다. 자동차로 한 시간 정도의 거리에 익숙해져 있는 나에게, 남도 천리 길은 멀기야 하지만 볼거리가 풍족해 좋다.

주변 풍경이 제주와는 사뭇 다른 모습으로 다가온다. 경기도와 충청도의 목장지대와 농촌지역을 지나, 민간자본으로 길을 내어 통행료가 비싸다는 천안과 논산 사이의 '민자고속도로'를 달렸다. 직선 코스라서 목적지로 가는 지름길이란다. 시멘트 바닥에서 나는 특이한 소음을 들으며 주변의 경치를 감상하다 소형차가 다니지 않음에 주목하였다. 총알같이 달리는 대형차들 사이에서 소형차가 사고를 당할 수도 있기 때문이란다.

어느덧 전라도에 들어선 우리 차는 추수를 한 드넓은 평야를 지

나 광주시내로 접어들었고, 이내 무등산 산장에 나를 내려준 동료
는 즐거운 여행을 하라며 손을 흔들고는 왔던 길을 되돌아갔다.

저녁 6시쯤 등산길 입구에 들어선 나는 세속에 찌든 때를 씻어
내듯 거친 호흡을 하며 산을 올랐다. 날이 허락하는 한 정상을 향
하여 빠른 걸음으로 올라가다가 숲에서 까투리 찾는 장끼를 만났
다. 그래 매 대신 꿩이라고, 노래로 외로움을 달래는 거다.

"저건~너 잔솔~밭에 솔솔 기는 저 포수야, 저 산비둘기 잡지
마라, 저 비둘기 나와 같이 임을 잃고 헤매나니 에라 만~수 에라
대신이야."

흥에 겨워 큰소리로 노래들을 불러댔다. 아니 주변의 적막을 깨
뜨리고 혼자 가는 산행에 벗 삼으려 노래를 청했을 게다.

어둠이 짙게 깔리고 있었다. 어슴푸레 보이는 저것은 사람인가
바위인가. 도깨비 형상으로 보이는 상대를 향하여 "썩 물러가라."
하며 큰소리를 질러댔다. 반응이 없는 것으로 보아 사람이나 동물
은 아니겠지만, 한번 일렁인 두려움의 파도는 좀처럼 잠잠해주질
않았다. 공포감이 앞서니 마음의 눈이 사물을 제멋대로 보기 시작
한 것이다. 더 이상 산길을 오를 용기가 나질 않았다. 다음을 기약
하며 왔던 길을 돌렸다.

무언의 하산 길은 다시 두려움을 불러들이고 있었다. 어둠에 밀
려오는 두려움을 떨쳐버리려 국악가요, 〈산도깨비〉를 큰소리로
불러대기 시작했다.

"달~빛 어스름 한밤중에, 깊은 산길 걸어가다, 머리에 뿔 달린
도깨비가, 방망이 들고서 에헤라 둥둥, 깜짝 놀라 바라보니, 틀림

없는 산도깨비, 에고야 정말 큰일 났네, 두 눈을 꼭 감고 에헤라 둥둥, 저 산도깨비 날 잡아갈까, 가슴소리만 콩당콩당, 걸음아 날 살려라, 꽁지 빠지게 도망갔네."

어둠이 짙어갈수록 노래 부르기도 흥이 나지 않는다. 혼자 걷는 밤길, 무서움으로 나의 발길은 더욱 빨라진다. 그런데도 뒤를 자꾸 돌아봄은 무엇 때문일까. 고개를 돌린 바로 그 때, 내 앞에 희미한 물체가 움직이고 있는 게 아닌가.

몰려오는 두려움에 머리털이 서고 온 몸이 떨려왔다. 나도 몰래 움찔하며 뒤를 돌아보았다. 나무 사이로 초승달이 비치고 있었다. 내 그림자를 보고 지레 겁을 먹은 것이다.

길가에 놓인 바위나 그림자를 보고도 동물의 형상을 보는 듯 착각하며 스스로 놀라곤 하였다. 이 무슨 어리석음인가. 자연은 그대로인데, 마음은 제멋대로 두려움의 대상을 만들어 내고 있으니.

드디어 산장의 불빛들이 가까이 보이고 사람 소리도 들려왔다. 그래, 내가 살아갈 곳은 미우나 고우나 사람들과 어울리며 사는 속세인 거야.

가까운 식당을 찾아가 산채정식을 주문하였다. 17가지나 되는 많은 반찬이 상 위에 놓였다. 도토리묵, 버섯, 더덕, 산나물 요리에 손이 자주 갔다. 아직도 몸은 긴장 속에서 깨어나지 못한 듯 어깨가 무겁고 머리가 몽롱하였다. 무등산 정상까지 왕복 5시간이 걸린다는 그 길을, 그것도 밤길을, 빠른 걸음으로 3시간 이상을 걸었으니 그럴 만도 하겠지.

남평읍으로 향하는 버스에 올랐다. 차창 밖으로 보이는 초승달과 별들이 더욱 정겨워 보였다. 밤 11시쯤에 남평읍에 내린 나는 겨우 여관을 찾아 여정을 풀었다. 객지에서 홀로 지새는 밤이라 밀려오는 외로움에 쉬 잠을 이루지 못했다.

다음날 아침, 그곳 주민들에게 남평문씨 시조 탄강지를 물었으나 여의치 않아, 114로 남평문씨 종친회사무실 전화번호를 물었다. 안내된 번호로 전화했더니 '장연서원長淵書院'을 찾으라 했다.

장연서원 가는 길을 물으며 시골길을 한참 걸었다. 병풍 같은 언덕과, 섬진강 줄기인 지석강이 흘러가는 사이에, 넓고 얕은 늪지대가 나타났다. 그 언덕 바로 아래 있는 '문암각文巖閣'이란 정자가 먼저 나를 반겼다. 문씨 조상이 태어난 바위라고 새겨진, 높이 6m, 폭이 5m나 되는 커다란 바위가 풍화되는 것을 막기 위해 세워진 정자가 문암각이다.

《남평현읍지》에 의하면, 고을 원님이 풍수가 빼어난 이곳을 지나다 아기울음소리가 들려, 석함石函에 누여져 있는 아기를 데려다 키웠다 한다. 원님은 어려서 문사文事에 능통한 아이의 성을 문씨라 하고, 이름을 다성多省이라 지었다. 이분이 훗날 신라시대 조정에서 큰 벼슬을 한 삼광 문다성 할아버지로 문씨의 시조이시다.

장연서원이 오래된 은행나무 몇 그루와 벗하고 있었다. 전통 한옥으로 세워진 이 서원은 조상신들을 제사 지내는 곳으로 사용되고 있는 듯하다. 그 흔한 영정도 모시지 않고 있음이 못내 서운하였다.

　문암각과 장연서원을 향해 두 손 모으고 목례를 올린 나는 발길 닿는 대로 걷다 광주를 거쳐 변산반도로 행했다. 고부와 부안을 들른 버스는 먼지를 날리며 시골길을 달렸다. 마을 인근의 야트막한 산 아래에 들어선 묘들이 정답게 보이고, 제주에서라면 강풍에 금방 날려갈 것 같은 키다리 소나무들이 도처에서 한들거리고 있었다.

　이윽고 서해안을 따라 가는 도로가 나타나고, 웅포·황포·격포로 가는 길에서 만난 갯벌이 여행의 재미를 더해 주었다. 다양한 젓갈류 이름들이 어물 가게를 도배하고 있었다.

　변산해수욕장에 내려 바닷물이 빠져나간 바닷가를 거닐었다. 모래밭에 글을 쓰거나 바닷물에 손을 담그고 있는 다정한 연인들과 천진난만한 아이들의 얼굴 위로 마누라와 아이들의 얼굴이 떠오르곤 이내 사라졌다. 몇 년 동안 가족여행을 함께 떠나지 못한 것이 못내 미안하여 얼굴이 화끈거렸다.

　도시에서 맛볼 수 없는 산내음, 바다내음이 심신의 피로를 씻어 주니 새로운 기운이 온몸으로 퍼지는 듯했다. 숙소가 있는 수원에 도착한 나는 다시 혼자만의 밤을 맞아야 한다. 혼자 있는 것이 이토록 외로운가 보다. 가족의 품이 더욱 그리운 밤이다. (2003)

담배를 피우는 아이들

무엇이 그들을 담배중독으로 내몰고 있을까. 진정 담배 맛이 좋아
서일까. 학교에서 시간 보내기가 무료하기 때문일까, 아니면 또 다른
무엇 때문일까.

 담배는 꽁초 맛에 피운다고 했던가. 담배가 떨어지
면 꽁초라도 주워 피워야 할 만큼 담배 맛에 걸신들린 푸념조의 말
일 게다. 속담도 이젠 옛말이 되는 시대인데, 담배 값이 올라도 좀
처럼 청소년들의 흡연율은 떨어질 줄 모른다. 무엇이 그들로 하여
금 흡연을 즐기게 하는지, 담배를 피우지 않는 나로서는 의아할 따
름이다.

담배를 피우면 담이 좋아지며, 기분이 나쁠 땐 소화가 잘 되며,
추울 때에는 한기를 막는 데 좋다 한다. 특히 긴장되고 격한 감정
을 누그러뜨리는 진정 작용이 있어 더욱 좋다 한다.

그래서일까? 우리 학교의 일부 학생들은 무지하게(그들의 속어 표현
을 빌리면 '좆나게') 담배를 즐겨 피운다. 청소년들에게 팔지도 않는
담배를 그들은 어디서 구했는지 꽤나 많은 학생들이 갖고 다닌다.
담배에 가장 많이 들어 있는 니코틴은 중추신경을 자극하고, 혈압

을 높이고, 담뱃진인 타르에는 발암물질이 들어 있어 여러 질병의
원인이 된다는 것을 그들도 모를 리 없을 텐데…….

담배에 맛들인 학생들은 등교부터 하교 때까지 교사들과 숨바꼭
질하듯 흡연을 즐긴다. 언젠가 아침 일찍 학교에 출근한 나는 담
장을 넘어가는 학생들에 대한 호기심으로 그들의 뒤를 몰래 따라
갔다. 아뿔싸, 그곳에는 벌써 와 있는 여학생들과 남학생들 10여
명이 어울려 담배를 피워대고 있었다.

보지 말아야 할 것을 본 사람처럼 나는 멍하니 그 광경을 지켜보
고만 있었다. 뭐라고 저들에게 말해야 하나 하고 생각하고 있는
데, 그들은 "미안합니다." 하면서 하나 둘 술술 자리를 떴다. 그 후
나는 아침 일찍 등교하는 학생들을 따라다니며 담배를 못 피우게
하는 일과가 하나 더 늘었다. 학교 도처에서 흡연하는 그들을 발
견하면 "언젠가 태어날 너희들 자식을 생각하여 금연하겠다고 약
속하면 용서해줄게." 하고 돌려보낸다. 그러나 교정 도처에서 여
전히 흡연하는 그들을 다시 만난다. 그럴 때면 나는 또다시 "태어
날 너희들 2세를 생각하여 담배를 줄이려고 애써야지." 한다. 그러
면서 무거운 돌을 다시 산 위로 끌어올리는 신화 속의 시지프의 신
처럼 그들을 타이르고 돌려보낼 수밖에 없는 자괴심에 빠져들기
도 한다.

언젠가 수업 중 몰래 교실 문을 빠져나가는 여학생이 있어 그녀
뒤를 쫓아갔다. 그곳에는 벌써 교실을 빠져나온 여학생 여러 명이
모여들어 담배를 피우고 있었다.

무엇이 그들을 담배중독으로 내몰고 있을까. 진정 담배 맛이 좋

아서일까. 학교에서 시간 보내기가 무료하기 때문일까, 아니면 또 다른 무엇 때문일까.

얼굴에 계속하여 번지는 여드름을 치료하기 위해 담배를 끊었다는 여학생을 만난 것은 내겐 보람이다. 흡연현장에서 여러 번 만난 그녀가 담배와의 싸움에서 이겨냈으니 말이다. 우리 학생들이 이제라도 담배의 백해무익함을 피부로 느끼기 시작하는 것만으로도 나의 노력은 보상을 받고 있음이다.

담배는 기원전부터 중남미대륙의 원주민들이 신에게 바치는 향료로, 환자들의 약제로 활용되었다는데, 마야문명의 신전에는 이러한 모습이 조각되어 있다 한다. 이렇게 신성시 되던 담배는 1492년 콜럼버스 일행에 의해 서양에 소개된다. 우리나라에는 17세기 초에 일본에서 들어왔다는 설이 있고, 반대로 임진왜란 때 우리나라에서 일본으로 전해졌다는 설도 있다.

《하멜 표류기》에 '한국 사람은 4, 5세만 되어도 모두 담배를 피운다.' 라고 적혀있듯, 담배가 회충약, 진통제, 충치 예방약, 지혈제 또는 화농방지제 등 의약품으로 이용되던 시절도 있었던 모양이다.

이렇듯 다양한 약용으로 쓰이던 담배는 당시 서양과의 교역을 활발히 전개하였던 일본에서 건너왔다는 설이 더욱 설득력이 있어 보인다. 일본 배를 통하여 국내로 담배가 들어오지 않으면 담배 맛에 길들여진 몇몇 한국 사람은 아우성을 쳐댔을 것이다. 언제 그 물건이 도착하느냐고 물으면, 상술에 밝은 일본사람들은 다음 배에 온다며 값을 올리기도 하였을 게고. 이렇게 하여 담배란 이름이 '다음 배'에 온다는 말에서 비롯되었다는 설도 있다.

선진국에서는 담배를 마약과 같은 위험약품으로 취급하여 판매하는 데에 여러 제약을 두고 있다. 그 때문인지 흡연율도 줄어들고 있다는데, 우리나라에서는 오히려 여성 흡연율과 청소년 흡연율이 늘어나고 있다 한다.

요사이 신생아 출산율이 떨어지는 이유 중 하나는 신세대 여성들의 흡연 때문이고, 더욱이 흡연여성의 기형아 출산에 대한 두려움 때문이라고도 한다. 미래에 태어날 우리 후손들을 위해 국가가 나서서 여성의 흡연을 더욱 걱정해야 할 판이다.

6월 7일은 세계보건기구가 정한 '금연의 날'이기도 하다. 몇 해 전에는 오리궁둥이 걸음과 해학으로 인생역전을 이룬 코미디언 이주일 씨가 금연홍보대사로 위촉되기도 했었다. 흡연으로 얻은 병 때문에 결국 사망한 그는 죽어가면서도 금연하라며 웃음을 잃지 않았다. '인생에 대한 열정이 있다면 금연하라.' 던 그의 말이 우리 청소년들의 가슴에 와 닿았으면 좋겠다. (2007)

애마에 대한 추억

승용차 한 대가 중앙선을 넘어 좌회전하는 섬뜩한
곡예를 펼쳤다. 이를 발견한 앞차가 급정거하자 뒤따르던 차가 그
를 들이받았고, 그 뒤에 있던 나는 깜짝 놀라 급제동했으나 내 뒤
차는 멈추지 못하고 내 차를 들이받았다. 4중 충돌이 일어날 수도
있었던 아찔한 순간이었다.

평소 나는, 자동차에도 생명과 인격을 불어넣어 운전을 즐기자
는 의미로, 나의 자동차를 애마愛馬에, 자동차 운전을 행위예술에
비유하곤 한다.

예술은 교양과 인격의 수단이며 또한 인간의 창조활동 중 하나
일 것이다. 손과 발의 기능과 마음의 표현으로 나타나는 운전 역
시 운전자의 교양과 인격을 보여주는 창조활동의 하나이기도 하
다. 비유컨대, 가족 혹은 연인과 함께 가보지 못한 길을 드라이브
하는 것 역시 삶을 아름답게 가꾸려는 창조활동의 하나일 것이다.

운전자가 다른 차의 운전자와 행인을 배려하는 운전행위를 즐기려 할 때, 우리는 운전을 예술의 경지에까지도 올려놓을 수 있다는 의미이다.

운전에 방해되는 상황을 만날 때마다 곧잘 경적을 울리며 쌍소리를 질러대는 친구가 있었다. 그의 쌍소리가 귀에 거슬려 "쌍소리가 자네의 인격에는 옥에 티네."라고 하자, "이젠 습관이 되어 반사적으로 내뱉어진다."고 했다. 천박한 인격의 한 단면을 드러냄을 스스로도 알기에 욕설을 내뱉는 자신이 한심하다고 했다. 초보자일 때 쌍소리를 쓰다보니 습관이 되었단다. 자제하려고 애쓰는 데 그게 영 쉽지 않다는 것이다.

14년 동안 무사고로 24만km를 달렸을 만큼 정들었던 나의 애마를 올해 조카에게 물려주었다. 운전연습에 나서는 그와 동승한 나는 우선 자동차를 대하는 자세에 대해 몇 가지를 훈수(?)하였다. "자동차는 잘 활용하면 이기利器이고, 거칠게 다루면 흉기로 변하곤 하지. 문명의 총아인 자동차는 이제는 그 사람의 됨됨이를 나타내는 인격의 척도로도 활용된단다. 어떤 이는 차종에 따라 사람을 판단하기도 하고, 어떤 이는 운전 행태에 따라 판단하기도 하지. 조카는 어느 쪽이라고 생각하나? 운전은 뭐니 뭐니 해도 방어운전이지. 방어운전은 상대방 탓이 아닌 내 탓으로 여기는 마음가짐에서, 사람과 자동차에 대한 인간적인 배려에서 비롯된단다."

이제 실습을 할 차례이다. 신호등 앞에서 멈출 때는 기어를 중립에 놓은 다음 사이드 브레이크를 당겨서 여유 있게 기다리라고, 커브를 돌 때는 미리 속도를 줄이고, 경적소리는 위험한 상황을 예감하는 경우에만 울리라고 조카에게 주문하였다. 차를 타고 가다 장애물을 만나거나 행인들이 앞을 막더라도 그들이 지나가기를 기다리라고, 급제동과 급출발은 절대 금물이며, 특히 운전자는 전후좌우를 볼 수 있는 시력을 가져야 할 뿐만 아니라 사람의 심리를 읽을 수 있는 심력도 좋아야 한다고 덧붙이기도 하였다.

차를 처음 구입한 조카네도 운전연습을 통해 그동안 정들었던 나의 애마와 헤어져야 할 때가 되었다. 반 세대 동안 우리 가족의 안전운행의 동반자였던 애마를 떠나보내는 마당에 이별의 말 한마디 전하지 않을 수 있으랴.

"이제 너와 헤어짐을 서러워한들 부질없는 일이기에, 명이 다하여 해체되는 너와 아픔을 나도 같이 나누련다. 나의 부주의로 네게 크고 작은 많은 상처를 입혔었지. 너의 아픔이 곧 나의 아픔이고 우리 가족의 아픔이었지. 그러한 아픔을 통하여 네게서 나는 방어운전이 무엇인지도, 상생의 삶이 무엇인지도, '빨리 빨리' 대신 '느림의 미학'도 배웠단다. 이제 너의 후손 애마를 새 식구로 맞아들여 그와 인간적인 관계 맺으며 길들이는 중이란다. 부디 거듭나서, 좋은 운전자 만나거라. 잘 가라, 나의 애마여." (2005)

공주병과 왕자병의 시조始祖를 찾아서

외모는 정형외과에 가서 칼을 들이대어 고치는 병이 아니라, 성격을 가꾸듯 그렇게 가꾸어 가는 것이 아닐까 한다.

 얼굴이 얼마나 예뻐야 미모 콤플렉스에서 벗어날 수 있을까? 이러한 우문이 생각나면 나는 링컨 대통령의 일화를 떠올린다.

그의 긴 다리를 두고 농담 잘하는 각료 한 사람이 물었다.

"사람의 다리가 어느 정도 길어야 제구실을 할 수 있습니까?"

잠시 생각에 잠겼던 대통령이 대답했다.

"글쎄, 걸어 다닐 정도면 되지 않을까?"

자기 외모에 대해 고민하지 않고 사춘기를 넘긴 이는 무척이나 불행하다. 아픈 만큼 성숙해질 텐데, 그러한 기회를 못 가졌으니까 말이다.

나에게도 외모 때문에 꽤 시달렸던 시절이 있었다. 작은 키에, 휘어진 귀, 갑갑증을 주는 인중과 이마, 사팔뜨기 같은 눈동자…… 이러한 신체 조건들은 나를 미모 열등의식에 빠지게 했

다. 여학생 앞에 서기만 해도 얼굴이 붉혀지고 말을 더듬곤 하였
다. 외모에 자신 없다 보니 ‘얼굴이 고와야 여자냐, 마음이 고와야
여자지’ 라는 유행가를 애창하면서 잘 생기지 못한 자신을 달래곤
하였다.

가끔 TV를 보다가 얼굴도 잘 생기고 노래도 잘하는 톡톡 튀는
10대를 만난다. 그 연예인에 비해 잘 생기지 못한 우리 아이들의
옆얼굴을 쳐다보다 단호히 말한다. 저 애보다 내 딸과 아들이 더
잘 생겼다고. 그러면 우리 아이들은 아빠 말이 옳다며 환호한다.
“그래 너도 공주병·왕자병에 걸렸구나. 농담도 못하니?” 하고 놀
리기도 한다.

내가 담임하던 한 여학생은, 어릴 적 걸린 장티푸스 영향으로 얼
룩이 심하게 박혀 있는 왼쪽 눈 부위를 항상 긴 머리로 가리고 다
녔다. 그녀의 마음 고생이 얼마나 컸을지 쉬이 짐작이 간다. 반면
에, 다리가 무처럼 통통하고, 키가 작달막하고, 엉덩이만큼이나 펑
퍼짐한 그녀의 얼굴에는 주근깨가 촘촘히 박혀 있었다. 그런데도
활기차기가 여반장같았다. 항상 환한 얼굴로 학급 일에도 늘 앞장
서는 그녀를 대하면 덩달아 나의 얼굴도 밝아졌다.

사춘기 소년, 소녀들이 갖는 외모에 대한 선입견은 그들의 성격
형성에도 알게 모르게 영향을 미친다. 못생긴 외모 때문에 부모와
세상을 원망하고 심지어 자살 충동을 느낀다면 그 또한 우리를 슬
프게 한다.

물욕만큼이나 미욕에 탐닉하는 세태라, 요사이는 외모를 가꾸기
위한 성형수술이 유행병처럼 번지고 있다. 부모의 뼈와 살을 받고

태어난 원래의 모습에 칼을 들이대야 하는 처절한 심정을 이해 못할 바 아니나, 이러한 세태를 탓하지 않을 수도 없다.

신들의 잔치에 초대받지 못한 복수의 여신은 '가장 아름다운 여신에게'라고 적힌 황금사과를 연회장에 던지고 사라진다. 이를 발견한 쥬노Juno와 비너스Venus는 자기가 최고의 미인이라며 싸움을 벌인다. 양쪽으로 의견이 갈린 신들은 최고의 미남이며 트로이의 왕자인 패리스Paris에게 판정을 맡긴다. 신들에게도 로비가 통하던 시절, 자기 손을 들어주면 최고의 미인을 애인으로 주겠다는 비너스의 제의가 그의 마음을 사로잡는다. 결국 미의 최고 여신에 뽑힌 비너스가 약속을 갚기 위해, 최고의 미인이며 아테네 왕의 부인인 헬렌Helen을 꼬여 패리스의 부인이 되게 한다. 난봉꾼 패리스는 결국 트로이 전쟁 중에 죽는 비운의 주인공이 된다.

또 하나, 잘생긴 남자에 관한 슬픈 이야기이다. 나르시스Narcis는 모든 요정들이 흠모하는 미소년이다. 특히 숲의 요정 에코Echo는 그를 보자마자 상사병에 빠진다. 자존심이 무척 강한 나르시스는 그녀를 본 척도 하지 않자, 에코는 그를 졸졸 따라 다니다가 결국 죽고 만다. 그녀의 동료들은 이를 측은하게 여기고는 복수의 여신에게 나르시스의 콧대를 꺾어 주기를 간청한다.

청을 받아들인 복수의 여신은 목마른 나르시스를 우물로 유인한다. 물을 마시기 위해 안을 들려다 본 나르시스는 깜짝 놀란다. 연정을 느낄 만큼 잘생긴 얼굴이 자기를 바라보고 있는 게 아닌가. 황홀감에 빠진 그는 손을 내밀어 악수라도 하고픈 충동을 억제하지 못하다 그만 우물에 빠져 죽는다. 슬픈 소식을 들은 요정들이 그의 넋을 달래기 위해 우물가 주변에 수선화를 피웠단다.

미모 때문에 여러 유혹에 빠지는 일이 흔히 있음을 위 신화들도 암시한다. 그런 반면 못생겼지만 솔직해서, 지혜로워서 출세한 이들도 있다. "못생겨서 죄송합니다."라는 애교 섞인 넋두리로 유명해진 코미디언 이주일 씨는 자신이 지독히도 못생겼다고 인정하여 출세한 경우이다.

스스로를 못난이라고 말한다는 것은 커다란 아픔이 아닐 수 없다. 그럼에도 '내 탓이요.' 하고 말할 수 있는 자가 진정 잘난이인 것이다. 자신의 결점을 인정하고 이를 극복하려는 의지를 가질 때 삶의 의미도 새롭게 꽃피울 수 있을 것이기에.

우리에게 잘 알려진 한 추남의 인생 여정을 만나 보자.

울던 아이도 그 얼굴을 보면 울음을 그칠 만큼 이솝Aesop은 못생긴 얼굴에다 반벙어리였다. 이런 그를 다른 노예들도 구박할 정도였단다. 그렇지만 《이솝 우화》처럼 그는 끝없는 지혜의 샘물을 퍼올려, 신분 상승을 생각할 수도 없던 고대 국가에서 결국 귀족이되고, 왕의 자문관도 되었다.

잘생겼다고 우쭐대고 거드름 떠는 공주병·왕자병에 걸린 이도 문제아이듯, 못생긴 미모 때문에 살맛 못 느끼는 이들도 문제아이다. 상대적 박탈감 내지 빈곤감이 자신의 외모까지 초라하게 만들기 때문이다. 외모는 정형외과에 가서 칼을 들이대어 고치는 병이아니라, 성격을 가꾸듯 그렇게 가꾸어 가는 것이 아닐까 한다.

생각이 바뀌면 운명이 바뀐다 하지 않는가. 외모로 승부하기보다 실력으로 승부하는 그대가 진정 아름다운 외모의 소유자일 것이다. (1997)

사이클 메고 계곡을 건너다

하지 않던 일도 하고, 만나기 싫은 이도 만나고 그렇게 살다보면 삶의 의미도 달라 보일 것. 험한 세상 열심히 살다보면 좋은 날이 오리라는 기대를 갖게 되는 것도 덤으로 얻은 기쁨이다.

일요일 아침부터 쏟아 붓던 장대비가 정오쯤 멈추더니 화창한 봄 날씨가 이어졌다. 변덕이 심한 날씨만큼이나 나의 춘심이 발동하여 어디론가 떠나고 싶었다, 사이클을 타고.

머칠 전 사이클 타고 고향 마을까지 다녀온 나는, 오늘의 목적지를 근무지인 탐라교육원으로 정하였다. 운동도 하고 밀린 업무도 해결하기 위함이다. 고향 가는 길과는 달리 탐라교육원 가는 길은 계속 오르막길이라 좀 힘들겠구나 하면서도 자신의 체력도 점검할 겸 신나게 페달을 밟았다. 사이클 기어도 조절할 줄 알 만큼 이력이 붙었다. 자동차의 기어와 같은 원리로 동산 오를 때에는 저단으로, 내리막길에서는 고단으로 조정하며 달려 나갔다. 하지만 계속되는 오르막길을 넘기란 그리 수월치가 않았다. 오르막길에 접어든 나는 사이클을 반은 밀고 반은 타면서, 천천히 주변 구경도 하면서 나아갔다.

'굴사窟寺' 로 가는 이정표가 눈에 들어왔다. 순간 같은 방향이니 이쪽으로 가다보면 목적지로 가는 길을 만날 수 있겠지, 인적이 뜸한 곳이라 풍치도 더욱 좋겠지 하는 유혹도 받았다. 처음 보는 길에 접어든 나는 주변 경치를 감상하며 시멘트 포장길을 신나게 달렸다. 조금 가니 자그마한 굴사가 나타났다. 굴사 안으로 들어가 여자 보살에게 길 가던 나그네인데 목 좀 축이고 싶다고 하자 곧 차를 내어 왔다.

굴사는 20여 미터 정도의 약간 경사진 굴로 조금은 두려움을 느낄 정도였다. 스님이 그 곳에서 도를 닦는다 했다. 한적한 방안에서 스님 한 분이 무언가를 하고 있었다. 혹 대처승은 아닐까 하고 세속적인 상상을 하며 절집을 나섰다.

그리곤 다시 시멘트 길을 달렸다. 이내 오르막길을 만난 나는 사이클을 밀거나 타면서 계속 위로 나아갔다. 몇 아낙들이 들일하러 가는 복장으로 어디론가 가고 있었다. 혹 이 길로 가면 찻길로 갈 수 있냐고 물었으나 험한 산길이 계속 이어질 것이니 돌아가라고 친절히 타일렀다. 주변에 펼쳐진 신록의 숲과 들꽃이 피어 있는 샛길들, 주변 여기저기에 갓 고개를 쳐드는 고사리들, 발길에 치이는 돌멩이들, 높기만 한 푸른 하늘을 보며 이내 나는 망설이기 시작하였다. 포장도로가 아닌 험한 산길을 계속 가야 하나 하고.

잘 아는 교사 한 분이 어린 딸들을 데리고 고사리를 꺾고 있었다. 학교가 아닌 곳에서 만나니 더욱 반가웠다. 산길에서 웬 사이클이냐 하고 묻는 그에게 이 길로 근무지인 탐라교육원에 간다고 했다. 이제 나는 그 말에 책임을 져야 했다.

하지만 조금 더 가니 깊은 계곡이 가로 놓여 있는 게 아닌가. 계곡을 내려다 본 나는 더욱 난감할 수밖에. 더 이상 앞으로 가기란 여간해선 힘들겠구나 하고 걱정되기 시작했다. 지금까지 사이클을 타고 밀고 온 이 길을 되돌아 가야한다고 생각하니 후회가 막급하였다. 이렇게 무모한 판단을 한 자신이 밉기도 하였다.

차라리 주변에 보이는 고사리라도 꺾자고 자신을 위로하였다. 고사리를 찾아 허리를 여러 번 굽히면서도 가지 못하는 길에 대한 아쉬움이 계속 따라다녔다. 이래서 프로스트의 〈가지 않은 길The road not taken〉이 생각나는가 보다.

…아직 발길에 밟히지 않은 낙엽에 묻혀 있어 / 아, 나는 첫째 길을 후일로 기약해 두었네. / 하지만 길은 길로 이어지는 법이라 / 되돌아 갈 수 없음을 알고 있었네.
먼 먼 훗날 어디선가 / 나는 한숨지으며 이렇게 말하리라. / 어느 숲에서 두 갈래 길을 만난 나는 / 덜 다닌 길을 갔었노라고 / 그래서 내 인생은 온통 달라졌노라고…

그래, 어디엔가 숨겨진 길이 있을지도 몰라. 그 길을 찾아 나서는 거야. 계곡 윗길을 따라 5백여 미터쯤 오르고 내리길 반복하던 끝에 드디어 나는 아주 자그마한 샛길을 보았다. 그래 이 길로 일단 계곡으로 내려가자, 그리고 그곳에서 다시 계곡 건너편으로 오를 수 있는 길을 찾아보자. 뭔가 해낼 수 있다는 기분에 사로잡힌 나는 일단 계곡으로 사이클을 메고 내려갔다.

좀처럼 오를 가망이 없어 보이는 절벽이 내 눈 앞에 펼쳐졌다. 이제 나는 꼼짝없이 계곡 안에 갇힌 신세가 되어 버렸다. 더욱이 아침에 장대비가 내리지 않았던가. 한라산에서 내리는 물을 만나지나 않을까 하는 두려움이 나의 가슴을 요동치게 했다. 급류에 떠내려갈지도 모른다는 위험스런 상상을 하면서 혼신의 힘을 다하여 이리 저리 다니며 오르막길이 됨직한 곳을 찾아 나섰다.

그래, 어딘 가에는 숨어 난 길이 있을 거야. 그렇게 긴장 속에서 한참 길을 찾던 나에게 실낱같은 희망이 보이기 시작하였다. 오를 수 있음 직한 급경사진 한 곳을 발견한 것이다. 낭떠러지 곁에 경사진 그 길을 사이클을 등에 메고 기어오르기 시작하였다. 바위가 축축하여 혹 미끄러지기라도 하는 날에는 나는, 나무에 걸리면 다행이고, 저 밑 계곡 속으로 곤두박질 칠 수도 있다는 위험을 감지하면서 조심 또 조심 한 발짝 두 발짝 떼고 또 떼곤 하였다. 생과 사가 거기에 같이 있었다.

드디어 계곡 능선에 사이클과 함께 올라선 나는, 정상을 정복한 산사람처럼 목이 메도록 외치고 있었다. "야아~, 야호~." 푸른 하늘이 그렇게 아름다울 수 없었다. 오늘 나는 험한 길을 만나리라는 염려를 못한 것은 아니지만 이렇게 계곡을 만나 건넜으니, 가지 않던 길을 가게 된 행운까지 얻게 된 셈이다.

가끔은 하지 않던 일도 하고, 만나기 싫은 이도 만나고 그렇게 살다보면 삶의 의미도 달라 보일 것이다. 이 험한 세상 열심히 살다보면 좋은 날이 오리라는 기대를 갖게 되는 것도 이 여정에서 덤으로 얻은 기쁨이다. (2003)

저의 이름을 아시나요?

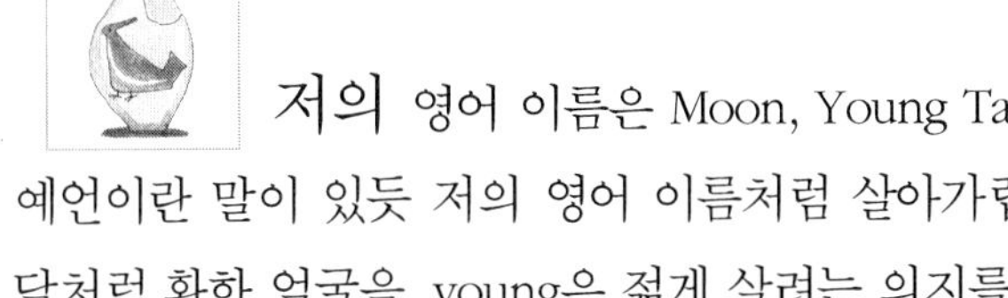 저의 영어 이름은 Moon, Young Tack입니다. 자성 예언이란 말이 있듯 저의 영어 이름처럼 살아가렵니다. Moon은 달처럼 환한 얼굴을, young은 젊게 살려는 의지를, tack은 압정이나 못의 뜻으로 학생들에게 드는 사랑의 매를 의미합니다.

저의 또 다른 이름은 도깨비입니다. 어느 심성수련회에서 지었던 별명이 지금도 저의 애칭으로 사용되고 있답니다. 저의 얼굴이 도깨비를 좀 닮았나 봅니다. 도깨비는 옛적부터 우리의 생활 속에 존재한 무서우면서도 친근한 귀신이지요. 마음씨 고운 혹부리 영감에게는 혹을 떼어주고 재물도 주고, 마음씨 고약한 사람들에게는 벌을 주는 선한 귀신이지요. 선과 악을 구별하며 속세에서 인간들과 어울려 살아가는 도깨비를 저는 닮으려 하나 봅니다.

교사의 길로 막 접어든 어느 날, 한 도인(?)이 저를 보더니 춘호春湖란 이름을 지어주더군요. 저의 좁은 미간을 보고는 호수처럼 넓고 평온한 마음을 가지라 했습니다. 저의 어눌한 말소리를 듣더니 봄에서 기운을 얻으라 하였습니다.

저는 어려서 여러 이름으로 불렸답니다. 승만이, 영길이, 종언이 등등. 그러다 대학에 가기 위해 호적초본을 뗐는데, 초ㆍ중ㆍ고에서 불려지던 이름 대신에 지금의 이름이 등재되어 있는 게 아닙니까. 저의 부친은 부랴부랴 법원에 가서 동일인증명서를 발급받아 겨우 대학에 제출할 수 있었습니다. 대학에서부터 저의 법적 이름이 불려지게 되었지요. 지금도 오랜만에 만나는 동창들은 저의 옛 이름인 '종언아!' 하고 부른답니다.

이렇듯 저에게 붙여진 소중한 이름들입니다. 저가 부르다가 죽을 이름들입니다. 소월의 시가 이래서 생각나는가 봅니다. 의미를 부여하기 위해 소월의 시를 약간 손질하였습니다.

죽도록 불려질 나의 이름들이여!
허공중虛空中에 흩어질 이름들이여!
부르다가 내가 죽을 이름들이여!
심중心中에 남아 있는 말 한 마디는
끝끝내 마저 하지 못 하였구나!
………… ……… …………

지금 제주는 변화의 커다란 소용돌이로 들어가고 있습니다. Cheju가 아닌 Jeju로 이름이 불려주길 바라면서 특별자치도로 거듭나고 있습니다. 제주국제자유도시호는 이미 닻을 올렸습니다.

5대양 6대주에 더하여 이제는 우주를 항해해야 할 때입니다.

제주특별자치도란 배에 승선한 우리는 물결 잔잔한 호수가 아닌 거친 바다를 노 저어 가야 합니다. 항해술에 우리의 미래가 달려 있는 셈이지요. 노 젓는 기술 중 하나가 외국어 의사소통 능력일 것입니다. 이래서 저의 이름을 영어로 소개했던 것입니다.

이제 우리도 다인종 사회를 만나고 있습니다. 주변에서 우리와 얼굴색이 다른 한국인들을 만날 수 있고요. 그리고 제주도에도 8,000명이 넘는 외국인이 살고 있답니다. 문자 또한 우리 것만 고집할 때가 아닌 것 같습니다. 옛날 우리 선인들이 이름 이외에도 다양한 아호를 가졌듯, 한자 · 한글 · 영어로 쓰인 다양한 이름들을 갖게 되나 봅니다.

이름은 부르기도, 의미도 좋아야 하겠지요. 이젠 적극적으로 주변에 자기의 이름을 불러달라고 홍보도 해야 할 판입니다. 학생들이 저를 부르는 '영어 선생님' 이란 이름은 왠지 싫습니다. 그래서 저는 저의 이름에 대한 홍보 맨을 자임하고 나섰지요. 출퇴근길에 내 차에 태우고 다닌 학생들이 우선 홍보대상입니다. 저의 차를 타는 학생은 차비로 저의 이름을 알아야 합니다.

남과 구별하여 나를 일컫는 말이 이름이라면, 저는 또한 저의 특징으로 불려지길 바랍니다. 중학교 때 저의 별명은 언청(챙)이 이 었습니다. 수줍음을 곧잘 타서 여러 사람들 앞에만 가면 얼굴이 붉혀지고 말도 못하는 저를 친구들이 그렇게 놀렸던 것입니다.

이솝은 반벙어리였고 얼굴도 못생겼지만 지혜로운 사람이라는 글을 우연히 읽었습니다. 그래서 저는 친구들이 제게 붙여준 별명을 한자로 言·淸·吏, 즉 언젠가 말을 바르게 쓰는 관리가 될 거야 하고 그들에게 홍보를 했습니다. 가끔은 과자나 찐빵 공세도 겸해서 말입니다.

사람들에게 친근하게 다가가는 것 중 하나는 상대방의 얼굴과 이름을 동시에 기억하는 것이겠지요. 그게 그리 쉽지만은 않겠지만, 오늘도 우리 학생들의 이름을 알려 합니다. 법적인 이름만이 아닌 그 사람의 특징에서 생긴 별명도 함께 알 수 있으면 더욱 좋겠지요. 이 정도로 저의 이름을 소개하겠습니다.

이제 저의 이름을 얼굴과 함께 아시겠지요? (2007)

글로컬 리더를 기다리며
(global+local)

청와대 주변 산책을 회상하며

나는 학창시절 수학여행을 한 번도 가질 못했단다. 서울 땅도 대학생이 되어 처음 밟았지. 그 시절엔 청와대는 일반인들에게 통행이 금지된 성역이었단다.

 장면 1. 2006년 4월

우리를 태운 수학여행 버스가 경복궁 근처 식당으로 이동하는 길에 청와대 앞을 서행하며 지나갔다. 대통령 관저를 지나가고 있다고 외치자, 학생들 시선이 일시에 창가로 향했다. 자유스럽게 오가는 행인들과 '열린 청와대'를 바라보는 학생들에게 몇 마디 덧붙였다.

"…우리 정부를 수립한 해인 1948년 이승만 대통령 시절에는 지금 이곳이 경무대로 불렸단다. 청와대란 명칭이 사용된 것은 1960년 윤보선 대통령 시절이었지. 청와대란 이름은 본관 건물이 청기와로 덮여져 있는 데서 유래하였단다."

고려왕조에서는 남경의 이궁離宮이, 조선조에서는 경복궁의 후궁으로 연무장과 과거장이 있었다. 일제 치하에서는 총독관저로, 해방과 더불어 미군정 장관의 관저로 사용되었던 파란만장한 역사의 현장이었다.

점심 식사 후 동대문 시장에서 쇼핑을 즐긴 우리들은 '두타(두산타워)'의 입구에서 청계천을 따라 경복궁에 입성하는 대장정(?)에 나섰다. 새로 단장된 청계천을 따라 걷는 재미가 수학여행의 즐거움을 더해 주었다. 더러는 걷기가 힘들어 수학여행이 아니라 고생여행이라며 불평을 쏟아내기도 했다.

가끔은 학생들의 불평을 그대로 들어주는 인내가 그들의 스트레스를 날려주기도 한다. 목적지에 도착한 그들은 어느새 그 먼 거리를, 서울 중심지를 걸어서 구경했다며 좋아하는 표정들이었다. 다음 여행지로 향하는 버스에서는 그들이 나의 말을 들려줄 차례이다.

"너희들이 정말 부럽다. 나는 학창시절 수학여행을 한 번도 가질 못했단다, 서울 땅도 대학생이 되어 처음 밟았지. 그 시절엔 청와대는 일반인들에게 통행이 금지된 성역이었단다. 그 시대에는 지금과는 사뭇 다른 '닫힌 사회'였으니까……."

나의 말에는 아랑곳도 하지 않고 달콤한 잠 속으로 빠져드는 학생들처럼 차창 밖으로 스쳐가는 경치들이 겹치면서 나도 아련한 추억 속으로 빠져들어 갔다.

장면 2. 1997년 12월

IMF 시절, 〈제주교육사〉 집필 자료를 얻기 위해 경복궁 근처의 '정부기록보존소'에서 작업하는 중이었다. 일행들과 점심식사를 마친 후 혼자 주변을 산책하러 나섰다. 거리에선 군경들이 바리게

이트를 치고 차량들을 검문하고 있었다. 점심시간을 맞아 거리로 쏟아져 나온 사람들은 한결같이 아랫길로 가고 있었다. 그러나 나는 가지 않은 길을 가듯, 무작정 윗길을 택해 몇 걸음 옮기자 한 젊은이가 내게 다가왔다. 어디 가느냐고 묻기에 공무원증을 내밀며 그냥 산책 중이라고 했다.

그때야 비로소 내가 들어선 곳이 청와대 가는 길임을 짐작할 수 있었다. 내친 김에 TV에서나 본 청와대를 가까이에서 보고 가기로 마음 먹었다. 겉으로는 태연하자고 마음 다잡으며 걸었다. '가방 든 남자 산책 중' 이라는 무전기 소리가 더욱 나를 긴장케 하였다.

드디어 청와대가 저 멀리 나타났다. 경복궁 후문인 신의문과 마주 보는 청와대 정문 앞에는 더욱 많은 경계의 눈들이 나를 주시하는 것 같았다.

숭례문 옆에 큰 북이 있어 경호원에게 다가가 저 북 이름이 뭐냐고 물었다. 난데없는 질문에 그는 신문고라고 했다. 신문고란 이조시대에 누명을 쓰거나 나라에 알릴 것이 있을 때 쳤던 북이 아닌가. 그에게 지금도 저 북을 울리는 사람이 있느냐고 슬며시 물었다. 뭘 알면서 그러냐는 듯 싱겁게 웃었다.

북악산으로 둘러싸여 천연요새와 같은 청와대에 사람 그림자도 얼씬 못했던 시절. 우리는 그 때를 70·80년대의 유신과 군부 독재 시절이라 각인되어 있다. 청와대 주변에 산다는 것만으로도 주민들은 거주 이전의 자유에 재갈이 물렸었다. 문민정부가 탄생된 이후 그나마 청와대 앞길이 개방되어 그 덕에 나는 이렇게나마 산책할 수 있게 된 것이다.

　얼떨떨한 산책을 즐겼던 나는 긴장감을 풀려고 잰걸음으로 경복궁 돌담길을 돌아 옛 국립중앙박물관 안으로 몸을 숨겼다. 그리고 안도의 숨을 몰아쉬면서 박물관 여기저기를 기웃거리고 있었다. 긴장 속의 나의 첫 청와대 주변 산책은 이렇게 끝났다.

　장면 3. 십수 년 전

　영국의 수상관저인 다우닝가 10번지와 프랑스의 대통령궁인 엘리제, 그리고 미국의 대통령 관저인 백악관 주변을 거닐었던 시절이 내겐 있다. 그곳들은 청와대보다 장소도 좁을 뿐더러 그리 대단한 건축물이 아니면서도 넘치는 방문객들로 문전성시를 이루고 있었다. 대통령궁이라는 위엄 대신에 국민들에게 친근감을 주는 관광명소가 되어 수많은 방문객을 불러 모으고 있는 것이다.

　학생들과 같이 간 수학여행에서 혹 불상사가 생기면 어쩌나 하는 긴장된 시간에서 돌아와 당시를 되돌아본다. 우리 학생들은 이번 여행에서 무엇을 보고 무슨 생각을 하였을까? 보는 것만큼 안다는 말처럼, 그들이 본 수많은 장면들을 훗날 소중한 추억거리로 회상할 수 있길 기대한다.

　'인생은 나그네 길' 이란 노래처럼 삶 자체가 과정이듯 여행 역시 과정일 것이다. 과정이 좋으면 결과 역시 좋으리라 믿기에 오늘도 나는 여행하듯 삶을 즐기고 있다. (2006)

꿈에 본 한라산과 금강산

사랑과 존경은 인간에게만 필요한 미덕이 아니다. 자연에 대한 배려와 애정은 인간에게도 더욱 소중한 미덕이다.

 **몇** 명의 일행들 틈에 낀 나는 청자빛 물색이 감도는 구룡폭포와 담수가 적어 바닥이 드러나 보이는 백록담 위를 날았다. 낭떠러지 위에 걸려 있는 보현암 난간에 기대어 주변의 비경에 넋을 빼앗기더니 이내 산방산의 병풍바위가 오버랩 되어 나타났고, 어디론가 비상하다가 떨어지는 두려움에 꿈에서 깨었다. 아마 며칠 전 올랐던 어승악에서 바라본 한라산 풍광과 매스컴을 장식하는 금강산 관광이 교차되어 현몽하였을 것이다.

뱃길로 트인 금강산 관광은 어쩌면 통일로 가는 단초일 수도 있기에 반갑기 그지없다. 먼 나라와도 이웃처럼 오가면서도 지척인 우리의 금강산을 찾지 못함은 분명 이 시대의 진한 아픔이었다. 한편으론 금강산 관광이 본격화되면 제주 관광은 더 위축될 것이라는 자조적인 푸념도 들린다. 나막신 장수와 우산 장수에게 딸을 시집보낸 어머니의 심정이 곧 제주인의 심정이 아닌가 싶다.

자연은 우리가 즐겨 찾을 때 더 자연적이고 시혜적이다. 자연이 주는 시혜와 시련은 문명사회를 만들어 가는 견인차이고, 역사를 움직이는 도전과 응전의 두 축이기도 하다. 도전에 대한 응전은 인간애에 바탕을 둘 때 더욱 문명사회를 만들어 갈 것이라고 토인비 박사도 말한 바 있다.

우리는 자연과 인간에 대한 숭고한 사랑을 인간미 또는 인공미라 부른다. 문명사회에서 인간미가 없다면 인간사회뿐만 아니라 자연도 황폐화로 이어질 것이다. 자연은 결국 인간에 의한 아름다움의 발현인 셈이다. 혹자는 자연을 그대로 가꾸는 것이, 혹자는 개발하는 것이 더 낫다고 한다. 나는 자연미와 인간미가 넘치는 그러한 어울림을 꿈에서도 만나길 바랐던 모양이다.

교직 생활 중 해외 연수에 참여할 기회가 내겐 여러 번 있었다. 미국의 나이아가라 폭포의 초자연적 생동감에 반했고, 뉴욕의 엠파이어스테이트 빌딩에서 내려다본 건물 숲에 현기증을 느꼈다. 만리장성을 거닐며 성을 쌓다 죽어간 민초들의 영령을 위로도 하였다. 천지의 호반을 바라보며 남북 분단의 아픔을 맛봤고, 하이델베르그의 파괴된 성곽에서 역사의 흥망성쇠를 보았다. 대영제국 박물관과 바티칸 박물관을 가득 메운 한국인 관광객들을 만났고, 암스테르담 운하에서 물과 건축의 만남도 즐겼었다.

그중 나를 가장 사로잡은 것은 자연미와 인공미가 어울려 뭇 관광객들을 유혹하고 있는 프랑스의 몽블랑Mont Blanc과 스위스의 융프라호Yungfrau 등정이다.

기하학적 구조로 설치된 3단의 승강기는 4계절의 변화와 더불어 태곳적 신비를 간직한 몽블랑의 만년설로 수많은 관광객을 실어 나르고 있었다. 산등성이를 따라 설치된 레일 위를 달리는 융프라호 철도 여행은 스위스 산악지방의 경치를 한껏 감상케 하였다. 암벽을 사통팔달처럼 뚫어 만든 동굴의 전망대에서 바라보는 설산의 계곡들은 대자연의 웅지를 무언으로 전달하고 있었다.

한라산 개발 여부에 관한 논란이 일 때 나는 좀 엉뚱한 생각을 주위 사람들에게 말한 적이 있다. 한라산 계곡에 인공 담수호들을 만들어 평소에는 관광자원으로, 가뭄이 들면 목말라하는 대지를 적셔주는 젖줄로 활용하자는 생각이다. 그리고 한라산과 잘 어울리는 편의시설을 설계, 고안해 낸다면, 이 또한 한라산을 재탄생케 하는 제주인의 슬기가 아니냐고.

기다림의 미학은 우리 자손의 자손을 배려할 수 있을 때 실현될 것이다. 치밀한 설계와 시공으로 더욱 자연적인 인공미가 곁들일 수 있다면, 이는 자연과 인간의 만남이고, 슈바이처 박사의 말이 아니더라도 인간과 자연에 대한 외경사상의 실현일 것이다. 제주의 관광은 이에 바탕을 두어 판을 짜야 할 것이다.

사랑과 존경은 인간에게만 필요한 미덕이 아니다. 자연에 대한 배려와 애정은 인간에게도 더욱 소중한 미덕이다. 인간과 인간, 인간과 자연에 대한 공존의 지혜가 여기에서 기인하기 때문이다.

우리에겐 한라산과 금강산은 모두 소중한 관광자원이고, 공존의 지혜를 배워야 할 영산靈山들이다. 금강산이 문명의 때가 묻지 않은 채로 우리를 부르고 있다면, 한라산은 문명의 혜택으로, 인간과 자연의 조화로운 모습으로 우리를 부를 때, 한라산과 금강산은 민족의 위대한 영혼의 반려가 될 것이다. 인간이 인간을 배려할 때, 인간이 자연을 배려할 때 자연은 진정 우리의 반려자가 되어 줄 것이다. (1999)

교육이란 황금마차

글로벌과 사이버 세계 너머로 펼쳐진 광활한 우주가 우리 아이들을 부르고 있다. 그들이 황금마차를 타고 세계 도처를 누빌 수 있도록 관심과 지혜를 모아야 할 요즈음이다.

 제주시내에서 일주도로를 따라 서쪽으로 가다보면 하귀1리 입구에 세워진 고故 고광림 박사 가족 현양비顯揚碑를 만날 수 있다. 마을 사람들이 수석과 분재를 닮은 멋진 비를 고향을 빛낸 고 박사 가족에게 바친 것이다.

고광림 · 전혜성 부부는 자식들에게 덕승재德勝才, 즉 덕이 재주를 앞서야 한다고 평소 가르쳤다.

재주가 아무리 뛰어나도 덕이 모자라면 그 재주는 자신과 가족만을 위해 사용될 것이니, 그러한 사회는 이기주의가 팽배할 수밖에 없을 것이다. 반면에 재주뿐만 아니라 덕이 넘치는 사회는 관용과 배려하는 마음이 넘치는 문명의 사회일 것이다. 6남매 모두를 세계적인 석학으로 키운 자식 교육에 대한 비결은 다름 아닌 덕승재의 일상화였다.

미국 사회에 공헌한 역대 재미 한국인 100인 중 4명이 포함될 만큼 고 박사 가족은 미국인들도 부러워하는 가정교육의 산실이었다. 덕숭재가 상징하듯 인성과 창의성이란 바퀴 달린 황금마차를 타고 세계 도처를 누비는 고광림·전혜성 박사 가족들은 분명 우리의 자랑인 글로벌 인재들이다.

낮과 밤이 이어지고 남녀가 끌리듯 인성과 창의성은 서로 어울리면서 우리 아이들을 글로벌 인재로 키울 것이다. 교육이란 황금마차는 바로 가정과 학교와 사회에서 습득한 인성과 창의성을 신형 엔진으로 하여 우리 아이들의 자아를 실현케 하는 견인차인 셈이다.

나는 인성과 창의성을 낳을 교육의 묘약(?)으로 평소 3HR를 제언하고 있다. 첫째가, 부모와 자식 간에, 학생과 교사 간에 이루어지는 원활한 의사소통의 기반이 가정 또는 학급협의회home room이다. 이를 바탕으로 가정 또는 학교에서 원활한 생활을 영위할 때 우리 자식들은 학교와 사회에서 바람직한 인간관계human relation를 형성해 나갈 것이다. 이러한 인간관계에서 체득한 사회성과 봉사심 그리고 우리 아이들이 지닌 인생목표와 열정이 결합하여 생기는 역동적인 힘이 바로 인적자원human resource이다. 영어의 Home Room, Human Relation, Human Resource, 이들 세 단어의 첫 글자를 따서 나는 이를 '3HR 교육'이라 칭하고 있다.

교육은 창의성과 인성이란 황금 알을 낳는 신성한 생명체이자 무지와 무관심을 추방하는 생활학문이기도 하다. 오늘의 대한민국을 있게 한 원동력이 교육의 힘임을 알기에 많은 이들이 교육이란 황금마차를 타기 위해 오늘도 황금의 땅인 엘도라도를 찾아 나서고 있는 것이리라. 기러기 가족 신세도 마다하지 않은 채.

우리 역사상 가장 위대한 황금기였던 시절, 인재육성의 필요성을 느낀 세종대왕은 과거시험을 통해 등용한 학사들의 능력개발과 활용에 온 힘을 기울였다. 강력하면서도 부드럽고 온유한 정치를 펼치기도 했던 세종은 자신이 마부가 되어 백성들을 태우고 역사의 수레바퀴를 끌어 우리나라 최고의 황금문화를 꽃피울 수 있었다. 그러기에 세종 임금은 영원히 우리의 성군으로 남으신 것이다. 대선의 해인 올해에는 그러한 마부가 등장하길 우리는 학수고대하고 있다.

6백 년 만에 돌아온다는 황금돼지의 해, 신화가 실화가 되는 세상이다. 태양신인 아폴론은 매일 아침 황금마차를 타고 하늘을 날며 세상을 밝혔다. 신데렐라는 황금마차를 타고 궁중잔치에 참석하여 왕자와 결혼하는 행운의 주인공이 되었다.

글로벌과 사이버 세계 너머로 펼쳐진 광활한 우주가 우리 아이들을 부르고 있다. 제주 교육이 배출한 인재들이 황금마차를 타고 세계 도처를 누빌 수 있도록 우리의 관심과 지혜를 모아야 할 때임을 새삼 실감하는 요즈음이다. (2007)

교육은 뿌리인데

교육은 보다 살기 좋은 미래를 가꾸는 최선의 저축이자 과정의 예술이다. 교육자는 유형무형의 문화를 가꾸어내는, 삶이라는 무대의 연출자인 것이다.

'조국의 운명은 교육자의 총명함과 지혜에 달려 있다.'

명언 하나 읽는 것이 명화 한 편 보는 것만큼 가슴을 뭉클하게 할 수 있을까? 그런 명언을 만난 이는 행운아일 것이다. 나의 가슴을 뭉클하게 한 이 명언을 남긴 이는 독일의 철학자 피히테이다. 나폴레옹과의 전쟁에서 패한 프로이센의 국가적 위기를 구할 수 있는 힘은 오직 교육에서 나온다며 역설한 말이다.

평소 나는 백년지대계라 일컫는 교육을 식물 기관 중에서도 뿌리에 비유하곤 한다. 뿌리가 식물에 자양분을 공급하듯, 교육은 개인과 사회에 삶의 양식을 공급하기 때문이다. 식물의 뿌리가 제대로 뻗어 내릴 때 몸통도 가지도 튼실하게 자랄 것이다. 뿌리가 상하면 몸통도 잎사귀도 곧 시들고 마는 것이 자연의 이치가 아닌가. 교육이 아프면 나라가 몸살을 앓을 수밖에 없을 것이다. 교육제도에서 비롯된 의식의 갈등만큼 한 혼란도 없기 때문이다.

미국과 프랑스의 교육제도는 몇 백 년을 두고 큰 골격을 유지하면서 변화되어 왔다. 그래서 미국은 개척정신·청교도정신·실용주의 사상을, 프랑스는 자유·평등·박애의 3대 정신을 국민의 의식 속에 깊이 뿌리 내릴 수 있었다. 하지만 우리의 교육제도는 조령모개 식으로 변화에 변화를 거듭하고 있으니 걱정이 아닐 수 없다. 교육이란 나무가 뿌리도 내리기 전에 여기저기 옮겨 심고 또 옮겨 심는 격이다.

농경사회·산업사회·정보사회를 거치면서 우리는 빨리도 달려왔다. 아이가 넘어지면 걸음마를 배울 수도 있을 텐데, 어른이 넘어지면 재수 탓하면서 달렸던 것이 지난날 우리들의 자화상이다. 그 결과 다른 나라에서는 수십 년, 수백 년을 걸려 이룩한 산업화·정보화 사회를 우리는 몇 십 년 동안에 이루었다. 그 와중에서 우리는 질보다 양을, 내면보다는 외향을, 목적보다는 수단을, 과정보다는 결과를 중요시하는 풍토를 조성하였던 것도 사실이다.

교육은 보다 살기 좋은 미래를 가꾸는 최선의 저축이자 과정의 예술이다. 우리가 살고 있는 지금의 세상이 우리 자자손손의 세상으로 이어가는 동안에도, 교육자는 유형무형의 문화를 가꾸어내는, 삶이라는 무대의 연출자인 것이다. 지금 우리가 누리는 이 숱한 문화의 혜택도 바로 교육의 결과이며, 사회가 긴장하는 부조리 역시 우리가 뿌려놓은 교육의 소산임에 다름 아닐 것이다.

부의 축적과 자식교육에 목매다(?)는 이 땅의 많은 부모들이 저마다 자식 교육에 관한 한 프로의 기질을 발휘한다. 학교 교육이 모자라 사교육으로 자식들을 무장시킨다. 교육 행정가들은 교육을 경제논리로 풀어야 한다고 목청을 높인다. 이는 기초공사를 적당히 하고 건물의 층수를 높이려는 심산에 다름 아니다. 교육전문가는 모름지기 물질이 아닌 정신에 관여하여, 철학적·심리학적·사회문화적 교육과정을 알고 수행할 수 있어야 한다. 그러한 인물에 의해 뿌려진 인성과 창의성의 씨앗이 우리 아이들의 품성이라는 토양에서 알차게 가꿔질 때, 국가의 발전도 개인의 삶의 질도 비로소 나아질 수 있는 것이다.

교육의 본질이 사랑이듯 교사의 사랑이 아이들의 마음을 움직일 것이다. 저마다 갖고 있는 아이들의 특성이 실현되도록 학교는 가고 싶은 곳, 즐거운 곳이 되어야 한다. 인간의 의식과 가치를 고양시키는 교육이란 밭을 우리가 남다른 애정을 갖고 경작해야 하는 이유가 여기에 있다 하겠다.

화려하게 포장된 꽃은 뿌리를 내릴 수 없기에 잠시의 화려함은 있지만 생명력이 일시적이다. 반면 들판에 뿌리내린 식물은 돌보아주는 이가 없어도 해마다 탐스런 꽃을 스스로 피운다. 우리 아이들이 온실이나 정원에서 꽃피워진 연약한 화초가 아닌, 대자연에서 자양분을 스스로 빨아들이며 혼자서도 꽃을 피우는 들꽃의 자생력을 배웠으면 좋겠다.

여러 나라가 교육개혁에 힘쓰는 것은 국민이 질 높은 삶의 양식을 섭취할 수 있도록 애쓰는 것에 다름이 아닐 것이다. 교육은 생활이다. 늘 마시는 공기가 오염된다면 우리의 건강은 곧 허물어질 것이다. 화학비료를 사용하여 우리의 밭이 멍들면 자연이 아파하듯 우리의 교육이 아파하면 우리의 생활은 기력을 잃고 말 것이다. 마무리 글로 이 땅의 지도자들에게 무엇보다 새겨들었으면 하는 명언을 드리고자 한다.

'국가의 발전은 교육의 발전을 앞지를 수 없다.' (케네디)

'자유와 정의, 그 다음의 중대사는 교육이다. 이것이 없이는 자유도 정의도 영구히 보전될 수 없다.' (가필드) (2004)

파괴의 미학

에디슨과 스필버그가 보여준 파괴의 미학을 우리 아이들도 보고
배울 수 있는 학습풍토가 이루어지길 두 손 모은다.

딸의 그림 중에 〈타임머신을 타고〉라는 제목이 유
독 눈에 띄었다.

비행접시에서 내린 한 소녀가 초원에서 한가로이 풀을 뜯는 공
룡들을 바라보고 있었다. 그림 속의 소녀는 딸 아이 자신일 것이
고, 그림의 모티브는 〈쥐라기 공원〉이라는 영화에서 얻었을 것이
다. 나도 그 영화에서 우리와 사뭇 다른 외계인의 형상과 지금은
사라진 쥐라기 공룡의 모습을 보면서, 과거와 현재와 미래를 넘나
드는 탁월한 영상미에 압도되었던 기억이 새삼스럽다. 스필버그
감독이야말로 관객들에게 가상현실에 빠져드는 '시간 파괴의 미
학'을 영상으로 선보인 선구자로 회자됨 직하다.

마구간에서 어미닭처럼 품은 달걀에 온 애정을 쏟는 에디슨을
상상하며 '줄탁동시啐啄同時'라는 고사성어를 떠올린다. 달걀을 품
은 지 3주가 지나면 어미닭은 병아리가 태어날 수 있도록 날카로

운 부리로 달걀 껍질을 쪼고, 껍질 안에서는 막 태어나려는 새끼 병아리가 여리디 여린 부리로 단단한 껍질을 쪼는데, 이러한 일이 동시에 이루어진다는 뜻이다. 병아리라는 새 생명의 탄생은 이렇 듯 껍질을 파괴함으로 해서 이루어진다.

다음의 글은 헤르만 헤세의 《데미안》에서 싱클레어에게 보낸 데미안의 편지 내용이다.

'새는 알을 깨고 나오려 투쟁한다. 알은 곧 세계이다. 태어나려 는 자는 한 세계를 파괴해야만 한다.'

요사이 가격 파괴, 성 파괴, 학력 파괴 등 파괴라는 단어가 여러 곳에서 쓰임을 자주 본다. 부정적으로 쓰이던 단어가 지금은 확대 재생산적인 의미로 사용되어 우리들을 사고 파괴로 이끌고 있는 것이다.

교육 정상화는 대입제도의 파괴에서 비롯되리라는 동료교사의 지적이 꽤나 신선하다. 지적 우위를 평가하는 대입제도를 파괴하 여 지정의_{知情意}를 균형 있게 잴 수 있도록 대학 제도가 파괴되어 새로운 제도가 탄생되기를 기다리는 갈증의 목소리이다. 탈 고정 관념과 의식의 전환이 곧 행동으로 나타날 때, 우리는 파괴의 공학 으로 교육의 새집을 짓게 될 터이다.

에디슨과 스필버그가 보여준 파괴의 미학을 우리 아이들도 보고 배울 수 있는 학습풍토가 이루어지길 두 손 모은다. 그러기 위해 서도 양보다 질을, 그리고 전체보다 개성을 존중하는 교육풍토가 조성되어야 할 것이다. 에디슨은 초등학교 중퇴자이고, 빌 게이츠 는 대학 중퇴자이다. 별난 착상과 영상술로 우리가 일년 동안 자동차를 수출하여 벌어들이는 수입을 올린 스필버그와 세계 최고의 갑부인 빌 게이츠가 한국에서도 태어나야 한다.

파괴의 미학에는 독창성이 요구되며, 무엇보다도 기존에 억눌렸던 의식의 해방이 그 열쇠일 것이다. 파괴의 미학은 어쩜 오늘과 과거와 미래의 여행이 가능한 타임머신의 발견에서 절정을 이루리란 단견을 가져본다. (1988)

1985년의 천사들을 회상하며

불가의 연기사상이란 말을 떠올린다. 이것이 있으므로 저것이 있고,
저것이 없으면 이것도 없듯, 만남은 늘 소중한 것이라는 명구이다.

민경이 자매를 만나고 왔다. 서귀포 제남보육원 입구에 버려졌던 그들은 극도로 사람을 무서워했다 한다. 다행히 보육원의 보살핌과 원아들과의 어울림으로 그들은 해맑은 미소를 되찾아 가고 있었다.

지난 연말엔 10여 명 교사들과 함께 제남보육원과 서귀포 돈내코에 있는 성요셉 양로원을 다녀왔다. 대부분의 교사들이 수용시설 방문이 난생 처음이라 했다. 동료들에게도 권하는 나의 수용시설 방문을 부끄러운 마음으로 소개한다.

1985년 가을이었다.

"교실 구석에 거미가 집을 지었으니 너희들은 거미와 동거할 셈이니? 유리가 보이는 것은 때가 끼어서 그러니 창틀만 보이게 닦아야지."

반갑지 않은 종례사항이라 고개를 숙이거나 언짢은 표정을 지을

법도 한데, 그날은 학생들 표정이 유난히 밝고 활기차 보였다. 이유를 물었으나 생글생글 웃을 뿐 누구도 입을 열려하지 않았다. 교무실로 돌아와서도 학생들이 즐거워하는 이유가 무얼까 하고 궁금해 하는데, 주번학생이 학급 학생들이 주말에 보육원 간다고 귀띔해 주었다. 순간, 덤벙대고 수다스러운 그들이 천사의 얼굴로 다가왔다.

'지식이 메마른 사변思辨이라면 지혜는 예지叡智의 인격화人格化로 행동이다.' 라는 구절이 떠올라, 행동이 뒤따르지 않은 지식인이 바로 나라고 생각하니 그들이 학생이면서도 나의 스승과 같은 존재로 어른거렸다.

다음 날 아침,

"나도 너희들 따라 보육원 가고 싶은데?"라고 하자,

"선생님도 같이 가세요!"

하고 큰 소리로 화답해 주었다. 이렇게 나와 보육원과의 만남은 시작되었다.

학생들은 손수 뜨개질한 옷이랑, 집에서 수확한 귤이랑, 쌀을 거두어 만든 떡이랑, 돈을 모아서 산 음료수와 과자랑 이것저것 많이도 준비했다. 나도 원아들에게 선물할 학용품을 사들고 난생 처음 보육원을 방문하게 되었다.

반 58명 중 30명이 동참했는데, 몇 명을 제외하곤 모두가 처음이었다. 우리가 찾아간 제남보육원은 정방폭포 근처 전망 좋은 바닷가에 있었다.

원아들이 미소 띤 얼굴로 우리 일행을 맞아 주었다. 이제 걸음마를 배우는 아동부터 고등학교 3학년까지 120여 명이 수용되어 있다 한다.

즐겁게 어울렸다가 헤어지면서 우리 학생들은 그 사이 원아들과 정이 얼마나 들었던지, 선물을 건네는 이도, 눈물을 글썽이는 이도, 다시 찾아오겠다고 손가락 거는 이도, 모두 잘 왔다는 표정들이었다.

그래, 저들의 만남이 일회성이 아니길, 계속해서 우정과 사랑으로 이어지길 기도하자. 학생들과 원아들을 의자매처럼 지낼 수 있도록 맺어주는 것이 내가 해야 할 일인가 보다.

그해에는 특히 우리 학급 학생들이 보육원을 찾아가 원아들과 어울리거나 봉사활동을 펼친다는 소문이 학교에 자자하게 나돌 정도였다.

지금은 어엿한 사회인이 되어 있을 그녀들, 보육원에서 지핀 사랑의 불씨가 이웃과 자식들에게도 전해져 우리 사회를 환히 밝히는 횃불이 되고 있기를 바랄 뿐이다.

보육원 방문을 계기로 나도 원아들의 후원자가 되어 매달 일정액을 한국어린이재단(지금의 한국복지재단)으로 보내기 시작했다. 또한 원아들과 결연을 맺어, 그들의 생일도 챙겨 주고 나들이도 함께 하곤 하였다. 짙은 아픔을 갖고 있으면서도 미소를 잃지 않던 그들, 슬픔을 머금은 미소 뒤에 애잔한 표정을 짓기도 했지만, 미래에 대한 희망을 내게 들려주었던 그들이었다.

생일날 같이 갔던 분식집에서 외식이 처음이라며 냉면을 맛있게 먹던 경희, 자동차 정비공이 되어 가끔 개가한 생모를 만나기도 한다는 성일이, 갓난아기 때의 이름과 생년월일을 적은 쪽지와 함께 보육원 앞에 버려졌던 은경이 자매, 공부를 잘해 항공대학을 졸업한 영길이 등등.

결연 맺었던 여러 학생들과의 만남이 내게는 필연인 것만 같다. 언제 어디에선가 다시 그들을 만나게 될 거라는 예감이 들기도 한다.

불가의 연기사상緣起思想이란 말을 떠올린다. 이것이 있으므로 저것이 있고, 저것이 없으면 이것도 없듯, 만남은 늘 소중한 것이라는 것을 내게 깨우쳐 준 명구이다. (1986)

― 후기

학교를 떠나온 나는 수용기관을 학생들과 함께 더 이상 방문하지 못하고 있다. 교육행정기관에서 일에 치이며 바쁘게 지내온 시절이었다. 1985년부터 한국복지재단에 기탁한 후원금은 20년이 지난 지금도 계좌이체되고 있다. 8천원 → 1만원 → 2만원 → 3만원 → 5만원으로 후원금을 점차 증액하였다.

그동안 고향을 등지고 살아온 나는 요사이 고향을 자주 찾는다. 그리고 고향 어르신들을 위한 노인회 후원금으로 일정액을 매달 계좌이체하고 있다. 오른손이 하는 일을 왼손이 모르게 하라는 명언 앞에 다시 얼굴을 붉힌다.

한라산에서 띄우는 편지

승자는 어린이에게서도 배우지만 패자는 노인에게도 고개를 숙일 줄 모른다 했다. 자식에게는 신앙처럼 모든 것을 다 주려 하면서 부모에게는 소홀한 것이 요즘의 세태이다.

다시 영실로 한라산을 찾았다. 잘 정돈된 등산로를 따라 주변의 경관을 구경하며 산행을 즐겼다. 좁은 통로에서 가끔 등산객과 몸을 부딪치며 줄지어 가는 듯한 산행 탓인지, 우리 일행들은 등산로가 비좁다는 느낌을 토로하기 시작했다. 그 대안으로 등산로를 확장할 것인지, 아니면 케이블카를 설치할 것인지에 대하여 의견을 주고받으며 '윗세오름'까지 올랐다. 물론 이번에도 정상을 밟지 못하는 아쉬움을 남긴 채 어리목으로 하산하였다.

오십대인 나는 등산객 중에서도 나이 든 편에 속했다. 가끔 노익장을 자랑하듯 등산하는 노인들을 만나면 잠시 멈춰 서서 그 뒷모습을 부러운 듯 바라보곤 하였다. 젊은이들 못지않은 삶의 활력을 산행에서도 찾고 있었다. 그때마다 내 뇌리를 떠나지 않은 것은, 어려운 시절에는 생존을 위해 한라산을 누빈 우리의 선인들을 후손들이 무심하게 대하고 있다는 회한이다. 어른들을 존경하는 사회적 합의점을 도출하고 그에 따른 복지 및 편의시설 구축에도 힘써야 하는 것이 당연히 후손의 도리일 텐데 말이다.

언젠가 그분들의 뒤를 밟아 나도 노인이 될 것이고, 한라산 정상을 보고 싶어도 오르지 못하는 처지가 될 수 있을 것이다. 우리의 훗날을 위해서도 지금까지 끌어온 한라산 케이블카 설치 논쟁이 끝나길 소원한다. 이젠 무엇을 어떻게 설치할 것인가를 놓고 진지하게 머리를 맞대어야 할 때라는 나의 생각이 산행 동료들의 생각이기도 했다.

세계적 관광명소로 떠오르고 있는 중국의 황산은 설계에 12년, 시공하는 데 10년이 걸렸다 한다. 늦었다 생각할 때가 적기라는 말이 있다. 그러나 우리는 '빨리빨리' 한라산에 편의시설을 설치하자는 생각을 경계해야 한다. 길이길이 후손에게 물려줄 한라산의 새 지평을 열어야 하는 데는 그만한 각고의 노력과 준비가 있어야 한다.

산을 구경하고 싶다는 어머니를 지게에 모셔 한라산을 올랐다는 어느 효자의 이야기는 이젠 전설이 되었다. 승자는 어린이에게서도 배우지만 패자는 노인에게도 고개를 숙일 줄 모른다 했다. 자식에게는 신앙처럼 모든 것을 다 주려 하면서 부모에게는 소홀한 것이 요즘의 세태이다. 이러한 사회를 고발한 작품이 프랑스 작가인 베르나르 베르베르의 '황혼의 반란' 이다.

재정 적자의 원인인 복지예산을 줄이기 위해 노인배척운동이 일어나고, 인공장기생산이 중단되고, 100세 이상의 노인들도 무료의료 서비스에 대한 혜택을 받지 못하게 되고, 부모를 찾지 않은 자식들의 배반에 결국 노인들은 반란을 일으킨다는 줄거리는, 우리 사회가 만날 지도 모를 우울한 자화상이다. 이러한 사회도래를 경계하고 예방하기 위해서도 우리는 주인공 노인의 마지막 말을 되새겨 들어야 할 것이다.

'너도 언젠가 늙은이가 될 게다.'

한라산은 영산이고 어버이 품과 같다. 노인 분들이 한라산을 찾을 수 있도록 지자체가 나서지 못하면 뜻있는 시민단체라도 나섰으면 좋겠다. 핵가족과 양성평등 사회를 맞으면서 무너지는 인간관계 특히 가족관계를 복원시켜야 할 시대가 오고 있음이다. 한라산에 노인을 위한 편의시설을 놓는 것은 그 중 하나일 뿐이다.

(2004)

도심 속 들길을 거닐며

나는 걷기를 즐겨한다.

걸으며 이곳저곳을 기웃거리는 재미 역시 일상에서 오는 스트레스를 떨쳐버리게 하는 마력이 있어 좋다.

 주말을 맞은 나는 약속시간에 앞서 신제주 방향으로 여유롭게 걷기 시작했다. 자동차들이 분주히 오가는 큰길 대신 한적한 작은길을 택했다. 지름길 대신에 꼬불꼬불한 길로 들어섰다. 좀더 많이 걷고, 좀더 많이 보기 위해서이다. 본 것만큼 안다는 말은 생각을 많이 하게 만든다는 의미일 것이다. 그렇게 걷다보니 제주종합청사와 복지타운이 들어서는 윗길로 접어들었다. 제주의 새로운 명소가 될 그곳의 공사현장과 주변의 풍경을 살피며 마냥 걷는 나는, 평화로운 시골길을 걷듯 한가로이 걸음을 옮길 수 있었다. 그래서일까, 그동안 세파에 휘둘려 살아온 나는, 심신의 피로와 스트레스를 걷어내는 기분을 만끽하며 걷고 또 걸었다. 많은 사람들이 종합청사가 들어설 이 지역을 자주 찾고 걸을 수 있길 기대하면서 말이다. 지대한 관심과 배려로 당국에서는 청사 주변을 공원화하는 데 앞장서길 바라며 걸었다.

도심 속에서 여유로운 시골풍의 공원을 그리면서 약속장소로 향하는 나의 마음은 맑은 하늘 아래 두둥실 떠가는 구름 같았다. 웰빙 시대를 맞아 친환경적 운동이 바로 이런 게로구나 하는 생각에 빠지기도 하였다.

평소 나는 별도의 시간을 장만하여 운동을 하는 것 못지않게 즐거운 마음으로 생활을 하는 것도 건강에 꽤나 도움이 된다고 여긴다. 사무실에서 전화를 받을 때면 자리에서 일어나 이리저리 거닐며 통화를 하곤 한다. 누군가 나를 찾아오면 하던 일을 멈추고 손님의 눈높이를 맞추며 담화를 즐기기도 한다. 5층 정도의 높이는 걸어서 계단을 오르내린다. 이러한 행동거지는 그동안 여러 일에 치이며 생활했던 지난날에서 체득한 자기관리 비법이기도 하다.

나는 걷기를 즐겨한다. 도심에서 떨어진 여유 공간에 승용차를 세워놓고 걸어서 목적지로 향하곤 한다. 걸으며 이곳저곳을 기웃거리는 재미 역시 일상에서 오는 스트레스를 떨쳐버리게 하는 마력이 있어 더욱 좋다. 걸을 수 있다는 것은 곧 자신의 건강과 행복에 대한 확인이고, 별도의 시간을 들이지 않고도 즐기는 운동이다. 이렇듯 시민들이 산책하며 주위 경관을 조망하고 명상에 잠기거나 운동을 할 수 있는 다양한 생태공원을 도처에 조성하는 것도 국제자유도시에 걸맞은 도시행정일 것이다.

제주특별자치도는 굴뚝 없는 지식산업knowledge industry의 친환경적인 도시이자 전원도시를 꿈꾸고 있을 것이다. 지역균형발전은 제주 전역을 전원도시화하는 원대한 행정에서 출발하길 바란다.

최근에는 주말을 맞아 도심 밖으로 차를 몰아 여가와 운동을 병행하여 즐기려는 사람들이 더욱 늘어나는 추세이다. 이들을 위해서도 자동차가 아닌 도보로 도심 속의 자연을 느끼게 함은 어떨까 한다. 도심 속으로 제주의 자연을 옮겨오듯 원대하고 친환경적인 도시행정을 우리 자치도는 지향해야 할 것이다.

뉴욕과 런던 그리고 파리 도심 속을 거닐었던 추억을 회상한다. 그곳들 도처에 산재한 공원에는 평일에도 운동을 즐기는 사람들로 활기가 넘쳤다. 우리의 도심에도 그러한 공원들이 꽤 들어섰고, 앞으로도 많이 들어설 것이다. 뉴욕의 센트럴 파크central park와 같은 거대한 공원보다는 런던이나 파리에서 자주 만나는 중소형의 테마공원이 우리에게는 어울릴 것이라는 생각을 평소 나는 갖는다. 한라산과 도처에 흩어진 오름이 제주가 자랑하는 거대한 공원이기에.

올 7월부터 제주특별자치도가 출범한다. 자치행정을 이끌어가는 사람들이 선지자적인 혜안의 소유자이길 우리 도민들은 간절히 바라고 있다. 제주특별자치도의 원대한 자치행정을 펼칠 수 있는 인물의 등장을 우리는 학수고대하고 있는 것이다. (2006)

변화의 파도를 타자

창조적 아이디어는 인습과 관습, 그리고 습관이란 장벽을 부수는
데서도 비롯될 수 있다.

 어떤 문제를 해결하려 할 때 활용하는 방법으로 브
레인스토밍brain storming이란 토의 방법이 있다. 자유분방한 분위
기 속에서 수수께끼 놀이를 하듯 문제 해결에 도움이 됨 직한 의견
을 다양하게 제시하게 한다. 중요한 것은 누가 무슨 말을 해도 비
판하지 말아야 하며, 서로의 의견에 대한 수용적인 분위기를 유지
해야 하는 것이다.

매우 비좁은 옷장 안에 젊은 남녀가 있다. 그들은 다른 쌍보다
잽싸게 팬티를 바꾸어 입고 나와야 한다. 늦었다간 다른 벌칙이
기다린다.

예쁘장한 처녀가 행인들에게 콘돔을 한 개에 천원을 받고 팔고
있다. 그것도 빠른 시간 안에 선배가 요구한 할당량을 팔아야 한
다. 약국이나 자판기에선 백 원이면 살 수 있는 콘돔을 그 아가씨

는 10배를 요구하고 있다.

위의 이야기들은 외국의 유명 대학에서 벌어지는 신입생 신고식 때 행해지는 장면들이다. 의과대학 신입생에겐 신체에 대한 예의에서 해방될 것을 요구하고, 경영대 신입생에겐 장사란 높은 이윤을 내는 것이라는 철학(?)을 가르치려는 저의가 있는 이벤트이다.

우리 자녀들이 다니는 대학에선 신입생 신고식이 어떻게 벌어지고 있을까? 이를 알아보려는 그 자체가 자식과 대학, 그리고 사회에 대한 관심의 표현이다. 이러한 관심은 우리의 과거를 되돌아보고 미래를 예견하는 기회로도 활용되기 때문이기도 하다.

영국에서 증기기관이 달릴 때 사도세자는 뒤주에 갇혀 죽어가고 있었다. 서구열강이 조선을 넘보고 있을 때 우리의 지도자들은 문을 안으로 잠그곤 사색당파 싸움에 열중이었다.

지금 우리는 다시 나라의 지도자를 고르는 전환기적 시기를 맞고 있다. 누가 더 지도자로서의 예지와 리더십을 갖추었는지를 헤아려야 할 것이다. 변화의 시대에 사는 우리들을 누가 더 바르게 이끌 것인지 냉철히 따져야 할 때이다. 우리들은 아직도 친노다, 반노다, 민주다, 반민주다 하면서 편 가르려 하고 있고, 고작 이분법적 정열방식으로 우리의 다양성을 막으려 하고 있다.

17세기의 프랑스 철학자 데까르트Descartes는 '나는 생각한다, 고로 나는 존재한다Je pense, donc je suis.' 라는 명언을 남겼다. 이를 업그레이드하듯 20세기의 위대한 지성 프랑스의 알베르 까뮈 Albert Camus는 '나는 반항한다, 고로 우리들은 존재한다Je me revolte, donc nous sommes.' 라고 하였다. 나의 생각이, 나의 반항이 우리의 존재가치로 이어질 수 있음을 웅변으로 보여주는 명언이라 생각된다.

우리가 호흡하는 이 시대를 지식 기반 사회 또는 지식 경영 시대라고 한다. 부지런한 개미형보다는 네트워크를 중시하는 거미형 인재를 선호하는 시대이기도 하다. 10인 1색의 일사불란함과 획일성 대신에 10인 10색의 다양성과 자율을 요구하는 시대이기도 하다.

그럼 21세기에 어울리는 패러다임은 무얼까? 세계사적인 변화에 적극 동참하는 창조적인 사고와 행위를 즐기는 유형이 아닐까? 그간 체득한 습관이나 가치관, 심지어 성공적인 경험까지 버릴 수 있는 사고의 유연함이 우리의 패러다임이 되어가고 있는 것이다.

개구리를 넣은 컵에 불을 지펴 서서히 고온이 되게 하면 개구리는 이내 죽고 만다. 하지만 고온의 물에 개구리를 넣으는 생존의 몸부림으로 탈출에 성공한다.

세계 도처에서 밀려오는 엄청난 변화의 파도가 우리를 덮치고 있다. 70여 일마다 지식 정보가 2배로 늘어난다는 쾌속의 시대다. 이럴 진데, 밀려오는 변화의 파도를 먼 산 구경하듯 살 수야 없지 않은가.

디지털 세상이다. 우리의 디지털 나이는 얼마일까? 현재 나이에 2를 곱할 것인가, 2로 나눌 것인가는 우리 각자가 자기 주도적으로 하기 나름일 것이다. 창조적 아이디어는 인습과 관습, 그리고 습관이란 장벽을 부수는 데서도 비롯될 수 있을 것이다. (2005)

5♪월은 푸르~구나♪

> 인간의 공격성이 비록 위험스런 것이긴 하나, 인간의 최고 목표 달성을 위해서는 없어서는 안 될 필수 불가결한 요소라는 데 심리학자들은 동의한다.

메마른 나무에 물이 오르더니 이내 연한 잎들을 키워내는 수목이 눈부실 정도로 싱그럽다. 먼 산을 바라보기만 해도 나의 온몸은 푸른 기운으로 넘쳐난다. 청소년의 달이기도 한 5월은 여러 행사들이 있어 더욱 살맛나는 계절이다. 신록이 아니더라도 나는 5월을 좋아한다. 젊은 그들의 기백이 더욱 용솟음치기에. 그들은 우리의 기대이고 희망이 아니던가. 루소는 이런 청소년기를 제2의 탄생이라 했고, 칼 융은 젊은 그들의 변화를 정신적 탄생이라 했다.

그들의 성향을 엿보자. 길거리 문화라고 하는 대중문화 속에서 도피처를 찾으려는 청소년들은 비개성적이고 비합리적인 성격을 띠기도 한다. 특히 TV와 영화 등의 연예인 동일시 현상을 즐기는 그들은 부화뇌동附和雷同하고, 무비판적이며 쾌락을 쫓는 경향이 강하다. 그들의 동일시가 바람직하게 이루어지도록 부모와 교사의 협력이 매우 중요한 시기이기도 하다. 이를테면 연예인 동일시와는 달리 '고전 동일시'는 역사와 문학의 인물에서 동일시 대상을 찾게 하는 교육적 노력이라 할 수 있다. 스위스 심리학자 칼 융은 음식물이 소화되어 신체에너지로 변화하듯, 개인적 경험도 융화되어 정신에너지로 변화한다고 설파했다. 삶은 곧 경험의 총체라고 하듯, 그들이 겪을 경험은 훗날 그들의 정신적 지침이 될 것이다.

가정은 최고의 학교이다. 하지만 지금의 가정은 그 권한을 학교에 위임한 지 오래이다. 하긴 학원이란 사교육이 학교라는 공교육을 무색하게 하고 있지만. 가정과 국가로부터 그 권위를 위임받은 학교는 어떤 모습이어야 할까?

학교는 교육을 본질로 하는 사회집단이며 심리집단이다. 교사는 지식과 기능도 갖춰야 하지만, 더욱 중요한 것은 원숙한 덕성의 소유자여야 한다. 또한 교사는 국민과 국가를 대표해서 사회의 요구와 역사의 흐름과 자연의 이치를 학생들에게 알리는 역할을 담당하는 예언자적 선구자들이기도 하다.

어느 사회심리학자는 사회와 국가의 위기는 지성의 고갈과 도덕성의 타락에 기인한다고 하였다. 지성의 의미를 기능주의적 도구로 인식하여 인간화 교육을 간과하기 때문이라고 한다. 만약 청소년들이 자율의식을 바르게 형성하지 못한다면 이는 청소년의 기본적 변화욕구에 대한 자율통제를 그르쳐 그들의 공격성을 반사회적 행위로 배출하게 할 수도 있음을 유념하라는 메시지로 들리기도 한다.

생리적 변화가 정신적 혁명을 거느리는 청소년기는 자기발견의 시기이기도 하다. 강한 우월감에 도취되기도 하고 열등감, 좌절감, 실의 등으로 방황하고 고뇌하기도 한다. 이러한 특성 때문에 이 시기를 질풍노도 또는 심리적 이유기라고도 한다.

사회의 모든 악의 근원은 인간이 지니고 있는 원천적인 공격성 때문이다. 공격성이 비록 위험스런 것이긴 하나, 인간의 최고 목표 달성을 위해 없어서는 안 될 필수 불가결한 요소라는 데 심리학자들은 동의한다.

성 에너지가 무용으로 나타나고 공격성이 스포츠로 나타나듯, 모든 공격성은 발전과 실현의 가능성을 갖고 있다. 부모와 교사는 자식과 학생들의 인격형성에 교육적인 큰 힘을 갖기 때문에 좋은 모델을 제시한다면 공격성은 좀더 바람직한 출구를 찾을 것이다.

요사이 교직사회에서 갈등의 소리가 들리는 이유는 무엇 때문일까? 우리의 청소년들을 태운 교육이란 거함이 옳은 방향으로 항해를 하고 있는 것인지, 위험한 곳에서 항로를 찾지 못해 표류하거나 암초에 다가가는 위기의 교육은 아닌지, 국민 모두가 염려의 시선으로 바라보고 있다.

백년지대계의 국가적 책무는 영원히 풀 수 없는 매듭인가? 소아시아 신전 고르디온의 매듭을 풀었다는 알렉산더 대왕의 도전과 지혜가 새삼 생각나는 계절이다. (2002)

세종대왕의 리더십이 그리운 것은

글로벌global 인재를 키우긴 하지만 우리들을 위해 헌신하고 봉사할
지역화local 인재를 키우지 못한다면 이 또한 우리의 아픔일 것이다.

세계는 바야흐로 공상세계와 가상세계가 현실세계
가 되는 요즈음이다. 마치 계곡에서 급류를 타듯 긴장되고 급변하
는 요즈음의 화두는 변화와 리더십일 것이다. 이 시대는 관리자가
아닌 리더가 되라 한다.

관리자는 주어진 일을 공식적이고 효율적인 방법으로 처리하기
위하여 책임과 권한을 행사하는 반면, 리더는 옳은 일을 찾아서 하
며, 조직원들에게 공식적, 비공식적으로 사회적 영향력을 행한다
고 한다.

리더는 목적을 이루기 위해 끊임없는 창의적 아이디어를 창출하
고, 일에 대한 열정과 타인에 대한 인간적 배려와 포용력이 있으
며, 솔선수범하여 합리적으로 일을 처리하고 판단하는 능력의 소
유자라는 것이다.

이러한 리더의 조건을 갖춘 사람들을 만나기가 어디 그렇게 쉬

울까 마는. 서로에 대한 믿음과 존경이 더욱 필요한 사회에 우리
가 살고 있음이다. 진정한 리더가 그리운 계절이다.

　세계의 정보화 시대를 주도하는 우리의 저력은 영어와 자모 수
가 비슷한 한글 창제에 힘입은 바가 크다고 한다. 세계에서도 유
래를 찾기 어려울 정도로 과학적이고 독창적인 문자인 한글은 탁
월한 예지력을 지닌 세종대왕의 리더십 덕분일 것이다.

　인재육성의 필요성을 느낀 세종은 오늘의 국책연구소격인 집현
전을 강화하고, 과거시험을 통해 등용한 학사들의 능력개발과 활
용에 온 힘을 기울였다. 세종은 학사들에게 끊임없이 백성들을 위
한 아이디어를 개발하도록 독려하였으며, 그 자신도 아이디어 개
발에 적극적이었다. 민정시찰에 나섰던 세종은 '한자가 어려워 배
울 수가 없다' 는 평민 모녀의 대화를 엿듣고 모든 백성들이 쉽게
배울 수 있고, 모든 소리를 낼 수 있는 문자를 창제하기로 다짐한
다. 어디 그뿐인가. 산모와 남편을 위한 휴가 제도를 도입하였을
뿐만 아니라 안식년 제도를 실행하여 능률이 오르지 않는 학사들
로 하여금 1년씩 전국을 돌며 식견을 넓힐 수 있는 기회를 주기도
하였다.

　자신의 즉위를 반대하여 낙향한 황희를 불러와 정승의 자리에
앉히는 한편, 한글창제에 반대하는 최만리를 집현전의 최장수 학
사로 근무토록 했고, 집현전에서 숙직을 하다 잠든 신숙주에게 어
의를 벗어 덮어준 데서도 세종의 커다란 포용력과 따뜻한 인간미
를 엿볼 수 있다. 1,443년에 훈민정음을 완성하였으나 창제를 반
대하는 무리들이 이해하고 따라오도록 하기 위하여 1,446년까지

반포를 미루기도 하였다. 변화에 저항하는 이들과 협상하고 타협하여 반대자들의 동의를 얻어내기 위함이었다.

학자적 인물인 황희와 예술가적 인물인 맹사성에게 업무를 가려 맡겨 때로는 강력한 정치력을 발휘하기도, 때로는 부드럽고 온유한 정치를 펼치기도 한 그분은 우리의 성군이시다.

변방을 노략질하는 왜구와 여진족을 물리친 이종무와 김종서, 《농사직설》을 지어 경제적 안정을 가져오는 데 크게 기여한 정초, 인재와 제도 검증을 위해 직언을 서슴지 않았던 허조, 관노 출신이면서 중국에 유학한 후 궁중기술자가 되어 찬란한 과학혁명을 이끌어낸 장영실, 향악을 궁중악으로 승화시켜 민족음악의 기틀을 다져 중국보다 우수한 예악문화를 향유하게 했던 박연, 이들 뒤에는 탁월한 리더십을 발휘하는 인간미 넘치는 세종대왕이 있었던 것이다.

많은 인재들이 한국을 떠나고 있다 한다. 자그마치 한국의 최고 대학인 서울대학교 입학생수보다 더 많다고 한다. 그들이 한국을 떠나는 이유는 무얼까? 다름 아니라 재미없는 암기식, 주입식 위주의 교육 때문이라 한다. 글로벌global 인재를 키우긴 하지만 우리들을 위해 헌신하고 봉사할 지역화local 인재를 키우지 못한 다면 이 또한 우리의 아픔일 것이다.

국제적 감각으로 사고하고 지방을 위해 실천하는 리더의 등장을 기다리는 요즈음이다. 글로컬glocal 리더가 우리가 학수고대하는 그들이다. 그들의 면면은 어떠해야 할까? 정직한 비평가의 말을 경청하는 능력을 가지고, 사람들에게 아름답고 최선의 마음으로 봉사하려 하고, 세상을 조금이라도 더 살기 좋은 곳으로 만들어 놓고 떠나려는 마음, 이것이 우리가 기다리는 글로컬 CEO 내지 공직자 리더십의 면면일 것이다.

새삼 세종대왕의 리더십이 생각나는 것은 진정 우리를 위해 헌신하고 봉사할 그들이 필요하기 때문이다. (2005)

해설

진솔한 휴머니스트의 소박한 매력

김동윤 | 제주대 교수 | 문학평론가 |

1.

수필이 시나 소설 등의 다른 문학 장르와 구별되는 가장 중요한 특성은 작가가 자신의 언어와 목소리로 자신의 체험을 직접 들려주는 글이라는 것이다. 그래서 수필이야말로 가장 개성적인 장르로 꼽힌다.

이처럼 수필의 작가가 화자話者를 내세우지 않고 직접 독자와 만난다는 점은 수필이 지닌 매력이긴 하지만 그것이 잡문으로 떨어지게끔 하는 요인으로도 작용한다. 그것이 매력적인 글이 되느냐 한낱 잡문에 불과한 글이 되느냐 하는 것은 작가의 삶과 밀접한 관련이 있다. 과연 작가의 체험이 독자에게 감명을 줄 만한가, 작가의 삶의 태도가 감동적인가 하는 점이 수필의 성패를 가늠한다는 말이다.

문영택은 교육자다. 1970년대 후반부터 30성상을 제주도에서 고등학교 교사로, 교육연구사로, 장학사로 근무했다. 대한민국 교육자로서의 삶이라?

우리가 일반적으로 교육자에게서 떠올리는 이미지는 반듯하고 규범적인 삶이다. 이는 그들에게서 자유분방함이나 진폭이 큰 체험을 떠올리긴 힘들다는 것을 의미한다. 그래서 교육자로서의 삶은, 그것이 충분히 존경받을 만큼 가치가 있긴 하지만, 타인에게는 다소 무미건조하게 여겨질 수 있다. 사회에서 존경받는 모범적인 교육자일수록 끈적끈적한 체험의 폭은 되레 좁을 수밖에 없다는 것이 통념이다. 더구나 교육자의 글에서는 훈화조로 일관한다거나 교훈성만을 부각시키는 경우가 많게 마련이 아니던가.

그렇다면 교육자로 30년 잔뼈가 굵은 문영택의 첫 수필집《무화과 모정》은 어떨까? 대개의 교육자들이 낸 수필집과 유다른 점이 있는가? 물론 그렇다는 것이 나의 판단이다.

이 수필집에 흐르는 문영택의 색깔은 뚜렷해 보인다. 교육자로서의 훈화적인 글이나 교훈성이 강조된 글이 전혀 없는 것은 아니지만, 어떤 매력적인 색깔이 그것을 압도하고도 남는다. 과연 그것은 어떤 색깔이기에 독자들에게 호소력을 지닐까?

2.

《무화과 모정》을 읽다보면 문영택이 매우 인간적인 교육자임이 느껴진다. 교육자적 자세를 견지하면서도 규범에만 얽매이지 않는 융통성을 지니고 있다. 바로 작가의 이런 면모가 교육자의 수필이면서도 건조하거나 딱딱하지 않은 글이게끔 하는 긍정적인 요인으로 작용한다.

문영택의 수필은 우선 자신을 진솔하게 드러냄으로써 독자들의 공감을 얻는 데 성공하고 있다. 작품집 곳곳에 나타나는 실수담은 작가의 인간적인 면모를 잘 드러내주는데, 술과 관련된 일화들이 그 대표적인 사례다.

작가는 어린 시절 술을 좋아하는 부친의 영향으로 일찍 예비 주당 대열에 끼게 되었다고 한다. 아버지의 술심부름을 알코올 음미의 기회로 삼으면서 그의 주력酒歷은 시작되었다. 대학입학 예비고사에 합격한 날 친구들과 어울려 들이킨 소주 몇 잔에 사지가 마비되었던 일, 대학 신입생 환영회 자리에서 두어 사발 들이킨 막걸리를 몇 시간 후에 하숙방 이불 위에 토해냈던 일, 술에 취해 거리에 누웠다가 어느 경찰관에 의해 아내에게 인계된 일 등 술에 얽힌 사연들이 적지 않다. ―〈주벽 잡기〉 나이 먹는 것을 단호히 거부한다며 손목에 찬 시계를 내동댕이친 호기에 찬 술자리도 있었다. ―〈영원한 로맨티스트의 부활을 위하여〉

이미 오래 전의 일이지만, 아찔한 만취운전 경력은 작가의 주력에서 가히 절정이었다. 그가 3차까지 걸치고 귀가한 어느 날 밤, 아파트 초인종을 계속 눌러댔지만 문은 열리지 않았다. 순간 그는 수십 km 떨어진 고향집에서 밤을 새우겠다는 오기가 발동하여 술집 근방에 세워둔 차를 몰아대기 시작했다.

시내 외곽지에 바리게이트를 치고 경찰들이 음주 단속을 하고 있었다. 전조등을 내리고 실내등을 켜고는 곧장 직진하였다. 경관이 한 눈 파는 사이를 이용해 나의 애마는 냅다 달린 것이다. 경관이 쫓아온다는 환상 탓에 뒤도 돌아볼 수 없었다. 기아를 5단으로 올리고 국도를 이탈하여 산간 길을 막 달렸다. 어슴푸레 속도계가 130km를 가리키고 있어 브레이크를 밟았다. 차가 뼁그르르 돌고는 서 주었다. 잠시 호흡을 고른 나는 이내 차를 몰았다. 이렇게 찾아간 고향은 적막강산이었다.

고향집 근처에 차를 세워 잠을 청하곤, 먼동이 비칠 무렵 다시 왔던 길을 차로 달렸다. 여태 술기운이 남아있었는지 검은 물체가 나타난 듯하여 차를 급정거하였다. 이번에도 나의 애마는 한 바퀴 돌고는 가파른 길옆에 멈추어 주었다. 차창 밖에선 무수한 별이 떨어지고 있었다. 그 옆으로 검은 염소들이 지나가고 있었다.　　　―〈주벽 잡기〉

사실 음주운전으로 적발되었더라면 작가의 교직생활에는 큰 위기가 닥쳤을 것이다. 더구나 그때의 음주운전은 두 번의 죽을 고비를 넘길 정도로 위험한 행위였다. 여기서 그는 "이 일을 무용담으로 삼을 것인가, 금주 선언의 기회로 삼을 것인가에 대해 여러 날 고심"한 끝에 술집 근처까지 차를 타고 가서는 다음 날 새벽에 주차한 곳까지 뛰어간다는 타협안을 내놓았다. 음주운전도 안 하고 운동도 되니 일석이조라는 구실로 말이다. 과연 애주가愛酒家다운 절묘한 타협안이다. 애주가가 술을 끊으면 대체 무슨 낙으로 산단 말인가!

이처럼 술이야말로 문영택의 인간적인 면모를 아주 잘 보여주는 매개체다. 그것은 위에서와 같은 실수담이나 무용담으로 웃음 짓게 한다는 까닭에서만 그렇다는 것이 아니다. 그는 고등학생들과 더불어 술을 마시는, 다소 파격적인 교육자다.

〈사혼 주례〉에서 보면, 작가는 1989년 초여름에 그의 반 학생이 사고로 죽었다는 비보를 접하고 빈소를 찾은 일이 있었다. 그런데 그는 빈소의 한쪽에서 제자의 친구들이 몰래 술을 마시고 있는 모습을 보게 된다. 거기서 그는 미성년자가 무슨 술이냐고 훈계하지 않는다. 그렇다고 못 본 척 지나간 것도 아니다. 감정이 북받치는 학생들 곁에 교사가 있으면 망연자실한 마음이 좀 진정될 수 있겠지 하는 마음으로 자청하여 술자리의 일원이 된다.

또한 어느 날 밤 작가는 공원에서 운동하다가 한 구석에서 담배 피우며 막걸리를 마시는 학생들을 보게 되었다. "볼썽사나운 일들이 많은 세상이라 (…) 특히 밤 운동할 때는 그들을 모른척하라"는 아내의 충고를 되새기며 망설이던 그는 용기를 내어 학생들에게 다가간다. 담배를 끄도록 타이른 그는 학생들이 권하는 막걸리를 마신다. 결국 그는 학생들에게 "집에 들어갈 때는 부모님을 만나게 되더라도 술 안 마신 척하라고 훈수하는 사이"—〈마음의 벽도 허물자〉로 바뀌게 된다.

바로 이런 점이 문영택의 인간적인 매력이다. 규범에 얽매여 엄격히 꾸짖는 경직된 교육자가 아니라, 학생들의 입장에서 생각하고 융통성을 발휘하여 타이르는 참된 교육자다. 그래서 그는 마음의 벽을 허물어 열린 마음으로 가르치자고 되뇌고, 칭찬과 격려에 인색해선 안 된다고 강조한다. "교사는 학교 안팎에서 문제를 일으키는 학생을 긍정적이고 친사회적인 성향을 갖게 지도"하는 존재이기에 학생들을 "칭찬과 격려를 통해 인생의 승리자가 되"—〈칭찬과 격려가 넘치는 사회〉도록 인도해야 한다고 역설하며, "교육의 본질이 사랑이듯 교사의 사랑이 아이들의 마음을 움직일 것"—〈교육은 뿌리인데〉이라는 소신을 표출한다.

〈어느 교실이 들려주는 이야기〉에서는 담임교사와 급우들이 학교로 돌아올 것을 권하는 메시지를 끊임없이 보내자 결국 가출 여학생이 학교로 돌아왔다는 일화를 소개하는데, 여기서 작가는 관심과 격려가 여학생의 소외감을 극복하게 한 것이라고 진단한다. 그러기에 우리는 가정과 학급의 협의회home rome, 인간관계human relation, 인적 자원human resource을 의미하는 3HR을 인성과 창의성을 배태할 교육의 묘약으로 제시하는 작가의 신념이 어디에서 기인하는 것인지 충분히 수긍하게 되는 것이다.

〈1985년의 천사들을 회상하며〉에서는 20여 년 전에 여학생들을 따라 보육원을 방문했던 기억을 떠올린다. 작가는 그 일을 계기로 지금까지 한 달도 거르지 않고 한국복지재단에 후원금을 보내는가 하면, 얼마 전부터는 고향 노인회에도 일정액을 매월 계좌이체하고 있다. 열린 마음으로 학생들의 입장에서 그들과 더불어 사랑을 나누고자 하는 자세를 지니고 있었기에 이렇게 아름다운 실천이 가능했던 것이다.

3.

무엇보다도 이 수필집에서 보여주는 가장 아름다운 색깔은 흘러넘치는 사랑으로 뽑아낸 것이라고 할 수 있다. 그 사랑의 기본 축은 가족이다.

특히 표제작 〈무화과 모정〉은 가족사랑의 은은하고 소박한 색깔을 잘 보여주는 명편이다. 무화과는 작가의 어머니에게 재생의 과실이자 부부간 애정의 증표였다가 대를 이어 사랑을 전하는 매개물이 된다.

어느 해 겨울 어머니는 지독한 병에서 겨우 회복되었다. 아버지는 어머니에게 뭘 먹고 싶으냐고 성화같이 다그쳤다. 무화과를 먹고 싶다는 얘기를 듣자마자 아버지는 자전거 타고 단숨에 시장으로 내달렸다. 몇 시간이나 돌아다닌 후에 아버지는 볼품없는 무화과를 겨우 몇 개 구할 수 있었다. 아버지가 내민 철 지난 무화과를 어머니는 껍질까지 먹었다고 했다.

— 〈무화과 모정〉

지독한 병마에서 헤어나면서 먹었던 어머니의 겨울 무화과에서는 다가올 새봄의 향내가 진하게 풍겼으리라. 아내를 위해 한겨울에 몇 시간 동안 돌아다닌 끝에 구해온 아버지의 볼품없는 무화과만큼 더 달콤한 과실이 어디 있으랴. "전생에 무화과와 깊은 연이 있었던 것 같"이 느껴질 정도로 작가의 어머니는 무화과를 좋아했다.

그런 어머니를 위해 부산에 사는 여동생이 보냈다는 무화과나무는 효성의 나무다. 어머니는 화분에 심어두었던 무화과나무를 새집 지어 이사한 작가에게 건넸으니 이제 그것은 모정의 나무가 되었다. 작가는 그것을 새집 정원에 심어 키우면서 과실이 영글 때마다 몇 개씩 따들고 아들과 함께 부모 댁을 찾았다. 어머니와 아버지, 딸과 어머니, 어머니와 아들, 손자와 할머니·할아버지 사이의 각별한 사랑이 무화과로 연결되어 있다. 주렁주렁 매달린 무화과 열매는 3대에 걸친 사랑의 풍성한 결실인 셈이다.

작가의 가족사랑은 작품집 곳곳에 묻어난다. 대동아전쟁에 큰딸과 큰아들을, 4·3에 남편과 둘째아들은 잃은 할머니가 작가에게 지극정성으로 베풀어준 사랑 이야기가 〈할머니의 일생〉에 녹아 있다. 〈자식들에게 쓰다 만 편지〉, 〈초등학생이 된 큰딸에게〉, 〈딸의 울음소리〉, 〈월드컵과 아들의 아픔〉 등에는 작가의 자식 사랑의 메시지가 담뿍 담겨 있다. "네가 막 다니기 시작한 학교 앞 횡단보도에서 너와 헤어져 아빠는 일터로 향했지. 아빠의 걸음걸이가 얼마나 경쾌하던지 너는 상상할 수 있겠니?"—〈초등학생이 된 큰딸에게〉라거나, "이제 밤이 깊다. 자연의 신비한 속삭임을 들으며 잠자리에 든 자식들을 바라본다. 아이들 얼굴에 고운 미소가 어른거린다. 그들도 이 밤 예쁜 꿈을 꾸고 있겠지. 희망의 별들이 그들에게 손짓한다."—〈자식들에게 쓰다 만 편지〉라는 대목에서 자식들에 대한 가없는 사랑을 읽을 수 있다.

강아지 때부터 키우기 시작한 애완용 개의 이야기를 담은 〈검비가 우리가족이 되기까지〉에서 보면, 단지 한 마당에 산다는 사실 정도를 두고 개를 가족으로 여기는 것이 아님을 알 수 있다. 작가는 검비에게 사람 대하듯이 타이르는가 하면, 검비의 말을 알아듣기도 한다. 이웃 사람들에게는 꼬리치며 "으으으", 문 열어달라고 할 때는 대문을 발로 긁으며 "으익으익", 낯선 사람에게는 핏대를 세우며 "엉엉", 가족에게는 교태부리며 "에익에익" 식으로 표현함을 알고 있으니 한 식구가 아니라고 누가 말하겠는가.

이러한 가족사랑의 마음은 이웃사랑으로 이어진다. 〈새벽에 만난 사람들〉에는 이웃의 노인·청년·소년의 안타까운 사연이 작가의 사랑과 더불어 그려진다. 새벽에 애간장을 태우는 신음소리가 들려 소리의 진원지를 찾아가니 옆집에 홀로 사는 할머니였다. 작가는 퀴퀴한 냄새가 나는 방에 들어가 할머니의 전신을 주물러

드렸으나, 이틀 후에 그 할머니는 세상을 떠난다. 그리고 어느 추석 다음 날 새벽에는 낯선 청년 식객을 맞는다. 몸뚱이만 갖고 제주에 온 전라도 청년이었는데, 추석 연휴다 보니 문을 연 일터가 없어 굶고 있다는 것이었다. 어느 해 겨울 새벽, 초등학교 운동장을 달리던 작가는 구석진 곳의 검은 물체를 발견하고 다가간다. 부모의 부부싸움으로 가출한 꼬마였다. "자식 놈이 원수"라는 말을 듣고는 자기가 없어지면 덜 싸울 것 같아 가출했다고 한다. 소년은 잠을 깨우는 사람이 부모이길 바랐다며 울먹였다. 작가의 사랑의 끈에 연결된 슬픈 사연들이다.

이 수필집에는 죽음의 문제에 대한 성찰도 돋보인다. 가족, 제자, 친구, 친척 등 많은 이들의 죽음에 관한 사연들이 작가의 성찰 속에 심금을 울린다. 그것들은 물론 사랑에서 나오는 것이다.

〈사혼 주례〉에는 작가가 서른네 살에 주례를 섰던 기막힌 사연이 다루어진다. 작가가 담임하고 있던 반의 송선희라는 학생이 소꿉동무였던 여학생과 연인 사이로 지내고 있었는데, 그들 사이를 인정한 선희 부모와는 달리, 여자친구의 언니들은 이사하면서까지 한사코 그들을 갈라놓으려고 했다. 그런 와중에도 어린 연인들은 주말마다 만났고, 그날도 며칠 만의 재회를 즐기고 있었다. 그 현장에 언니 일행이 찾아와서 여자친구를 강제로 트럭에 태웠고, 안타까운 마음에 선희도 동승했다가 운전자를 빼고 모두 죽는 교통사고를 맞고 말았다. 양가에서는 죽어서라도 인연을 맺어주자고 합의하여 사혼식을 올리게 되었다. 그런데 사혼식장에 주례가 나타나지 않았다. 결국 선희 아버지의 간청으로 작가가 주례를 서게 되었다. "신랑 신부가 서야 할 자리엔 형제자매에 의해 신랑 신부의 영정이 들려 있었고, 요란한 축하 박수와 환호작약하는 분위기 대신에 눈물바다가 넘실대"는 가운데 주례사가 가슴을 후볐다.

"인간 유한, 세월 무한의 정리를 모르는 바 아니지만, 일찍 저승길 떠나는 선희네에게 줄 노잣돈을 준비함이 산 자의 도리인 것 같아, 이 자리에 섰습니다. 선희네에겐 죽음으로 다져진 사랑이란 노잣돈이 있는 게 그나마 다행일까요. 남은 우린 그들의 노잣돈으로 무얼 준비해야 합니까? 어린 연인들은 우리들에게 사랑을 위한 노잣돈은 용서이고 화해라고 일러주며 길 떠나 갑니다. 그들의 삶이 헛되지 않게, 우리 모두 서로 사랑하고 화해하길, 선희네 대신하여 전하렵니다." ─ 〈사혼 주례〉

〈친지들의 죽음〉은 6개월 사이에 친척 네 명의 부음을 접하고서 쓴 글이며, 〈슬픈 영혼들과의 대화〉는 어느 장학사와 여중생 등 천수를 누리지 못하고 생을 마감한 안타까운 영혼들을 달래는 내용이다. 담낭암 선고를 받고 투병생활을 하던 절친한 친구의 죽음을 다룬 〈영원한 로맨티스트의 부활을 위하여〉는 눈물 없이는 읽어가기 힘들다.

작가는 벌레 같은 미물들의 죽음에도 그냥 지나치는 법이 없다. 벌레가 부자로 다시 태어나고 벌레를 묻어준 사명대사는 스승 서산대사가 미처 못 하는 선행을 이루었다는 일화에서 배운 그의 벌레에 대한 태도는 각박한 세상의 우리들에게 잔잔한 감동을 선사한다.

나는 하루에도 몇 번씩 학교 계단이나 시멘트 바닥에서 생을 마감한 벌레나 곤충들의 주검을 흙으로 옮겨놓는다. '흙에서 태어났으니, 흙으로 돌아가야지. 다시 태어난다면 나와 연을 맺자구나.' 하고 마음속에서 기도문을 읊조리기도 한다. / 어느 날은 산에 오르다보니 지렁이와 송충이 등이 시멘트 바닥에 죽어 널브러져 있었다. 비명횡사한 젊은이들을 영혼 결혼시켜주듯, 짧은 삶을 마감한 벌레와 곤충들을 짝 지어 흙에 묻었다.　　　　　　　　　　　　　　　 ─〈벌레들을 묻으며〉

4.

이밖에도 이 수필집에 실린 55편의 작품은 편편이 맛깔 나는 글들이다. 작가의 고향인 구좌읍 행원리의 어제와 오늘을 다룬 〈내 고향 행원리 풍차마을〉, 〈멜 풍년, 돈 풍년, 마음 풍년〉, 〈고향집 풍경─올레에서 통시까지〉 등은 독자들을 정겨운 추억과 안타까운 변모의 현장으로 인도한다.

등단작이었던 〈숨은 죄밖에 어수다〉에서는 아름다운 제주섬에 숨어 있는 4·3의 아픔이 가족사와 더불어 그려지며, 〈산방산과 용머리에 반해〉, 〈추자도의 엄바위를 아시나요?〉, 〈사이클 메고 계곡을 건너다〉 등에서는 제주섬 곳곳을 애정으로 누비는 그의 모습을 만날 수 있다. "신비스러운 세계를 보여주고 낯선 곳의 문물을 감상케 하는 마력을 지닌 장난감" ─〈여행은 장난감이야〉을 즐기는 그의 행로를 따라 〈남도 천리길을 가다〉, 〈백두산 등정기〉, 〈하이델베르그의 그 찬란한 햇살〉, 〈빠리에서 길을 잃다〉, 〈프랑스와 영국 사이에서〉 등을 접하는 것은 이 작품집에서 빼놓을 수 없는 또 다른 맛깔이다. 정년퇴임 후에 "제주를 안내하는 여행 도우미가 되겠다."
는 작가와 더불어 떠나는 여정인 만큼 나그네의 표피적 견문으로
채워지는 기행문과는 차원이 다를 수밖에 없지 않겠는가.

　어찌 보면 가장 개성적인 글쓰기인 수필집에 해설을 붙이는 것
은 생동감 넘치는 본문의 감동을 반감시킬 우려가 크다. 더구나
작가 문영택은 나의 고등학교 은사다. 1980년대 초반, 20대 청년
으로 모교에 부임하여 딱 10년 후배인 우리에게 열정을 쏟던 모습
이 지금도 눈에 선하다. 제자인 평론가가 썼으니 의례적인 상찬만
늘어놓은 것이 아니냐는 소리도 들을 법하다. 은사의 글을 제멋대
로 해석하여 결례를 범한 게 아닌가 하는 걱정도 없지 않다. 그러
나 나는 감히 이렇게 말할 수는 있다. ― 화려한 수사의 기교 넘치
는 글을 바라는 분은 부디 이 수필집을 읽지 마시라고. 하지만 소
박함과 진솔함의 진한 매력을 찾는다면 참으로 괜찮은 책이라고.